솔직한

글로벌 언니의
열정 토크

솔직한 글로벌 언니의 열정 토크

릴리 지음

북하우스

차례

4부 인생의 롤러코스터, 시련과 희망의 한 끗 차이– 좌절 극복기

5부 삶은 과감한 모험으로 진화한다– 새로운 도전

6부 해외에서 일하는 그대– 솔직한 언니들의 조언

프롤로그

불가능을 가능으로 만드는 힘

2014년 12월, 상하이는 서울, 도쿄, 싱가포르에 이어 내가 정식으로 주민신고를 하고 살게 된 네 번째 도시가 되었다. 첫 해외 생활을 했던 도쿄의 좁고도 썰렁한 대학 기숙사에서 나는 알 수 없는 불안감과 엄습해오는 외로움에 울었다. 한국 최고의 전자상거래 회사에서 그토록 바라던 대로 싱가포르 지사로 발령을 받아 여행가방 두 개를 들고 도착한 창이 공항에서, 자동문이 열릴 때마다 훅하고 불어들어오던 그 더운 공기에 내가 떠나왔음을 실감했다. 그후로 수십 번을 창이 공항에 내릴 때마다 '집이다'라는 생각이 들었고, 한국의 쇼핑 문화를 해외에 전파하던 것에서 방향을 틀어, 한국과 일본을 비롯한 아시아 태평양 전역에 페이스북 중심의 소셜미디어를 소개하는 싱가포르의 미디어 회사로 이직을 했다.

한국인 한 명 없는 외국 회사에서의 생활에 적응하며 자리를 잡아갈 즈음에 썼던 일기에는 이런 글이 있었다.

"첫 직장, 한국에서 인터넷 쇼핑의 새로운 장을 여는 현장에 있었다. 두 번째 직장, 싱가포르에서 소셜미디어 광고를 집행하며 페이스북의 파워를 실감하고 있다. 진짜 물건이나 무형의 광고를 거래해봤으니 다음엔 단순히 상품이 아닌, 상품 속에 꿈과 라이프스타일까지 담긴 그 무언가를 배워보고 싶다. 명품은 어떨까? 이다음엔 사람들의 이상이 담긴 브랜드에서 일해보고 싶다."

5년이 지난 어느 날, 링크드인LinkedIn에서 좋아하는 명품 브랜드의 디지털 프로젝트 매니저 구인공고를 우연히 발견하게 되었고, 그 자리가 상하이에 있다는 것을 알게 된 것은 휴가차 와 있었던 서울의 지하철 안에서였다. 상하이의 오피스에서 유럽 본사의 정체성을 살려 아시아의 지역화 프로젝트를 운영하는 자리였다. 동양과 서양에서의 거주 경험과 대행사와 브랜드 관리 경력, 전자상거래의 전문성을 요구하면서 영어 이외에 한국어나 일본어 중 하나가 모국어 수준인 사람을 찾고 있었다. 내 손 안에 쥐어진 한 뼘짜리 공고를 읽고 또 읽으면서, 이 자리는 내 것이라는 생각이 들었다.

면접이 진행되는 동안 나는 과거의 수많은 연습지를 뒤적였다. 싱가포르에서 수없이 사람들을 찾아다니고 채용했던 경험, 해외에서 일하는 한국인 여성들을 찾아다니며 이메일과 화상 채팅으로 물었던 그들의 삶의 기록 등을 생각하며, 내 연습장 남의 연습장 가리지 않고 읽고 또 곱씹으면서 스스로에게 용기를 불어넣는 데에 집중했다. 나의 이력서를 반복해서 읽고, 내가 무엇을 했고, 왜 그렇게 했고 그 결과는 무엇이었는지, 그것이 지금의 나에게도 어떻게 유효한지를 스스로 머릿속에서 퍼즐을 맞춰 완성해보았다. 그러고 나니, 그 누가 무엇을 물어도 나에 관한 그 어떤 것도 막힘없이 이야기할 수 있을 것 같았다. 깨끗하게 옷을 입고 눈썹을 말끔하게 정리한 모습으로 나의 이력에 대한 질문에 정직하고 조리 있게 대답한 뒤, 많은 고민에서 나온 질문을 미래의 상사와 동료들에게 던졌다. 진심이 통했던 것일까? 나는 상하이와 도쿄, 그리고 런던의 인터뷰를 거쳐 내가 정말로 원했던 회사에 입사할 수 있게 되었다.

많은 사람들이 내게 용기 있다고 말하지만, 해외에서 사는 데에 그다지 많은 용기가 필요한 것은 아니다. 되레 나는 내가 나고 자란 곳에서 나와 같은 노래를 부르고 같은 공부를 하고 같은 생각을 하고 지내왔던 사람들보다 특별히 탁월해지거나 사회적 정답을 피해가며 호기롭게 오답으로 살아갈 용기가 없다. 다른 사람들이 나에게 기대하는 야망이나 미래에 대한 확신도 없다. 내가 확신하는 단 하나는, 그때 인천 공항을 떠나 날아갔던 것이 내 인생을 송두리째 바꿔놓았다는 것, 그리고 그 결과로 주어진 날들을 지켜낼 수 있는 것은 오롯이 내 한 몸이라는 것이다. 매 순간 나는 해외에서 살며 마주치는 이 모든 것들에 대해 깨어 있으려고 노력하며, 이런 생각들 속에서 하루하루를 치열하게 살고 있다. 지난 시간을 되돌아보며 해외에서 산다는 것을 정리해보자면 바로 이런 것이다.

1. 인생이 예측가능하지 않다는 것만이 예측가능하다

"앞으로 5년 뒤에 어디에서 무엇을 할 것 같나요?" 라는 질문이 얼마나 답하기 어려운 질문인 줄 알게 되었다. 나는 해마다 계획을 세웠고 향후 몇 년의 청사진도 그려보았지만 결국엔 전혀 반대 방향에서 짐을 풀고 있는 나를 발견하곤 했다. 외로움은 전혀 생각지 못한 곳에서 덮쳐오고, 기쁨과 놀라움은 깊은 수렁에서 포기하려고 할 때 터져 올라왔다. 예측하려 할수록 불가능해지는 5개년 계획, 앞으로 살아갈 인생에서 무엇인가 예상치 못한 깜짝 선물이 있을 것이라는 것만이 예측가능하다.

2. 소유라는 것이 때로는 삶을 얼마나 힘들게 하는 것인지 깨닫고, 소유를 버린다

23킬로그램의 가방 하나를 가지고 이곳저곳을 돌아다니며 생활하다 보면 소유의 '무게'를 실감한다. 한겨울에 엘리베이터 없는 칭다오의 7층 아파트 꼭대기 층으로 가방을 들고 올라갔던 날, 나는 소유의 고통을 느꼈다. 필요 없는 것을 나눠주고 버린 다음, 최소한의 것들만 들고 돌아온 싱가포르에는 40켤레의 구두와 지난 5년간 한 번도 읽지 않은 책들, 사두고 입지 않아 잊어버렸던 옷들이 쌓여 있었고, 하지 않은 목걸이들과 귀걸이들이 영원히 풀리지 않을 것처럼 뒤엉켜 있었다. 이것들을 상하이로 옮기는 데에만 원가 이상의 돈이 들 터, 그 모든 것들을 쓰레기차에 실어 보내고 가방 두 개를 들고 상

하이로 옮겨온 지금, 나는 무가지 잡지를 붙여 휴지통을 만들어 쓰고 다 마신 음료수 유리병을 컵으로 쓰고 있다.

3. '나는 이런 사람이다'를 벗어나 자아 재창조를 할 수 있는 멋진 기회다

나는 외향적인 사람, 나는 적극적인 사람, 나는 지지 않는 사람, 나는 부끄러움을 많이 타는 사람, 나는 커피를 좋아하지 않는 사람, 나는 동성친구가 더 많은 사람, 나는 앞에 나가서 노래를 부르지 않는 사람, 나는 편안한 사람, 나는 다른 사람들을 나보다 앞에 두는 사람, 나는 가족이 제일 먼저인 사람, 나는 말주변이 없는 사람, 나는…….

그런 어떠한 나도 무의미해진다면, 나는 어떤 사람이고 싶은가? 아무도 없이 다시 시작하는 지금, '나는 사람들이 생각하는 그런 사람 아닌데'라며 내가 원하는 사람이 될 수 있는 기회다.

4. 무엇을 상상하든, 상상 그 밖이다

얼마 전 태국에서 피부병을 얻어왔다. 의사를 찾아갔더니 태국에서 진드기가 묻어왔다고 했다. 피부에 있는 진드기 때문에 너무 괴롭고, 내 피부에 진드기가 있다는 것이 혐오스럽다고 메시지를 보내자, 중국인 여자친구가 답을 보냈다. "나도 오늘 병원에 다녀왔는데, 자궁이 두 개래. 자궁을 하나로 만드는 수술을 해야 할 것 같다는데, 네가 그래도 나보단 낫지 않아?" 난 태국에서 원숭이에게 물린 내가 참으로 재수 없다고 생각했는데 말이다.

5. 많은 질문들에 한 마디로 대답할 수 없게 된다

나의 집은 어디인지, 나는 누구인지, 어디에 속해 있는 사람이고 어디에서 무엇을 하는지, 나는 더 이상 한 마디로 대답할 수 없다. 한 가지 더 멋진 사실은, 나와 같은 상황에 처해 있는 일명 '정체성의 위기'를 겪고 있는 사람들을 수없이 마주하게 되면서, 이제는 너무나 자연스럽게 서로의 무정체성을 시간을 가지고 풀어간다는 것이다.

6. 삶은 불공평하다

'너 공부 안 하면 커서 저렇게 가난하게 살게 된다'라는 말을 듣고 자랐다면, 당연히 공부하고 노력하면 먹고사는 데 문제가 없다고 생각하면서 자란다. 피부색과 인종 때문에, 출신과 구조 때문에 태어나면서부터 정해진 삶을 살아야 하는 사람들의 극단적인 삶을 한국에서는 실감하기 어려웠다. 하지만 지금은 안다. 이른 아침 트럭에 실려 공사장으로 향하는 방글라데시 사람들의 임금과 최고급 호텔에서 연회를 하며 비즈니스를 하는 젊은 친구들 사이에 놓인 엄청난 월급의 차이를 설명해주기는 어렵다는 것. 몇십 억을 받는 뱅커가 몇십만 원을 받는 다른 사무직보다 만 배만큼의 노력을 하고, 만 배만큼의 가치를 가졌다고는 말할 수 없다. 삶은 불공평하다, 인정해야만 한다.

7. 나이와 지위는 허구에 불과하다

내가 세상 밖으로 나와 한 일 중 가장 잘한 일 중 하나는 나이가 어린 친구들을 '친구'로 사귀기 시작했다는 것이다. 내가 가진 나이와 지위에 대한 개념을 버리고 나자 얼마나 많은 소중한 것들이 내 삶 속에 채워졌는지 모른다. 나이와 지위뿐인가, 그동안 믿어왔던 모든 것들이 뒤집히는 경험을 했다. 금과옥조로 여겨왔던 진실의 표지판이 거꾸로 세워지는 지금, 나는 모든 것을 의심한다.

8. 나의 무지와 유약함을 부끄러움 없이 받아들인다

물건 하나 제대로 살 수 없는 나, 질문 하나 똑바로 할 수 없는 나, 한 번 물어보고도 몰라 재차 물어보고 또 확인해야 하는 나, 그런 내가 싫지 않고, 그런 나를 도와주는 사람들로 가득 찬 이곳이 나를 부끄럽지 않게 만들었다. 스스럼없이 도움을 청하고, 나는 그러한 도움을 받아야만 하는 불완전하고 무지한 존재라는 것을 자연스럽게 받아들일 때 삶은 훨씬 더 여유롭고 삶다워졌다.

9. 만나고 싶은 사람은 틀림없이 만나게 된다

수없이 전화번호를 바꾸고 주소지를 옮기고 송별회를 해왔지만, 만나고 싶은 사람은 틀림없이 만나게 된다는 것을 알게 된다. 그러니 슬퍼할 필요도, 조급할 필요도 없다. 만나고 싶은 사람, 가고 싶은 곳이 있다면 틀림없이 나는 돌아갈 수 있다는 것을 알게 되었다.

10. 나는 결코, 떠나기 전의 나로 되돌아갈 수 없을 것이다

나는 이전의 내가 아니며, 결코 돌아갈 수도 없을 것이다. 일본의 시간, 싱가포르의 시간, 홍콩의 시간, 한국의 시간, 중국의 시간, 그 시간들은 내가 어느 곳에 있든지 재깍재깍 흘러가고 있지만, 나는

가끔씩 그들을 거쳐갈 수만 있을 뿐, 다른 곳의 시간들을 동시에 살아갈 수는 없다. 이곳의 내가 진짜 나이고, 떠나기 전의 나와 지금의 나는 너무나 많은 시간을 다르게 살아왔다. 나는 결코 돌아갈 수 없을 것이다.

이 책에서 나는 해외에서 일하고 살아가며 모든 것을 처음부터 알아서 헤쳐나가야 하는 나와 내 주변의 이야기들을 담았다. 정답은 아니다. 지극히 주관적일 수도 있다. 하지만 아무것도 예측하고 기대할 수 없어서 끊임없이 인터넷을 뒤졌던 내 모습을 떠올리며 언니가 친동생에게 쏟아놓듯 모든 것을 공유하려고 한다. 나의 이야기에 머물 수도 있지만 각자의 여정에 용기를 주고 동기부여가 되기를 바라면서 이야기를 시작한다.

1부

돈이 아닌,
사연이 나를 해외로 이끈다

– 꿈의 준비

소중한 당신의 의견,
감사만 드립니다

'내 속엔 내가 너무도 많아서 당신이 쉴 곳 없네'라는 가시나무의 가사는 사실은 "내 속엔 네가 너무도 많아서 정작 내가 쉴 곳이 없네"로 바꿔서 불러야 맞다는 생각을 종종 한다. 내 속엔 실로 네가 너무도 많다. 그것도 쇼 프로그램에 나오는 '엑스맨', 내 편인 줄 알았는데 상대편이었던 우리 팀 안의 적군 같은 당신 자신, 바로 너다.

한 번뿐인 인생, 내 의지대로 한 번 해보고 싶은 당신의 앞길에 떡하니 놓여 있는 저 암초가 무엇인지 생각해본 적이 있는가? 안 그래도 바쁜 내 마음속을 왕래하는 내 마음속에 사는 소리는 나에게 이렇게 이야기한다.

– 나는 특기도 없고, 외국어도 못 하니까 안 될 거야

– 지금은 경제적 사정이 좋지 않아

- 다른 가족들도 있는데 내가 좋아하는 것만 하는 것은 너무 이기적이야
- 평범한 나에게는 너무 허황된 꿈이니 그냥 포기하자
- 본전도 못 찾고 돌아오느니 시도도 말고 그냥 살자
- 나 같은 게? 사람들이 비웃어

게으름이라고는 가끔 주말에 브런치 먹으면서 수다 떨거나, 어쩌다 한 번 늘어지게 늦잠 잔 것이 전부, 특별히 빈둥거리지 않고 심지어 허덕이기까지 하며 열심히 살아왔는데도 새로운 것만 하려고 하면 갑자기 내가 너무 경쟁력 없고 못나고 초라해 보이며, 주변의 격려보다는 나와 일면식도 없는 소위 '전문가'의 쓰디쓴 충고가 몇 배의 비중으로 현실감 있게 다가온다. 우리 마음속에 '너희들'이 들어오는 것이다.

왜 우리의 마음속에는 이런 '네'가 살까? 아기였을 때의 우리는 본능에 충실했다. 배가 고프면 밥을 원했고, 밥을 원한다고 소리를 내면 배가 채워졌다. 그런데 '사회'라는 것을 알게 되면서 우리는 눈치를 보게 되었다. 나의 순수한 욕구와 감정을 제어하려는 서열의 법칙을 알게 되고 형제자매나 친구들과 비교를 하게 되며 이런저런 경험들을 통해 다른 사람들을 기쁘게 하고 아프게 하고 화나게 하는 것이 어떤 것인지를 알게 되었다. 그리고 나만이 존재하던 내 마음속에 사회 속에 존재하는 나인 너를 앉혀 놓는다.

너는 내 마음속에 사는 소리이며 내 머릿속에서 방향을 지시하는 선장이다. 너는 순수하게 내가 원하는 바만 바라보는 나보다 더 종합적인 사고를 하는 존재인 것처럼 들린다. 누군가가 나에 대해 이

야기하는 것들, 내가 바라보고 지켜본 것들의 원인과 결과들, 다른 사람들이 정해놓은 법칙과 내게 그럴듯하게 들리는 이야기들이 너를 움직인다.

나의 마음속에 사는 소리는 내 삶에서도 나를 움직이는 선장의 역할을 했다. 초등학교 때 나는 뒤에서 나를 세차게 떠밀고 달아난 남학생 때문에 깨진 앞니를 하고 다녔는데 그 당시 나의 꿈은 아나운서가 되는 것이었다. 많은 사람들에게 당당하게 소식을 전하는 아나운서가 멋져 보였고 말이라면 남들에게 지지 않을 자신도 있었다. 그러던 어느 날이었다. 집에 온 학습지 선생님이 내 꿈을 듣더니 아주 곤란한 표정으로 "아나운서는 치열이 고르고 얼굴이 예쁜 사람이 하는 건데"라며 말끝을 흐렸다. 내 마음속의 소리가 말했다. '난 못생겨서 아나운서를 할 수 없겠구나.' 그렇게 아나운서의 꿈은 끝났다. 단돈 10만 원으로 깨진 앞니를 감쪽같이 메울 수 있다는 것은 수능이 끝나고서야 알았다. 황당한 일이었다. 그런데 생각해보니 선생님은 나에게 못생겼다는 이야기를 한 적이 없으며, 또 내가 절대 그 자리에 이르지 못할 것이라는 말 또한 한 적이 없었다. 아나운서의 꿈을 결연하게 포기하고 그후 20여 년을 못생긴 여자 콤플렉스를 가지고 이것저것에 난 안 된다고 퇴짜를 놓고 다닌 것은, 다름 아닌 나 자신이었다.

우리들 모두의 마음속에 우리의 선장, 방해자, 혹은 조언자가 되는 소리가 있다. 놀라운 것은 그것이 너 아닌 나 자신이라는 것과 더불어 그 소리가 얼마나 어린 시절부터 시작되는가에 따라서 우리 삶은 다른 운명을 마주하게 된다는 것이다. 나의 경우에는 일곱 살의 내가 내 마음속의 선장이었다. 못생겼다, 까맣다, 깜씨, 부시맨 소리를 듣고 놀림당하고 자란 어린 시절의 내가 수시로 튀어나와 못생긴 내가 할 수 없을 모든 것에 한계선을 그었고, 누군가가 적당한 구실을 주었다고 생각하면 옳다구나, 거봐 맞지 하며 내 불안을 정당화했다.

알고 보면 이 세상은 꽤나 공평하다. 우리에게 주어진 삶은 모두 한 번뿐이며, 대개 하나의 가족, 한 명의 배우자를 만난다. 누구에게나 삶과 죽음에 대한 고통과 고뇌가 있고, 감정의 소모와 충전의 이벤트가 있다. 그렇게 생각한다면 우리가 뭐가 그리 달라서 대단하게 비교하며 망설이면서 산단 말인가.

같은 맥락에서 누군가가 해외에서 살도록, 해외에서 직업을 얻어서 하고 싶은 일을 하면서 살도록 태어날 때부터 점지되어 있는 것은 아니라는 것 정도는 모두가 알고 있다. 기회는 열려 있고 널려 있다. 그러나 내가 지속적으로 '아니야, 난 할 수 없어'라고 말하며 '늦었어' '이래서 안 돼'라고 생각하는 것으로 모자라 다른 사람에게까지 이야기하며 동의를 구해 내 생각을 못 박을 때, 기회의 문은 내 손으로 닫히고 자물쇠까지 채워진다.

내가 수도 없이 스스로에게, 그리고 얼굴조차 본 적 없는 타인에게 던졌던 질문, "어떻게 하면 저도 해외에서 살 수 있을까요?" "저도 해외에서 직업을 구하는 게 가능할까요?" "지금 있는 이곳이 저와 맞지 않는 것 같아요. 더 좋은 곳으로, 잘 맞는 곳으로 바꾸고 싶어요"라는 질문을 지금의 내가 받는다. 나는 물론 "네, 살고 싶은 곳으로 가서, 하고 싶은 것을 하면서 살 수 있어요"라고 말하지만 사실 나의 의견은 그렇게 중요하지 않다. 답은 정해져 있기 때문이다. 정말로 그렇게 원하는 것이라면 본인의 대답이 긍정인 것만으로 충분하다. 다른 사람의 의견은 말 그대로 참고이며 "네, 소중한 당신의 의견 감사합니다 (동의하고 말고는 내 마음이고요)"로 끝나야 하는 것이다.

그렇다. 나는 이제 나에게 '부시맨'이라고 놀렸던 아이들과, 아나운서는 어렵겠다는 표정을 지었던 선생님과, "지금 가서 제대로 된 직업을 외국에서 구하기에는 영어 실력이 모자란 것 같은데"라고 말했던 모든 '너'에게 말해줄 수 있다. 소중한 당신의 의견 감사드리며, 내 생각은 따로 있다고. 나는 까만 대로 매력 있고, 뭐든지 될 수 있고, 어디든 갈 것이며, 이만하면 훌륭하다고. 거기 내 마음속에 살고 있던 당신, 나를 어지럽히는 시끄러운 당신, 이제 좀 비켜주시지. 속 시원히 이야기하다가 깨닫는다. 내가 일어나서 진격하면 된다. 내가 앞을 가리키고 문을 열면 된다. 내 앞을 가로막고 서 있는 것은 누구도 아닌, 바로 나 자신이었기 때문이다.

돈이 없으면
더 흥미진진해지는 인생

왜 우리 집엔 외국에 사는 친척 한 명이 없냐고 볼멘소리를 한 적이 있다. 부모님이 해외에서 사업을 한다거나, 귀국해서도 국제학교를 다녔다거나, 혹은 유학자금을 아낌없이 줄 수 있는 경제적 능력만 뒷받침된다면 열심히 학교를 다녀 국제무대에서 자랑스러운 한국인으로 활동할 수 있을 것 같았다. 참 순진한 생각이었다. 해외로 나간 한인들의 삶이 어떠한 것인지조차 잘 알지 못한 채, 그저 창의 교육을 받을 수 있다며 부러워만 했던 나였다. 정작 해외로 나가서 무엇인가를 얻고 싶은 것은 나만의 사정인데, 주변 환경이 나를 위해서 맞춰져야 한다고 생각해서 불평하고 기대하고 실망했던 나 중심의 세계관이었다. 얼마나 많은 사람들이 해외에 여유 많은 친척이 있어서 방 한 칸과 따뜻한 밥을 제공받을 수 있고 혹은 경제적으로 풍요로운 부모가 해외로 나가서 다른 세상을 경험하겠다는 자식에게 걱정 말라며 두둑한 통장이나 백지수표를 쥐어줄 수 있을까?

처음 시도는 중학교 2학년 때였다. 부모님께 야심차게 적어낸 매우 무난하고 평범한 뉴질랜드 1년 유학 계획이 일언지하에 거절당한 후, 나는 어떻게 하면 외국에 갈 수 있을 것인지 생각해내야만 했다. 결론은 이것이었다. '그래, 우리 집에서 나를 도와줄 수 없다면, 집에는 손을 벌리지 않고 가는 방법으로 찾아보자, 남의 돈으로 외국을 가자'라면서 거기에 심지어 〈남.돈.외. 프로젝트〉라는 이름까지 붙였다.

경제적으로 자립할 수 없었던 나는 대학교 때까지 일단 기다렸고, 팥빙수 가게와 논술과외 아르바이트를 하며 500만 원을 모았다. 그리고 최소 자격요건이 충족되는 2학년이 되자마자 교환 학생에 지원했다. 알아보니 영어 시험성적이 없었기 때문에 영어권 학교에 지원할 수 없었다. 실망하진 않았다. 어차피 해외 어디에도 살아보지 않았으니, 어디든 신세계 아닌가. '남들에게는 없는 특기 하나 정도는 있어야 한다'며 어렸을 때부터 공부했던 일본어로 면접을 봐서 경쟁률이 낮았던 일본 학교로 갈 수 있었던 것만으로 충분히 기뻤다. 그리고 체재비와 생활비를 상당 부분 지원해주는 문부성 장학금에도 지원했다.

돈이 없으면 어떤 의미에서 인생은 굉장히 흥미진진해진다. 그 때 만약 그 장학금이 나에게 주어졌다면, 나는 조금 더 편하게 유학 생활을 할 수 있었을 것이고, 교환 학생들과 어울려서 영어로 수업을 듣고, 일본 각지를 여행 다녔을 것이다. 또한 기숙사 생활 대신 외국인 학생 아파트를 빌려 여유롭게 혼자 지냈을 것이다. 그렇지만 장학금은 동남아시아 친구들에게 집중되어 난 단 1엔도 구경할 수 없었다. 200명의 일본 여학생들과 함께 생활하며 아침마다 청소를 하고 단체로 밥을 먹어야 하는 기숙사 생활에 모은 돈 500만 원을 탈탈 털어내고 학기가 시작되었다. 부모님은 아르바이트를 하지 말고 공부만 하라면서 생활비를 주겠다고 하셨지만, 사실 오늘 이날까지도 부모님은 해외송금을 해본 적이 없는 분들이다. 부모님에게 통장번호를 알려드리지 않은 채, 이런저런 경로로 아르바이트를 구해서 일본 사람들이 사는 곳으로 뛰어들었다. 그 당시에는 영어로 말하는 것에 대해 두려움을 가지고 있어서 수업은 모두 일본어로 된 것을 들었다. 일본 대학생들과 똑같은 수업을 듣고, 똑같은 세미나에 참가하며, 똑같은 시험을 보았고, 방과 후에는 일본사람들이 오고가는 라면집에서 아르바이트를 하면서 "이랏샤이마세!"를 외쳤다.

한국어 수업을 듣는 일본 학생들과 고구마를 캐러 가고, 기숙사에 함께 살던 여학생들과 친해져서 연애와 취업 이야기를 들으며 밤을 새기도 여러 번, 일주일에 서너 번 라면과 맥주를 나르며 퇴근 후 혼자 라면바에 걸터앉는 일본 샐러리맨들을 접객하는 사이에, 나의 일본어는 일취월장하였다.

일본에서 1년을 보내면서 해외에서 혼자 산다는 것이 어떤 것인지 알았고, 이번엔 다른 곳을 가보고 싶다고 생각했다. 여러 가지 프로그램과 장학 제도, 혹은 취업 기회를 살펴보았다. 국제기구나 외교

관련 일이라면 나의 관심사와 적성과도 맞고, 자립해서 해외에서 생활할 수 있으니 나에게 꼭 맞는 일이라는 생각이 들었다. 외교관이 되면 국가에서 외교관의 전문성을 키우기 위해서 국제법이나 정치, 혹은 다른 분야를 공부하기 위한 유학 기회를 준다는 점도 마음에 들었다. 집에 손 벌리지 말자는 또 다른 '남돈외 프로젝트'의 시작이었다.

지금 와서 보면, 해외에 나온 내 주변의 많은 친구들 역시 준비된 환경이 없었기에 이름은 다를지라도 나와 같은 '남돈외 프로젝트'를 했다. 돈이 없어서 가고 싶은 곳에 못 간다는 사람들에게 준비된 변명은 다양하다. 그 사람은 MBA했잖아요, 저 사람은 국제결혼했잖아요, 집이 부자일 거예요, 어렸을 때 유학했던데 뭘, 학벌 원래 좋죠? 나랑은 다른 사람이에요, 라는 말을 하면서 상상 속에 있는 세계를 부러워하고, 배 아플 만큼 질투하기도 한다. 그러나 해외를 어떻게 나갔는지 내 주변 사람들의 이야기를 듣다 보면 태어나자마자 금수저를 물고 세상에 나온 사람들은 의외로 별로 많지 않다.

그럼 그 사람들은 무슨 돈으로 해외로 나가는 걸까? 비결이 무엇일까? 그에 대한 엄청나게 창의적인 대답을 기대한다면, 미안하지만 없는 돈을 땅에서 파내는 방법은 대다수의 사람들에게는 일어나지 않을 테니 현실적인 대답이 필요하다. 그들은 장학금을 타거나 한국에서 돈을 벌어 자금을 마련하거나 주변 사람이나 은행에서 돈을 빌렸다. 부유한 집안 출신이 아니더라도 저렇게 해서 꼭 가고 싶다고 마음을 먹으면 어떻게든 다들 해외로 나갔다. 내 주위의 많은 해외

MBA출신들은 몇 년간 일한 돈을 다 쏟아부어 학비를 내거나, 주위에서 돈을 빌리거나 대출을 받는 등 빚을 내서 공부하러 외국까지 왔다. 지방에서 유학 와 서울에서 몸 하나 의탁할 수 있었던 유일한 재산인 전세금을 빼서 해외로 나가, 그 돈으로 자리 잡고 사업까지 시작한 친구도 있다. 부자가 아니라서, 한 번도 해외에 나가본 경험이 없어서, 더 아득바득 해외 파견과 장학금 수혜의 기회를 잡으려고 노력에 노력을 거듭한 사람들이 서툰 영어로도 인정받으며 일했고, 혹은 누군가를 좋아하게 되어 덜컥 비행기를 타고 왔으며, 또는 워킹홀리데이를 통해서 일을 하며 악착같이 공부를 했다. 심지어 한국에서 직장을 잃고 어쩔 수 없이 해외에 나오게 된 사연들은 방송국에 보내서 경품을 타고 싶을 정도다. '위기는 기회다'라는 말이 괜히 나온 말이 아니다. 그래서 운명을 바꿀 수밖에 없게 하는 인생의 위기를 경험한 사람은 긴 인생을 놓고 보면 억수로 운이 좋은 사람이다.

고시에 낙방하지 않았다면, 혹은 고시를 그만둔 후 지원했던 대기업에 몸 담았다면, 그래서 나를 기다리고 있었던 남자친구와 결혼해서 가족을 이루었다면, 나도 아마 그렇게 간절하고 필사적으로 다른 길을 찾지 않았을지도 모른다. 그렇지만 나는 고시에서 실패했고, 대기업에 취직되지 않았으며, 중소기업에서는 서류통과조차 되지 않았다. 간신히 들어간 전자상거래 회사의 이름이 유명하지 않다고 부모님이 실망하는 모습을 보았고 결혼을 약속했던 남자친구도 떠났다. 그렇지만 결국에는 회사에서 마련해준 비행기 표로 해외 수당까지 받으면서 싱가포르로 가게 되었으니, 지금은 지난 모든 일들의 인과 관계가 없었으면 어디서 어떻게 살고 있을지 상상이 되지 않는다. 중학교 때 노트에 꾹꾹 눌러 쓰고 별표를 쳐놓았던 나의 프로젝트, 남.돈.외. 나는 교환 학생 이후로 처음, 그렇게 남의 돈으로 외국으로 '살러' 나가게 되었다.

지금 이 순간에도 아주 많은 사람들이 '부모님이' '집안 사정이' '경제적으로 여유롭지 않아서' 본인이 하고 싶은 것을 포기하고, 사회에 맞춰가며 살고 있다는 것을 안다. 하지만 기억해주었으면 한다. 당신이 닿기를 원하는 모든 그곳으로 친절하고 준비된 키다리 아저씨가 당신을 모셔다주지 않는다. 그렇지만 마음속에 절실한 '사연'이라는 키다리 아저씨가 있는 사람들은 해내고야 만다. 어디든 가서 방법을 만들어내고 새로운 것을 발견하며, 창의적으로 삶을 살아간다. 그것이 내가 해외에서 일하며 돈보다 사연 있는 사람들을 더 많이 만나게 된 이유다.

모두가 기억할 때까지 떠들어대기

초등학교 때 타임캡슐이라는 것이 유행한 적이 있었다. 자신이 소중하게 여기는 것을 차곡차곡 박스에 넣어 단단하게 봉한 다음, 학교 운동장 어딘가에 묻어 놓는 것이다. 몇십 년 후에 다시 가서 꺼내본다고 하는데, 나는 지금 어디에 내 캡슐을 묻어놨으며 언제 열어보겠다고 했는지조차 기억하지 못하고 있다.

거기에 담아 놓았던 것들은 그 당시의 나에게 이 세상에서 가장 중요한 것들이었을 것이다. 아마 좋아했던 남자아이에게 썼던 편지도, 싫었던 선생님의 이야기도, 못 살게 구는 친구가 있으니 도와달라는 이야기도 있었을 것이다. 하지만 아무리 생각해도 기억이 나지 않는다. 그 마음이 여태까지 나에게 남아 있지 않고 흔적조차 없다는 것이 서운하다. 나조차 기억하지 못하는 꿈과 추억들이라니 그것들에게도 미안하다. 그러고 보면 남들이 못 보게 숨겨놓아야 하는 것은 결국에는 잊혀도 좋을 만큼 사소한 것이거나, 잊어야만 하는 것이었다는 생각이 든다.

그 후 10년, 나는 이야기하고 싶은 것을 타임캡슐에 묻는 대신 소리 내서 이야기하는 것이 나의 인생에 훨씬 더 도움이 된다는 것을 알게 되었다. 아르바이트를 찾는 사소하고 작은 것부터 싱가포르에 오게 된 인생의 큰 사건, 그리고 싱가포르 영주권을 따게 된 것까지 말하지 않고 가만히 앉아 있었다면 이룰 수 없는 일들이 나의 끊임없는 '떠들어댐'으로 인해 이루어졌기 때문이다.

처음 일본에 갔을 때였다. 학교를 다니며 생활비를 벌어야 했는데, 일본어도 서툰 한국인 교환 학생이 처음부터 일자리를 구하는 것은 쉬운 일이 아니었다. 만나는 사람마다 "저 아르바이트 필요해요, 혹시 자리 있으면 꼭 저에게 연락 주세요." 하며 구직 중인 나의 상태를 알렸다. 처음에는 창피했다. 그렇지만 생존의 문제가 자존심에 우선할 것은 아니었다. 교회에서, 파티에서, 학교에서 만나는 사람마다 이야기를 했고, 반복적으로 이야기를 했다. 효과는 바로 나타났다. 나는 무려 6개의 아르바이트 자리– 미스터리 쇼퍼, 방송 엑스트라, 은행 창구 안내, 수영장 안전요원, 음식점 서빙, 베이비시터–를 얻게 되었다. 내가 떠들어댄 사람들이 아르바이트 자리가 보일 때마다 나를 기억해주었기 때문이었다.

내가 싱가포르에 오게 된 결정적인 계기도, 주변 사람들에게 싱가포르에 가고 싶다는 이야기를 지겹도록 떠들고 다녔던 것이 주효했다. 싱가포르로 가고 싶다는 마음을 가지고 나서, 나는 만나는 사람들에게 싱가포르에 가고 싶고, 혹시 아는 사람이 있냐고 물어보고 다녔다.

그렇게 2년이 흘러서 나조차 잊어버리고 지쳐갈 때 즈음, 내가 재직하던 회사에서 일본과 싱가포르에 지사를 내게 되었고, 내부에서 싱가포르에 갈 사람을 뽑는다는 소문이 돌았다. 그 소문이 사내 메일로 현실화되자, 나는 내가 할 수 있는 능력을 총동원해서 왜 내가 싱가포르 지사에 적합한 사람인지를 써서 즉각 지원했다. 만나는 사람들에게 기회가 있을 때마다, 싱가포르에 가고 싶다고 이야기를 했고 싱가포르에 먼저 가 있는 선배에게 연락해서 싱가포르 사업 상황을 자주 확인했다. 일본어 웹사이트를 관리하면서도 싱가포르 버전 웹사이트를 수시로 확인했고, 틈만 나면 사무실 안에서 일부러 친구들과 영어로 통화를 했다. 머지않아 팀장님은 한국에 있는 싱가포르 사업팀으로 나를 보내주었다.

회사에서는 내가 싱가포르에서 일하고 싶어 한다는 것을 모르는 사람이 거의 없을 정도가 되었다. 싱가포르에 갔다가 들어와야 하는 선배도, 옆 팀 팀장님도, 싱가포르에 미리 파견가 있었던 동료들도 모두 나를 기억하고 추천해주었다. 싱가포르에 가고 싶어 하는 그녀, 영어로 전화통화를 하는 그녀, 싱가포르 사업을 잘 아는 그녀, 이 사업에 애착을 가지고 있는 그녀로 사람들의 뇌리에 박힐 때까지, 그렇게 모두가 나를 기억할 때까지 티를 내고 다녔고 그것이 통했다. 불과 몇 개월 사이에 3박 4일 출장이 아닌, 싱가포르로의 파견이 확정된 것이다.

소리도 없이 준비하고 있다가 깜짝 발표를 하며 "나 합격했어!"

"나 이렇게 되었어!"라는 친구들도 물론 있다. 이들은 굉장히 독립적인 사람들이다. 그렇지만 내가 바라고 노력하는 길에 도움의 손길이나 우연 같은 행운이 찾아와준다 해서 나쁠 건 없다. 바라는 바를 소리 내어 이야기한다는 것은 사실, 아래와 같은 이유로 놀랍게도 꿈을 이루는 데 굉장히 효과적인 방법이다.

첫째, 내가 바라는 바를 이야기하는 동안 그 꿈에 대해 가장 익숙해지고 많이 듣게 되는 것은 바로 나 자신이다. 몇 번이나 이야기하다 보면, 그 화제에 대해서는 도가 튼다. 여러 사람에게 반복해서 이야기하는 동안 개념이 명확해지고, 매우 구체적으로 정리되며, 예상 못한 질문에 대해 대답해보면서 내가 하고자 했던 바를 재점검하는 좋은 기회가 되기도 한다.

둘째, 이야기가 사람들을 통해 전해지며 도와줄 사람을 연결해준다. '동쪽에서 귀인이 찾아온다'에 나오는 귀인은 진정 운명처럼 온다지만, 나의 일을 도와줄 수 있는 사람들은 나의 처지를 텔레파시로 알 수 없다. 내가 열심히 말하고 다니면 어느 곳에서 나 같은 사람을 찾아 헤매는 사람과 이어지게 되는 아주 즐거운 우연이 일어나기도 한다.

셋째, 포기하고 지칠 때 때로는 주변 사람들이 나의 꿈에 대해 다시 상기시켜주기도 한다. 다이어트를 할 때에도 주변 사람들의 도움이 없으면 배로 힘들다. 내가 포기하고 지칠 때 주변 사람들이 내가 다이어트를 하고 있다는 것을 알고 나에게 상기시켜주는 것이 내가 몰래 어기려 했던 나와의 약속을 다시 떠올리게 하듯, 나의 꿈에 대해 알고 있는 사람들의 응원과 관심을 기꺼이 이용하는 것은 바람직

하고 좋은 일이다.

모두가 기억할 때까지 떠들어대는 것은 나의 습관 아닌 습관이 되었다. 소셜미디어에 대해서 알고 싶어서 교회에 다니는 친구에게 이야기했더니 마침 그가 알고 있던 소셜미디어 에이전시와 내가 연결되었고, 블로그에 타이완에서 중국어를 배우고 싶다고 했더니 중국어 학교와 숙소를 추천해주는 사람들이 나타났다. 라오스에 자원봉사를 하러 간다고 이야기하고 다녔더니 라오스의 비영리 단체와 직접적으로 연결되는 친구가 나타나 소개 메일을 써주었다. 스페인에 가서 플라멩코를 배우고 싶다고 했더니 어제 처음 만난 미국 친구가 본인이 다음 주에 스페인에 간다며 학교 정보를 나에게 링크로 보내주었다. 또한 싱가포르에 영주하고 싶다고 말하고 다녔더니, 정말 그렇게 되었다.

나는 이제 하고 싶은 것이 있으면 감추고 몰래 하지 않는다. 곱게 접어서 넣어 놓아야 할 것은 당신의 꿈이 아니다. 하고픈 이루고픈 소망이 있다면 끊임없이 소리쳐 모두가 다 알게 하고, 적절한 시기에 당신을 스쳐간 많은 이들이 당신의 꿈을 상기시켜 당신에게 도움을 주게 만들어라. 그것이 바로 모두가 기억할 때까지 떠들어야 하는 이유다.

안 해봤으면
말을 하지 마세요

18세 겨울, 나는 서울로 대학을 가기로 했고, 곧바로 '서울의 그 대학에 가면 사람들이 시골에서 온 사람들하고는 안 놀아준다'는 경고를 들었다.

지금이라면 농담으로도 안 쳐줄 그런 말에 '그럴 수도 있구나'라고 순순히 생각을 했던 것은 19세까지 쭉 지방 도시에서 자라왔기 때문만은 아니었다. 텔레비전이나 휴대폰, 인터넷도 없는 학생 시절을 보냈고 내 세상에서 서울 생활을 엿볼 수 있는 것이라고는 아무것도 없었다. 곧 진학할 대학에 서울 사람들이 절대 다수이며, 특히 부유한 지역 사람들이 많다느니, 누구누구의 자제가, 해외에서 살다온 사람들이 엄청나게 많다더라, 친구들이 너를 끼워주지 않을 테니 각오해, 라는 사람들의 말을 그저 믿을 수밖에 없었다. 처음에는 '에이 설마' 했던 것이 차츰, '정말 그런 분위기라면 그럼 난 누구랑 어울려야 하지'라는 고민이, 대학 합격과 서울 생활 시작이라는 설렘 한쪽 편에 슬며시 끼어들었다.

과연 그랬다. 학교에 들어가니 시키지도 않았는데 영어로 발표해 버리는, 어렸을 때 외국에서 살다온 사람들을 마주치는 것은 놀라운 일도 아니었으며, 학교의 어느 한 쪽에는 영어로만 말해야 한다는 '잉글리시 존'이라는 영어 영토 같은 공간도 있었다. 새내기 환영 오티에 가서 조금 친해졌다 싶으면, 본인은 서울대에 갈 사람인데 1점 차이로 이 학교를 왔다는 사람들의 하소연이 이어졌다.

그런데 캠퍼스에는 내가 이전에 들어보지 못한, 전혀 예상치 못했던 것 또한 기다리고 있었다. 시골에서 온 사람들이라고 써 붙여 놓은 것은 아니더라도, 나처럼 지방에서 와서 자취하는 사람들은 명동에서 일본 관광객을 골라내는 것만큼이나 많았다. 농어촌 특별 전형으로 들어온 사람, 대안학교에서 온 사람, 몇 번이나 대학을 다닌 사람, 연극하느라 투쟁하느라 운동하느라 강의실 밖에만 있는 사람, 이민 간 부모가 등 떠밀어 한국어를 배우러 온 교포들, 한국을 배우고 싶어 한국을 찾은 교환 학생이나 유학을 온 외국인들도 거기 다 있었다. 전주를 떠나올 때, 부모님도, 담임 선생님도, 주변의 누구도 나에게 말해주지 않았던 존재들이었다. 당연하다. 누구도 내가 입학해야 할 그 때, 내가 누구와 학창 생활을 나누며 어떤 생활을 할지 모든 것을 알고 예언해줄 수는 없다.

나는 문학회에도, 국제 학생회에도, 경영대 신문사에도 가입했다. 영문과 수업에도, 법대 수업에도, 정외과 수업에도, 그리고 여성학회에도 기웃거렸고 심지어는 기수단인 블루나이트에까지 들어갔다.

지방 출신이라고 안 받아주기는커녕, 나의 신상에 신경 쓰는 사람은 아무도 없었다. 기대 없이 왔다가 스스로 몸으로 부딪혀본 학교는 애초의 생각보다 훨씬 더 흥미진진하고 해볼 만한 곳이었다. 나 하나만의 특별하고도 유일한 무엇을 해볼 수 있는 세상이었다.

싱가포르에 가서 일하고 싶다고 처음 생각했을 때도 나는 무엇을 기대해야 할지 몰랐던 18세 그때처럼 혼란스러웠다. 그리고 그때처럼 누구에게도 도움을 받을 수가 없었다. 인터넷을 수없이 검색해서 찾은 싱가포르 생활기 중 그나마 조그만 실마리라도 준 것은 단 두 사람의 글뿐이었고 서점에서는 싱가포르에서 연애한 여성의 에세이 한 권만을 찾을 수 있었다. 해외 유학을 꿈꾸며 줄곧 읽어왔던 홍정욱의 『7막 7장』은 유학의 고전은 될 수 있을지라도 현실적으로 적용하기는 힘든 이야기였다. 이리저리 두드려보니, 운이 좋게 취직을 한다고 하더라도 내 깜냥으로 받을 수 있는 월급에 비해 방세가 턱없이 높았다. 게다가 나는 영어권 국가로 여행조차 가본 적이 없었다.

또 다시 들려오는 이야기들이 있었다. '국내파' '토종'에게 국제사회의 벽은 높다며, 원어민이 아니면 들러리 서는 직업밖에 못 찾는다고 했다. 돈은 하나도 모을 수 없을 것이라고 했고, 한국 사람끼리 혹은 동양에서 온 애들만 끼리끼리 어울릴 것이라는 말을 들었다. 남자 만나기도 쉽지 않을 거라고 걱정을 했다. 어떻게 나갈 수 있을지에 대해 나를 응원하고 용기를 주는 사람들도 있었지만, 어떤 사람들은 나 대신 미리 낙담하고 절망해주었다. 하지만 어쩔 수 없었다. 안 해봤다는 사람들을 붙잡고 마냥 조언을 구할 수는 없었다.

2009년, 싱가포르의 창이 공항에 도착했다. 무엇을 어떻게 해야겠다는 계획은 뚜렷이 없었지만, 놀랍게도 내가 할 수 있는 것은 내가 애초에 계획했던 것보다 훨씬 더 많았다. 싱가포르 회사로 이직을 했고, 홍콩, 필리핀, 태국, 타이완 팀원들을 이끄는 팀장이 되었다. 스윙댄스 동호회에 가입하고, 폴 댄스라는 것을 처음 접하고는 학원에 가서 등록을 했다. 해변 바비큐 파티에 가고, 국적도 모르는 새 친구들과 이름도 모르는 섬으로 놀러 갔다. 수영을 못해 구명조끼를 입고 덜덜 떨면서도 바다 속에서 춤추는 고래상어를 보러 갔다. 한국에서도 가본 적 없던 클럽에도 놀러 다녔다. 다리 위에 걸터앉아 악기를 연주했고, 말레이시아 국경을 버스를 타고 넘어가 샴푸를 사러 다녔다. 벤처 창업가 모임에 나갔고, 독일 맥주 축제에서 맥주 이름을 배웠다. 결혼식에서 들러리를 섰고, 생애 최초로 나를 두고 프랑스 남자 둘이 싸우는 광경을 맞닥뜨리기도 했다. 인도 사원 옆에서 짜이를, 이슬람 사원 옆에서 민트차를 마셨으며 채식주의자가 되었다. 나는 그야말로 어디에도 속하지 않은 사람이었으나, 어디에서도 나를 거절하지 않았다.

어느 날, 새벽의 빌딩 불빛이 스며든 싱가포르 강변을 걷다가 생각했다. 하마터면 다른 사람들이 하는 말을 듣고 이 모든 기회를 그냥 지나쳐 갈 뻔했다. 정말 다행이다. 나는 그러지 않았으니까.

김국환의 '타타타' 노래가 생각난다. 이 노래의 진가는 '네가 너를 모르는데, 난들 너를 알겠느냐'라는 가사인데 그 말은 곧, 네 인생의 전문가는 너여야만 한다는 진리가 담겨 있다. 내가 내 인생에 대해서 치열하게 고민하지 않고, 애써보지도 않고 인생의 정답과 지름길만을 구하고자 할 때, 그 어떤 말도 의미가 없다.

영어가 서툴러 싱가포르에 있는 작은 한인 회사에서 일을 시작한 디자이너 연희 씨에게는 전문가 친구가 있었다. 영어를 못한다는 약점 때문에 연희 씨는 싱가포르의 현지 회사나 외국계 회사에 취직할 엄두를 내지 못하고 박봉을 받으면서도 격무에 시달렸다. 이직을 하고 싶었지만 낯선 땅, 취업 사이트를 읽는 것조차 익숙지 않은 곳에서 어디서부터 어떻게 시작해야 할지 알 수가 없었다. 그런 그녀를 위로한다며 어렸을 때부터 외국에 오래 살았고 다국적 기업에 팀장으로 근무하는 친구가 밥을 사주며 한 말은 "싱가포르는 무역과 금융의 도시지, 디자인 도시가 아니야. 너처럼 여기서 대학을 나온 것도 아니고 영어를 잘 못하는 사람이 디자인으로 직장을 구하기가 얼마나 힘든지 알아? 진지하게 조언하는데 지금 거기 그냥 다녀"였다.

연희 씨는 경험도 많고 언어능력도 뛰어난 그녀의 말이 맞는 말이라고 생각했다. 그렇지만 그녀만의 특기인 버티기로 5년을 싱가포르에 거주하면서 또 다른 삶을 준비했고 결국 그녀는 두 번의 이직 끝에 싱가포르의 메이저 통신회사의 디자이너로, 이전과는 비교할 수 없을 만큼 좋은 대우를 받으며 일을 하게 되었다. 그런 그녀의 이직 소식을 들은 전문가 친구가 한 말은 "잘 됐네" 단 한 마디, 그것뿐이었다. 하지 말라고, 안 될 것이라고 단언한 그 사람은 내 인생의 결과에 아무런 책임을 져주지 않는다는 것을 연희 씨는 그 한 마디에 깨달았다. 전문가가 실은 전문가가 아니라는 사실 말고도 더 냉혹한 사실은 그들은 어떻게 될지 모를 삶에 대해 남들에게는 쉽게 단언해놓고 한 번뿐인 자신들의 인생은 온 힘을 다해 열심히 산다는 현실이다. 친구의 충고를 반드시 들어야 할 '금과옥조'가 아닌 참고할 수 있는 '남말'로 여기지 않았다면 지금 연희 씨는 어디에 있을 것인가.

나는 다른 사람들에게 어떤 사람이었을까? 나이가 조금 더 많으니까, 경력이 조금 더 기니까, 남들이 안 한 것을 했으니까, 여러 가지 이유로 섣불리 몇 마디를 날려 다른 사람의 희망을 꺾은 적은 없었을까? 나와 가까운 사람이라서, 특별히 더 조심하라고 걱정해준다며 오지랖을 떨지는 않았을까? 걱정되어서 해주는 말이라도 뚜렷한 근거도 없이 반복해서 들려주면 듣는 사람에게는 절망이 된다.

우리는 모두 각자의 인생에서 비슷한 시간을 살지만 각자의 힘으로 한정된 시간을 다르게 창조할 수 있다. 한정된 수만큼의 일을 최선을 다해서 해볼 수 있다. 그러니까 당신의 세상에서 이루어지지 않았던 일이 내 세상이나 그, 그녀의 세상에서는 이루어질 수 있는 것이다. 어쨌거나 우리들 개개인에게는 우주만큼이나 큰 무한한 가능성이 있다는 사실은 틀림없다. 그 가능성과 무엇인가를 바라는 간절한 소망이 함께 할 때, 우리는 무엇이든 만들어낼 것이다.

그러니까, 안 해봤으면 함부로 말을 하지 마세요!

도망치는 것이 아니라 나아가는 것이다

'해외 생활을 통해 사람들은 사회참여의 권리를 누리지 못하는 대신 문화관습으로부터의 자유를 누리고, 본국 생활은 문화관습으로부터의 자유를 포기하는 대신 사회참여의 권리를 누린다.'

이 말처럼 해외 생활을 한 마디로 잘 표현하는 말이 있을까?

나에게도 한국사회에 대한 불편한 문화관습이 많이 존재했다. 성적순으로 이름이 붙어 있던 학교 게시판, 분명히 맛이 없는데 다른 사람들만큼 마셔야 했던 술, 영혼 없이 가서 축의금과 조의금을 주고받아야 했던 가깝지 않은 사람들의 경조사들, 친구들보다 더 좋은 곳에 취직해서 더 높은 연봉을 받고 싶어 했던 압박감, 여자는 안 된다는 것을 반박하기 위해서 버텼던 불편한 자리들, 인정받고 승진하고 싶어서 자청했던 숱한 야근들. 그렇게 이것저것을 다 바쳐서 했는데도 한국에서는 사람들의 시선이 불편하기만 했다. 바다를 건너면 다르지 않을까라는 의문에서 그래 거긴 다를 거야. 꼭 가야겠어, 라는 소망을 품기까지, 나도 20년 동안 한국에서 이렇게 노력했으면 많이 했다, 이젠 지쳤다고 생각했던 것이 사실이다.

"왜 이민이나 해외 취업을 생각하게 되었나요?" 혹은 "왜 싱가포르인가요?"라고 내게 한 질문을 내가 되돌려 그들에게 물으면 많은 사람들이 이야기하는 것은 한국에 대한 부정적인 현실이다. 시작점이 불공평하고 취업이 어렵다. 글로벌하지 않고 꽉 막혀 있다. 사회가 보수적이고 한계가 많다. 남녀가 평등하지 않고 돈을 모을 수가 없다. 체면치레가 너무 심하고 생활에 여유가 없다. 내가 종사하는 직종이 한국에서 대우가 좋지 않다. 이런 이야기들은 결국 '나는 이 갑갑한 한국만 아니면 돼!'라는 결론으로 이어진다. 그래서 이렇게 주구장창 한국 이야기만 하고 있다 보면 정작 왜 해외 취업? 왜 싱가포르? 왜 미국? 왜 중국? 왜 호주? 라는 질문에는 여전히 답을 할 수 없다. 질문은 밖에 있는데 대답은 여전히 한국에 머물고 있는 것이다.

나는 발표나 연주를 할 때, 손을 심하게 떠는 버릇이 있다. 혼자 할 때는 아무렇지도 않은데, 낯선 사람이거나 나를 평가하는 사람이 지켜보고 있으면 손을 안정시킬 수가 없다. 리코더 연주 실기시험은 리코더를 잡고 있을 수 없을 정도로 손을 떨어 완벽하게 망했고, 앞으로 나와서 칠판에 답을 적어야 했을 때도 분필을 쥔 손을 사정없이 떨었다. 회사에서 사장님을 모신 중요한 브리핑에서 마우스를 고정

시키지 못해 말로만 발표해야 했으며, 회사를 방문한 손님이 지켜보는 가운데 음료수를 따를 수가 없어서 캔 음료와 종이컵만으로 손님을 접대했다.

그러다 이런 이야기를 듣게 되었다. 사람의 행동은 중점적으로 생각하는 것에 지배를 받는다. 그래서 떨지 말아야겠다고 생각하면 되레 '떤다'라는 행동에 사로잡혀 엄청나게 떨게 된다. 그래서 '떤다'라는 것을 포함한 행동 명령보다는 그것을 제외한 다른 행동 명령을 생각하는 것이 좋다. 예를 들어 앞을 봐야지, 목소리를 크게 해야지, 손을 이쪽으로 뻗어야지, 시선은 저 사람에게 맞추어야지, 이런 식으로 해야 할 행동을 집중적으로 생각하면 주의를 그쪽으로 집중할 수 있게 된다.

싫은 것에 초점을 맞추는 순간, 우리는 그것에 절대적인 지배를 받게 된다. 한국의 이것이 싫다, 저것이 안 된다, 하기 싫은 일이다, 쓸데없는 일이다, 라고 생각을 하면 싫은 것에 매몰되기 십상이다. 그러니 건설적인 비판이라도 너무 오래 하면 독이 되는 것이다. 대신 나의 새로운 도전에 어떤 의미가 있는지, 새로운 곳에서의 생활이 어떻게 나와 잘 맞을지, 왜 그 나라에서 그 일을 하는 것이 나와 딱 맞고 좋은 일이라고 생각하는지에 대해 초점을 두고 시간을 들여 생각하다 보면 더 좋은 아이디어들이 떠오른다. 그러면 우리는 도망치고 회피하고 탈출하는 것이 아니라 햇살처럼 밝은 마음으로 새로운 세계로 나아갈 수 있다.

나는 한국에서 일본과 싱가포르 진출을 돕는 팀에서 일하면서 양국의 전자상거래 시장을 파악할 수 있는 기회를 얻었다. 이때 싱가포르의 시장 시스템이 서구화되어 있고 영어를 쓰기 때문에 전 영어권으로 확장 가능성이 높다는 점이 마음에 들었다. 그리고 아시아에 진출하고 싶은 다른 나라의 APAC 본사가 많이 있기 때문에 취업 가능성도 매우 높다고 판단했다. 게다가 일본어와 한국어를 구사하는 내가 싱가포르에서 업무를 쌓아 영어와 중국어에도 익숙해진다면, 아시아 지역 전문가로서 전방위로 뻗어나갈 수 있겠다는 생각을 했다. 추운 기후에 걸핏하면 감기에 걸리는 나에게 딱 맞는 아열대 기후에 가족 없이 혼자 살기에 안전하다는 점도 크게 작용했다. 그리고 이러한 긍정적인 요소들에 집중한 결과, 다른 나라보다 싱가포르가 나에게 좋은 선택지라는 생각으로 싱가포르로 오는 길을 만들어 나갔고 실제로 내가 상상했던 것들이 이루어져 기대치보다 훨씬 큰 만족감을 가지고 생활할 수 있게 되었다.

한국에서 안 된다고 도망치듯 출국하는 것이 아니다. 한국이 아니니 밖이라면 무슨 좋은 수가 생기지 않을까 하며 차선책으로 해외로 눈을 돌린다면 마주하게 될 현실은 우리 집 안마당보다 저 문 밖이 세 배 네 배 더 치열하다는 사실뿐이다. 우리가 나아갈 곳은 출구Exit가 아니라, 입구Entrance여야만 한다. 해외로 나간다는 것. 더 넓은 곳으로 도전해 간다는 것이 현실을 회피하고 도망치는 것이 아니라, 힘차게 앞으로 나아가는 것이라는 것을 알기만 한다면 현실은 내가 가까워지고 싶은 이상에 조금씩 더 다가와 있을 것이다.

우리의 진짜 경쟁력은 무엇인가?

타이완의 스시바에 갔다가 홍콩의 대학원생, 에바를 만났다. 타이완에서 석사 과정을 밟으며 저녁에는 외국인들이 많이 오는 카페에서 일을 한다는 그녀는 내가 싱가포르에서 여러 배경의 사람들과 어울려 일한 경력이 있다는 것을 알고는 나에게 상담을 요청했다.

"저는 영국에서 취업해서 살고 싶어요. 그런데 제가 영어를 아주 잘하는 것도 아니고, 지금 공부하는 영역도 아주 인기 있는 학과가 아니라 영국에서 제가 경쟁력이 있을 것 같지 않아요. 영국에서 다시 석사를 하고 경력을 쌓아야 할까요? 영국에 다시 가서 유학할 돈까지는 없는데 걱정이에요."

처음에는 내가 전혀 살아보지 않은 삶의 경로를 살고 있는 홍콩 여성에게 내가 직접적으로 해줄 수 있는 말이 무엇이 있겠는가, 하고 주저했다. 나는 그녀처럼 광동어와 중국어를 잘하지도 못하고 어느 곳에서도 석사 과정을 밟은 적이 없다. 영국 땅은 단 4일간 여행으로 다녀온 것이 전부다. 그럼에도 불구하고 나는 그녀의 경쟁력에 관해서 해줄 말이 생각났다. 그녀의 질문이 한국인의 그것과 너무 흡사했기 때문이다.

"에바, 당신이 경쟁할 사람들이 누구인지 아나요?"

그녀는 그 질문에는 미처 생각해보지 않은 듯했다. 홍콩에서 나고 자란 에바가 유럽의 영국 땅에서 헤치고 나가야 할 사람들이 누구던가. 영국 땅에서 태어나고 자라 학위를 받은 영국의 청년들이 앞줄에 포진해 있을 것이고, 만만치 않은 두께로 이웃 유럽에서 몰려든 인재들이 있을 것이다. 몇 개 국어를 유창하게 하고, 관련 학위와 경험이 있는 세계의 인재들이 그녀를 밀치고 에워싸며 영국에 기회를 달라고 외칠 것이다. 막연하게 가고 싶다는 마음만으로 갈 수 있는 호락호락한 곳은 없다. 지금 그녀가 가야 할 길은 어디인가?

제일 먼저 생각할 수 있는 것은 영국 회사의 홍콩 담당 업무나, 영국에 진출해 있는 홍콩 회사에서 영국과 홍콩을 잇는 업무를 하며 본국과 타국의 가교 역할을 하는 일일 것이다. 그렇다면 그녀의 강점은 모국인 홍콩과 관련된 산업에 대한 사정을 잘 알고 홍콩 시장에 대한 심도 있는 연구가 가능하며 영국에서 사업을 영위하는 데 필요한 능력을 갖춘 데 있어야 한다.

둘째, 아시아 태평양 지역, 혹은 중화권 지역의 지역 전문가로 일하는 것이다. 영어, 중국어, 광동어의 구사능력을 살리고, 맡고 있는 업무에 있어서 세계 최대의 시장인 중국을 포함한 다른 중화권 시장과 유럽을 연결하는, 혹은 유럽에 아시아 태평양 지역의 동향을 바로 보고할 수 있는 아시아 전문가로서의 입지다.

세 번째의 형태는 언어 구사나 지역 특성과는 상관없이 전문성에 기초해서 영국에서 구직하는 현지인과 외국인들과 똑같은 업무와 조건으로 경쟁하는 것이다. 이 경우에는 특별히 외국인이라는 조건으로 채용하는 것이 아니라, 객관적으로 비교하여 같은 조건에서 겨뤄야 하므로 그 나라에서의 경험과 전문성이 매우 중요할 것이다. 에바가 정말 학업이나 학위, 자격증 선택에서 고려해야 하는 것은 이 부분이다. 그리고 마지막으로 본인이 온 열정을 다 바칠 만한 것이 특별히 있다면 창업을 할 수도 있을 것이다.

홍콩을 '한국'으로 바꿔서 생각해보면 어떤가. 한국 사람들이 해외 시장에서 보이는 경쟁력과 이것을 바탕으로 한 기회 또한 마찬가지다. 해외에서 일하고 싶다고 생각했다면, 본인의 어떤 강점을 살려서 해외에서 일할 것인지를 먼저 생각해보자. 없던 경쟁력이 단순히 사는 곳을 바꾼다고 짠 하고 나타나주진 않지만 일단 안전지대를 벗어나 보면 본인의 운신의 폭을 넓힐 수 있는 기회가 되는 것은 맞다. 성실하고 패기와 끈기가 있다는 점, 한국어가 유창하다는 점, 한국 문화와 시장에 익숙하고 주변 국가의 역사나 문화를 잘 알고 있다는 점은 한국에 머물러 있는 우리에게는 미처 특기라고는 생각지도 못

할 당연한 것이라 할지라도 엄연히 해외의 기업들이 탐낼 만한 한국인만의 장점이다. 그러니 해외의 한국 사무실에서 한국과의 가교 역할을 하는 일을 하거나, 한국에 진출하고 싶어 하는 외국 기업에서 현지화를 돕는 일로 시작하여 한국 또는 아시아 전문가로 커가는 과정을 노려도 좋고 세계에서나 현지에서 통용되는 기술을 익혀 자격증 등을 따서 활약하는 방법을 택해도 좋다. 혹은 한국인만이 할 수 있는 틈새를 찾아서 창업을 해도 좋다. 지금 같은 한국 문화 중흥의 시기라면 그 어느 때보다도 사업 성공의 가능성이 높다.

싱가포르 회사가 나를 고용했던 이유는 한국어와 일본어가 유창하고, 전자상거래 전문성과 관련 경력이 있었고, 한국 시장을 잘 알며, 일본 시장 조사가 가능하다는 이유였다. 영어를 기본으로 2,3개 국어를 모국어 수준으로 구사하며 싱가포르에서 나고 자란 사람들은 그 회사에 차고 넘쳤다. 처음부터 같은 영역의 게임이 아니었던 것이다. 그 사람들도 할 수 있는 일이라면 굳이 외국인 인재에게 비자를 주고 복잡한 절차를 거쳐가며 고용할 이유가 없다. 그런 면에서 한국에서 경력을 쌓아 활용하는 방법은 신입으로 짐을 싸들고 와서 처음부터 가르쳐달라고 하는 것보다 비교적 쉽게 자신을 어필할 수 있는 방법이다.

내가 디지털미디어 분야에서 경력을 쌓아가기 시작하고 연차가 쌓이자 다른 회사의 매니저나 헤드헌터들이 구직 중도 아닌 나를 찾아내어 직업을 추천하고, 여러 경로에서 같이 일하자고 하는 제안이 들어오게 되었다. 싱가포르에서 아시아 태평양 지역 사람들을 상대로 세일즈와 트레이닝, 전략 구성 업무를 해온 경력을 업데이트하자, 사람들은 더 이상 나를 한국인으로 보지 않고 아시아 전문가로 보기 시작했다. 동남아 여러 나라와 한국, 일본에서의 프로젝트 내용을 보게 된 헤드헌터나 다른 회사의 고용주들은 내가 한국인이라는 사실조차 인지하지 못한 채 나에게 전화나 이메일을 보내 관심을 표명하고 미디어 업계의 미래를 물었으며 같이 일할 기회를 타진했다. 나는 단순히 한국과 한국의 플랫폼을 잘 아는 한국 전문가에서, 어느새 아시아권 지역 전문가이며 세계적으로 통용되는 디지털과 소셜미디어 전문가로 한 단계 성장한 것이다.

그런 과정을 거친 나의 현재 직업은 영국 명품 패션 브랜드의 상하이 오피스에서 아시아 태평양을 담당하는 디지털 프로젝트 매니저다. 내가 인생의 전반 25년에 걸쳐 체득한 아시아적 통찰과 경험이 무엇보다도 유럽 본사에 중요한 자산이 되고 있다. 업무는 영어, 일본어, 한국어로 진행하지만 중국에 거주하며 일할 사람을 찾았기 때문에 몇 개월 남짓 배운 중국어조차 다른 후보자들과 나를 차별화하는 요인이 되었다.

많은 사람들이 해외 진출을 위해서는 그 나라 사정을 잘 알고 영어나 외국어를 유창하게 구사하는 것만이 길이라고 생각하고 아시아인이나 한국인의 정체성은 배제하려고 한다. 그러나 그것만을 준비해서 나온다면 현지에서 학위를 따고 취업전선에 뛰어든 현지의 인재들을 이겨내는 것은 너무 힘들다. 오래 전에 한국에서 고전무용을 전공하는 한 남자를 만났는데, 그는 전공의 좋은 점 중 하나가 다른 나라에서 유학을 하지 않아도 된다는 점이라고 했다. 한국 사람들은 한국적인 것에 관해서는 원어민이며 독보적인 장인이라는 단순한 사실을 깨닫는 순간이었다. 외국에 나가 처음부터 나를 다시 만들 생각만 했지, 우리가 가진 고유한 가치를 세계에 전파할 수 있을지에 대한 고민은 상대적으로 하지 않은 것이다. 한국을 배우면 배울수록 해외에서 더 깊고 견고하게 자리 잡을 수 있다는 발상의 전환인 것이다.

한편으로는 개발자와 디자이너 등 전문 직종이며 고객을 상대하는 업무를 주로 하지 않는 자리라면 언어가 다른 사람들보다 조금 모자라더라도 기술적인 부분에서 업무를 수행할 기회가 충분히 있고, 그 과정에서 언어나 문화에 익숙해지면 관리자로도 성장할 수 있다. 현지에 있는 다른 사람들과 현지 사람처럼 경쟁하고 싶다면, 경력을 한국에서 가져오거나 현지에서 인정할 만한 교육을 받고 공부할 수도 있고 처음부터 경력 활동을 시작해서 차근차근 경쟁력을 확보할 수도 있다. 한국에서 사업을 하거나 한국 기업의 현지화를 위한 업무가 주된 것이라면, 외국에 대해서 공부하기 이전에 한국, 중국, 일본 등 우리나라를 비롯한 이웃 나라들에 대해서 현지인들보다 더 깊은 통찰력을 가지는 것이 필요하다. 영어 이외에 일본어나 중국어를 할 수 있다는 것도 큰 시너지 효과를 낸다. 한국이 기술 우위에 있는 분야에 있다면 한국에서 경력을 쌓아 외국에 가르치는 역할을 할 수도 있다. 한국에서 쌓은 경력과 성실한 근무 문화를 잘 활용하면 한국인의 가장 큰 자산이자 경쟁력을 자기 것으로 만들 수 있다.

홍콩 여인 에바는 나에게 말했다.

“여태까지 내가 홍콩 사람으로, 아시아인으로서 어떤 강점이 있을까를 생각해보지 않고, 유럽 사람들과 똑같이 겨루기 위해서 오로지 영어 공부를 열심히 해야겠다는 생각만 했어요. 타이완에서 공부하는 분야가 재미있고 인간에게 이로운 것이기는 하지만 취업경쟁력이 없을 것 같아서 무엇을 전공하고 어떻게 돈을 벌어 유학을 할 것인지만 고민했고요. 오늘 돌아가서 내가 가진 것이 무엇이고 내가 무엇을 하고 싶은지, 아시아 전문가로서 나의 경쟁력을 생각해볼게요. 고마워요!”

에바에게, 그리고 경쟁력 넘치면서도 스스로의 가치를 몰라보았던 한국인들 모두에게 파이팅을 외쳐본다.

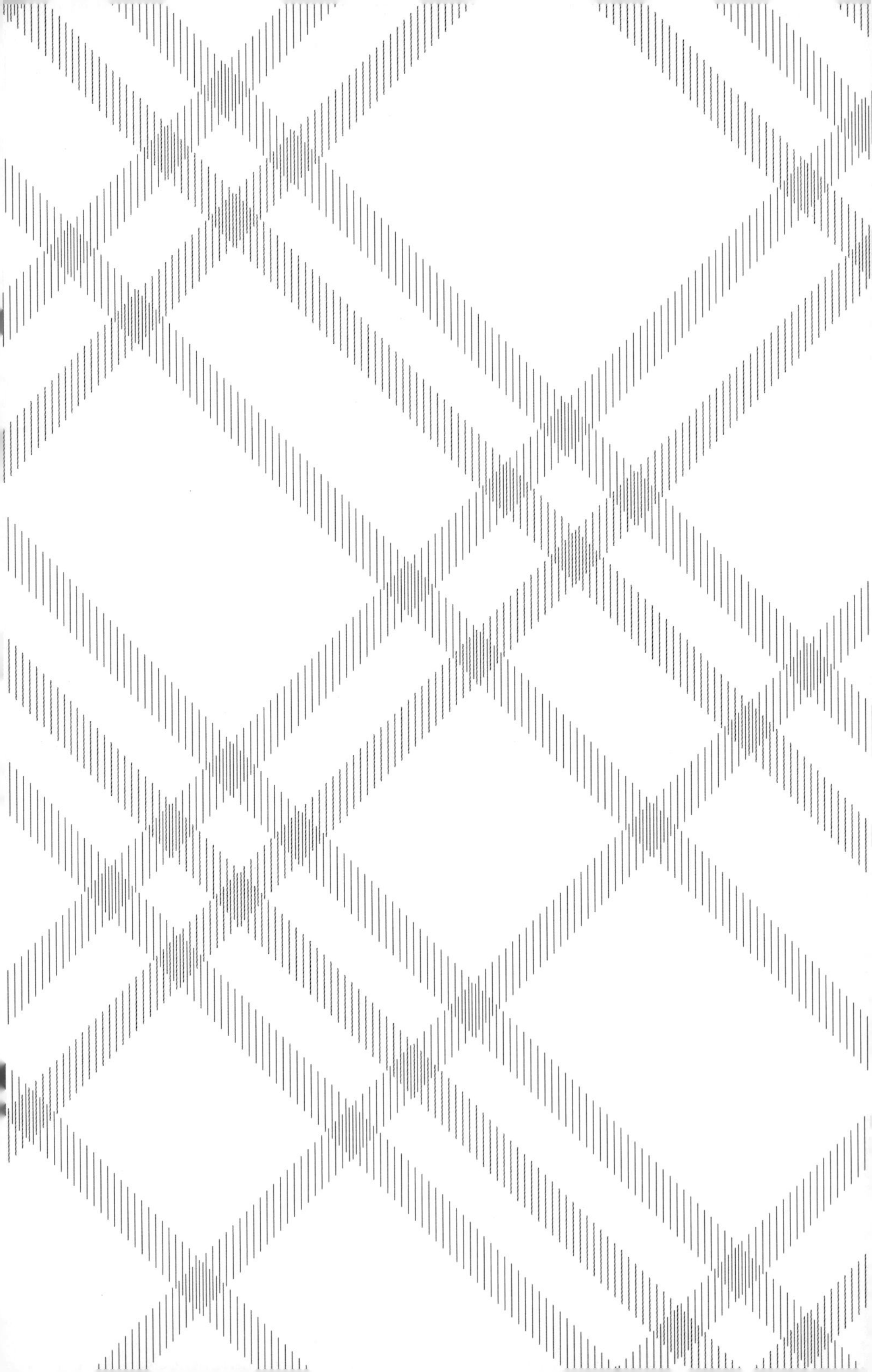

2부

좌충우돌의 서막,
내가 미처 몰랐던 세계로

– 본격 해외 생활

공항 가는 날보다 더 설레는 일상

한국에서 다니던 회사의 온라인 여행상품 기획전 중에서 정말 상큼하게 잘 지은 기획전명 하나가 '공항 가는 날'이었다. 여행 과정에서 가장 설레고 기분 좋은 곳은 공항이다. 짐을 싸고 밀렸던 모든 일을 어떻게든 구겨서 몰아넣고, 내 대신 전화를 받아줄 사람을 지정하고, 사뿐하게 공항 가는 길. 앞으로 오랜 시간을 몸을 접고 가야 하는 비행기 안도, 관광객들에게 밀려 긴 줄 끝에 사진 한 번 찍어야 할 기념탑 앞도, 땡볕 혹은 혹한에 줄을 서서 먹어야 할 어떤 특선 요리집도 공항이라는 곳에 있을 때만큼은 활짝 웃고 있다. 쓸 수 있는 휴가나 통장의 여유가 빠듯한 날에도 '공항 가는 날'을 클릭하는 날에는 언제나 행복한 여행의 기운이 온몸에 차오른다.

그렇게 공항으로 가서 일상에서 벗어나는 일보다 더 즐거운 일은 무엇일까. 배낭 없이 떠나도 되는 여행, 내가 살고 있는 매일의 일상이 여행이 되는 풍경이다. 단순히 에펠탑을 바라보며 하루 종일 와인향에 취하고 싶다거나 아프리카 사파리에서 매일 기린과 하이파이브를 하거나 싱가포르의 마리나 샌즈 호텔의 인피니티풀에 365일 몸을 푹 담그고 싶다는 것이 아니다. 매일 아침 저녁 출퇴근 버스 안에서 바라보는 싱가포르 대관람차의 아름다운 모습, 강 위에 떠 있는 유리글라스 루이비통 앞을 조깅하여 지나쳐가는 사람들, 이스트코스트의 사이클리스트, 힌두와 중국 사원, 리틀 인디아를 매일 매일 현지인과 여행자들 사이에서 지나쳐갈 수 있다는 것은 분명 신나는 일이다. 실로 5년의 생활 동안, 나는 하루도 싱가포르와 사랑에 빠지지 않은 적이 없다.

일상이 여행이 되듯, 여행도 일상마냥 아무것도 아닌 것이 된다. 도대체 몇 개국의 사람들이 섞여 있는지 모를 아침의 버스, 손을 맞잡은 인도계와 중국계 아이들의 노랫소리, 점심의 호커 센터, 빵집의 마감세일, 시장 과일가게의 덤, 싱가포르 특유의 땀 냄새가 배어나는 엘리베이터가 내 집이 되었다. 한낮의 땡볕보다도 더 강렬한 사무실의 에어컨 바람에 긴 팔을 입고 반투명 스타킹을 신고 다니면서 나는 비로소 진짜 싱가포르의 주민이 되었다. 더 이상 반찬 없는 외로운 한 그릇 음식에 서운해 하지 않았다. 홍고추나 청고추를 어슷하게 썬 것에 간장을 뿌린 양념만 있으면 어떤 음식이든 잘 먹을 수가 있고 싱가포르 식 영어는 눈 감고도 다 알아듣는 싱가포르의 일부가 되었다.

여행이란 그래서 매력적인 것이 아니었나. 혼자서 낯선 곳에서 떨어져 동시간을 살아내는 것이니까. 일정표는 내 것이며, 나만의 것이다. 친구와 둘이서 여행을 가면 다른 사람을 배려해야 하고 가족과 함께 여행을 하면 가정의 평화를 위해 모든 것을 가족에게 맞춰야 하지만, 혼자서 떠나온 여행은 모든 것을 내가 결정하고 책임도 내가 진다. 생각해보면 해외에서 사는 것은 새로 이사가는 집에 새 가구를 채워 넣듯이 내 인생을 재배치 할 수 있는 매력적인 기회다. 이렇게 외국에서 살아보는 여행이 매력적인 이유는 아래와 같다.

첫 번째, 당신이 정하는 방향으로 간다. 이 여행에서는 남들과 똑같은 시간에 똑같은 방향으로 향할 필요가 없다. 모두가 가는 시기에 휴가를 가서 여행을 다녀오면 사람에 부대껴 더 몸살이 난다. 휴가지에 진입하기도 전에 겪어야 하는 긴 도로의 정체, 사람들에게 밀려 간신히 돗자리를 펴는 둥 마는 둥 하는 한 평도 안 되는 땅에 평소보다 배가 되는 돈을 군소리 없이 지불해야 했던 기억. 여름에 여름 휴가를 가야 하고 스키장 개장과 함께 일제히 겨울 휴가를 가고 지난주 왕복 항공권 요금이 내가 휴가를 낼 수 있는 시즌에는 편도 요금만큼 비싸지는 상황에도 불구하고 휴가일을 바꿀 생각은 하지 못한다. 동행인의 일정이나 회사의 일정과 맞추다보면, 결국에는 극성수기에야 다른 사람들과 함께 버스터미널이나 기차역, 공항에 서 있는 나를 발견하는 것이다.

싱가포르에 온 이후로는 가능한 휴가 일정에 맞춰 비행기 표를 사는 것이 아니라, 저렴한 비행기 표를 예매하고 나서 휴가계를 상신하는 변화가 생겼다. 여태까지 늘 그래왔던 이들에게는 당연한 것이었겠지만 나에게는 혁명이었다. 그런가 하면 20년 넘게 설날과 추석을 지내다가 디파발리, 이스터, 하리라야 하지, 땡스기빙 등을 지내는 것도 소소한 즐거움이다. 12월에 한국이나 일본으로 휴가를 가면 겨울이지만, 호주로 가면 한여름을 즐길 수도 있다. 누군가에게는 아주 특별한 날이지만 누군가에게는 매일 매일의 평범한 하루일 뿐인 그런 날들, 나는 또 다른 인생의 달력을 선물 받은 것이다. 어떤 날을 축제일로, 휴가일로, 기념일로 정하고 살 것인가는 내가 그려가는 달력인 것이다. 그런 생각들이 쌓이니 '비수기 인생'도 괜찮다는 생각을 하게 되었다. 남들이 다 취직할 때 안 해도, 결혼할 때 안 해도, 휴가 갈 때 안 가도, 성수기에 안 가고 비수기에 가면 방도 할인되고 경쟁도 없다. 줄 서 있는 3,4번 창구 말고 비어 있는 5번 창구로 가는 삶이 편할 수 있는 것이다.

두 번째, 이 시간에 당신은 완전히 자유롭다. 이 여행지에서는 주말과 저녁이 오롯이 내 것이다. 나는 싱가포르에 이주한 후 5년 동안 다섯 번의 결혼식에 초대 받았다. 그중 세 번은 내가 신부 들러리를 설 정도로 아주 가까운 친구들이었고, 한 번은 말레이시아에서, 한 번은 인도네시아의 발리에서 하는 결혼식에 기꺼이 날아갈 정도로 나에게 의미 있는 결혼이었다. 장례식은 단 한 번, 회사의 대표 아버지가 돌아가셨을 때였는데, 문상객이 20명 정도 있는 조촐한 장례식이었다. 한국에서의 주말을 떠올려보면 그때는 어떻게 그렇게 했나 싶게 경조사나 참석해야 하는 모임이 일주일에 서너 번씩은 있었다. 젊은 사람들 700여 명이 재직하던 신생 IT기업에서 한 달에 결혼을 하는 사람들의 수는 상상을 초월한다. 안면이 있거나 함께 프로젝트를 했던 사람들의 결혼식에 가지 않으면 알게 모르게 업무상의 관계도 소원해지니 가지 않을 수도, 그리고 부르지 않을 수도 없다. 별 감흥 없이 가서 주고받는 돈봉투도 낭비지만 영혼 없는 축하를 주고받는 서로의 시간이 아깝다는 생각을 감출 수 없다. 반면 싱가포르에서는 결혼을 진심으로 축하해주고 싶은 홍콩 동료의 결혼식이 있었는데, 그녀는 회사에서 직속상사와 사장님만을 초대했고 나는 청첩장을 받지 못했다. “왜 나를 초대 안 했어?”라는 물음에 “소규모로 하는 거고, 홍콩과 타이완에서 올 양쪽의 친구들 때문에 많은 사람들을 신경 쓸 수가 없으니 다음 주에 같이 점심 먹으면서 따로 이야기하자!”라고 미안한 표정을 지을 뿐이었다.

저녁도 마찬가지다. 매일저녁 하루도 빠지지 않고 밖에 나와 저녁을 먹고 사무실로 돌아가 11시까지 일하는 나를 보고 싱가포르 친구들은 혹시 네가 회사 오너냐는 질문을 했다. 동료들과 저녁을 챙겨먹고 야근을 했던 것이 습관이 되었는데, 7시쯤 주변을 둘러보면 아무도 없는 사무실에서 불을 끄고 퇴근하는 것 또한 처음에는 어색했다. 그렇게 저녁과 주말을 온전히 나의 시간계획 아래 만드는 경험, 거기에 적응하는 데 시간이 걸렸지만 그 시간을 대체할 열정들이 나타나 나를 채워주었다.

세 번째, 당신은 여비가 떨어지지 않는 여행을 하고 있다. 한국에서 번 돈에 의지해 여행을 할 때에는 살인적인 물가로 유명한 영국에서 생선 튀김 한 마리에 2만 원을 내는 소비를 해놓고는 ‘누가 내 지갑에서 돈을 빼갔나?’라고 생각하다가 미얀마에서 3천원에 신선한 과카몰리와 미얀마식 밀크티를 배터지게 먹고 거스름돈까지 받을 수 있어 왕이 된 기분이 들 것이다. 그렇지만 이 여행은 다르다. 당신은 여기서 다른 사람들과 함께 일을 해서 생활을 영위해나가야 한다. 해외에서 현실적인 삶을 살아나가면서 일을 해야 하는 긴 시간이 주어지면, 우리는 영국에서 한 조각에 만 원인 샌드위치가 무서워 맨밥에 김을 싸먹으며 버틸 필요가 없다. 그들이 먹는 것처럼 먹고, 피카딜리에서 뮤지컬을 보고, 데이트도 할 수 있다. 싱가포르의 부동산에 가서 내가 버는 만큼의 집을 알아보고, 때로는 화장실을 함께 써야 할 수도 있지만 만오천 원짜리 김치찌개라도 먹고 싶은 날에는 그것을 사먹을 수 있는 여유가 생긴다. 저금도 하고 보험료도 내면서 삶이 계속되는 가운데 흘러가는 여행은, 우리를 그렇게 인색하게도 한순간에 왕처럼 돈을 흩뿌리게도 하지 않는다. 우리는 돈을 벌고 그 돈으로 먹고 쓰면서 쪼들리는, 진짜 삶을 살아가는 것이다.

네 번째, 당신에게는 집이 없는 대신, 당신이 거쳐가는 수많은 공간이 당신의 집이다. 영하 16도의 한국에 한 달 간 출장을 가 있다가 영상 26도의 싱가포르의 밤 공항에 도착하던 날, 여기가 '집이구나'라는 생각이 들었다. 택시에서 이스트코스트로 향하는 그곳, 누우면 바로 잠도 잘 오고 내일이면 다시 정기권을 끊은 댄스스튜디오로 갈 수 있고 정다운 이들과 바비큐를 구우며 정담을 나눌 수 있는 곳, 그것이 이제 나의 홈이다. 이런 말을 들으면 우리 부모님이나 한국에 있는 친구들은 많이 서운해 하겠지만, 겨울만 되면 잔병치레를 해대던 내가 더 이상 아프지 않다는 사실만으로도 부모님은 행복해 하신다.

홍콩에 파견되어 셩완의 한 낡은 아파트에 두 달치 짐을 옮겼을 때도, 타이완의 학교에 다니며 3개월을 타이베이 주민으로 살았을 때도, 나에게는 아무런 두려움이 없었다. 공원 한가운데를 가로질러

골목골목에서 길을 잃으며 음식을 먹고 아파서 약을 사먹으면서도 나는 자유로웠다. 집 사는 것을 포기하고 돌아다니니 모든 곳이 내 집이 되었다.

다섯 번째, 다시 시작할 수 있다. 나는 사람들에게 "다시 태어난다면 무엇을 하고 싶어요?"라는 질문을 하는 것을 좋아한다. 그들은 다시 태어난다면 발레리나가 되고 싶어, 온 세상의 술을 종류별로 다 마셔보고 싶어, 프로그램을 배워서 개발자가 되고 싶어, 멋진 그림을 그리는 예술가가 되고 싶어, 사진작가가 되어 온 세계를 사진에 담고 싶어, 내가 꿈꾸는 그곳에서 작은 호스텔을 운영하며 살고 싶어라고 대답하다가 이윽고, 그것들은 다시 태어나지 않아도 이번 생에서 이룰 수 있다는 것을 깨닫게 된다. 이 여행이 그러한 계기가 될 수 있다는 생각이 든다. 과거의 당신은 과거의 당신으로 남겨두고, 원한다면 새로운 곳에서 다시 시작하는 기분으로 살 수 있다. 당신은 이곳에 처음 왔고 주변의 모든 것들이 당신에게 새로운 만큼, 당신에 대해 미리 판단하는 사람도 없을 것이다. 당신은 낯섦을 핑계로 물어보고 넘어지고 길을 잃을 권리가 있다. 여태까지 해보고 싶었던 것들을 1부터 다시 시작해볼 수 있는 용기가 조금쯤은 더 솟아오를 수 있다. 어쩌면 내가 미처 발견하지 못했던 나의 다른 모습을 끄집어내 살아볼 수 있다. 일정을 수정해도 된다. 아마 또 다시 다른 곳으로 훌쩍 떠날 수도 있을 것이다.

여행을 일상으로 만드는 것이 매력적인 이유들은 끝이 없다. 한 번쯤은 누구나 외국에 살아보라고 말해주고 싶은 이유다. 한 달이 되었든 두 달이 되었든, 일상이 여행으로 여행이 일상으로 탈바꿈되는 경험, 이곳저곳 서성거리다가 맘에 드는 곳에 정착해도, 서성거리다가 부지불식간에 사랑에 빠져도, 어쨌든 이 세계 어딘가에 내 의지로 만든 내 집 하나가 늘어나고 다시 태어나지 않아도 이루어질 내 꿈이 기다리고 있는, '공항 가는 날'보다 더 두근거리는 일상이 펼쳐질지도 모를 일이다.

이상한 싱가포르 회사의 한국인 앨리스

싱가포르 회사에서의 첫 주는 혼란스럽고도 불안했다. 한국인 직원이라고는 본사와 해외지사 통틀어 나 하나인데다가 '이 회사가 날 정말 원하는 게 맞나?' '영어도 못하고 원하는 만큼 일을 해내지 못해서 밑천이 금방 드러나지 않을까'라는 사기꾼 증후군을 가지고 시작했기 때문이었다.

회사에는 나를 붙들고 가르쳐줄 사람이 없었다. 엄연히 말하면, 회사의 설립자 중 한 사람인 COO(최고운영책임자)가 나의 직속상사로 되어 있었지만, 전 조직을 이끌며 일주일에 해외 출장을 두 번씩 가는 그가 나에게 신입사원 오리엔테이션 엇비슷한 것이라도 시켜줄 리 만무해 보였다. 상사는 있되, 사수는 없는 꼴이었다. 인수인계 혹은 트레이닝이 전혀 안 된 상태에서 실전이 시작되었다. 여태까지 인터넷 쇼핑 업무만을 봐왔던 나에게 소셜미디어 광고 플랫폼은 새로운 분야였고, 그것에 대해서는 내 이력서에 자세히 기술되어 있었으나 수많은 이력서를 늘상 봐야 하는 그가 내 이력서를 외우고 있을 턱이 없었다. 나는 정확히 입사 3일 후에 명함도 없이 고객사 브랜드 매니저를 만나서 이번 프로젝트의 총 책임자라고 소개되는 것을 시작으로 실전 프로젝트에 던져졌고, 일주일 뒤에는 사장실에 불려가 이 시장에 대한 이번 연도 너의 전망과 다음 분기 우리의 사업 방향이 뭐냐는 질문을 받았다. 싱가포르 사람들의 말투에도 적응되지 않았는데 태국, 말레이시아, 필리핀, 홍콩 등에서 오는 전화를 모두 연결해 완벽한 그들만의 영어로 회의를 하고 나면, 화상 회의 폰 위로 나에게만 보이는 회오리 폭풍이 지나갔다. 스피커폰 너머로 타이완 동료가 이야기하는 중국어에 태연하게 영어로 대꾸하는 싱가포르 동료를 멍하게 바라보다가 안건도 제대로 챙기지 못하고 회의실을 나오기 일쑤였다. 더 어른스럽게 보이기 위해서 펜슬스커트를 사 입고 번듯한 명함지갑을 지니고 다니면서 고객과 만날 때는 어깨를 쭉 펴보았지만, 청산유수 싱글리시로 고객을 감동시키는 동료를 바라볼 때면 돌아오는 길에 어찌나 내 자신이 바보 같던지 암담함이 땅끝까지 뿌리를 내렸다.

나는 그저 남들에 비해서 조금 더 욕심 많은 대한민국의 평범한 직장인이었다. 같이 입사한 사원들 중에 가장 먼저 대리 승진을 하고 싶고, 시키는 일을 끙끙대며 해내고도 지적을 당하면 분해서 회의실에 가서 엉엉 울기도 하고, 같이 일하는 다른 사람이 칭찬을 받으면 그날 밤을 새서 다른 건을 만들어내는, 그런 경쟁사회에서 살아남고 싶었던 평범한 사회 초년생이었다. 위계질서도 중요했고, 업무도 중요했고, 자기계발도 중요했기에 하루 24시간 분주하게 움직였다. 우선순위와 삶의 초점을 회사에 두었던 것도 어쩌면 당연했다. 그런 경쟁적인 환경에서도 살아남았던 내가 이렇게까지 바보같이 느껴졌던 적이 없었다. 나의 관념들은 이제 하나둘씩 격파될 준비를 하며 떨고 있었다.

제일 먼저 깨졌던 것은 위계질서에 대한 관념이었다. 나와 같은 시기에 입사한 필리핀 직원 제시카가 사장님을 "미스터 푸"라고 부르자, 사장님은 마시던 커피를 뿜을 뻔하며 "제발 조지라고 부르게"라고 말했다. 한국 지사를 다녀온 후 나를 호출하여 "그러니까, 한국에서는 나를 '조지푸 사장'이라고 성하고 직함까지 붙이는 것도 모자라서 '님'자까지 붙여야 한다는 것이 정말인가? 그럼 사람들이 자네는 뭐라고 부르나? '싱가포르 본사의 시니어 전략 매니저님'이라고 부르기라도 한다는 건가? 그것도 매번?" 그 말에 '네, 입사하면 사원이고 그 뒤에 대리, 과장, 차장, 부장, 상무 등등' 하고 설명을 하고 있자니, 사장님, 아니 조지는 내가 싱가포르 회사에서 느꼈던 무정부 상태와 비슷한 문화충격을 받는 듯했다. 퇴근시간이 되어 그의 방문을 두드리며 "먼저 들어가봐도 될까요?"라는 인사 아닌 인사를 하자 조지와 그의 비서의 눈이 동시에 튀어나왔다. 조지는 "내일 안 나올 게 아니라면 말이지, 특별히 나에게 퇴근을 보고할 필요는 없네"라고 정리해주었다.

직급만 두고 보자면 나도 결코 낮은 직급은 아니었다. 위에 있는 사람들보다 서열상으로 아래 있는 사람들이 더 많았다. 일이 이렇게 되자, 나는 상사에게 "하이 바이 헤이" 하는 것을 편하게 여기고 즐기게 되었으면서도, 한편으로 나보다 한참 나이가 어린 신입사원이 내 등을 두드리며 "무슨 일 있어?"라고 하거나, 내가 지시한 일에 대해 "미안한데, 난 지금 바빠서 그 일을 도와줄 수가 없어요"라는 말을 들으면 내가 직급이 더 높은데 위아래를 몰라본다며 뒤돌아서 눈을 흘기는, 은근한 이중잣대가 생기는 과도기도 거쳤다. 그렇지만 내가 직위가 더 높고 말고를 떠나서 그곳에서 나는 결코 혼자서 일할 수가 없었다. 나는 나보다 아래에 있다고 생각했던 사람들의 도움이 절실히 필요했다. 그들이 없는 나는 무의미하다는 것을 알게 되었을 때 결국에 우리는 계급장 다 떼고 서로 도와주며 하루의 대부분을 같이 하는, '함께 일하는 사람'이 되었다.

함께 일하는 사람들과 나의 인생에서 중요시 여기는 것이 무엇인지에 대한 생각의 차이는 그냥 머리로 이해하고 존중해야 하는 것에 그치지 않고, 나의 생활패턴도 손을 보아야만 했다. 싱가포르에 혈혈단신 혼자 와 있는 나는, 예전에 한국 회사에서 하던 대로 동료들과 함께 저녁을 먹으러 갈 생각에 저녁 제안을 몇 번 한 적이 있었다. 하지만 나처럼 싱글로 해외에서 온 동료들이라면 몰라도 싱가포르 동료들과 그런 일이 전격적으로 이루어지는 날은 아주 드물었다. 가족과 저녁을 먹어야 한다면서 아쉬운 기색 하나 없이 집에 가거나, 미리 예약을 하듯이 한 2,3주쯤 뒤에 날짜를 잡자고 했다. 내가 들어온 날에도 나를 환영하기 위한 팀 점심식사만이 있었을 뿐이었다. '회식'이라는 항목은 팀장 예산에도 없었고 가끔 해외 지사에서 동료가 오면 시간이 있고 함께 하고 싶은 사람들이 자유의지와 자비로 저녁을 먹으러 나가는 일은 있어도 회식이라며 집합하는 일은 없었다. 굳이 요즘 서로 잘 지내는지 확인하고 싶거나, 조금 더 친밀함을 쌓기 위해서라면 오후 5시에 시작해서 7시 전에 끝나는 '해피아워'로 맥주 한두 잔 하는 정도가 다였다. 친구 아닌 동료 사이에 저녁을 같이 먹자며 당일날 약속을 잡는 것은 어떻게 보면 무례한 행동이었다. 그렇게 새로운 문화에 머쓱해져야 했던 나는 처음 몇 달 동안, 저녁 7시가 되면 휑해지는 사무실에서 불을 끄고 건물을 나서 드문드문 문을 연 회사 근처의 식당을 혼자서 배회하며 들어갈까 말까를 고민하는 외로운 저녁을 보냈다.

또 한 번의 충돌은 한국 고객과 싱가포르 개발자 사이에서 일할 때 일어났다. 밤 여덟시에 한국 고객사가 한 요청에 급하게 내부 싱가포르 직원을 찾아 휴대폰을 돌린 나는 대부분의 직원들로부터 '그 일은 내일 들여다보겠다'는 회신을 받아야 했다. 요청 즉시 처리하여 고객만족을 주고 회사의 신뢰도를 높이려 했던 나의 노력이 칭찬받아 마땅하다고 생각한 나는 회의 시간에 그 안건을 발의하여 회사가 조금 더 유연하고 효율적으로 고객 요청에 부응했으면 좋겠다는 발언을 했다가 사장님과 일대일 면담을 해야 했다. 나의 상사는 나에게 그러한 전례를 계속 만들어나가지 말라고 충고했다. '갑을관계'에 대한 나의 설명을 들었을 때 동료들은 이런 말을 했다. "고객 회사에서 우리의 서비스가 필요해서 우리가 제공하는 서비스를 대가를 주고 이용하는데 왜 우리가 을이라는 거지? 우리 회사의 서비스가 마음에 들지 않고 다른 대안이 더 좋으면 우리 회사를 쓰지 않으면 되는 것이지"라며 의아해했고, 회계 팀에서는 서울 지사의 접대비 예산 요청서 금액에 혹시 0이 하나 더 붙은 것 아니냐고 나를 불러 확인하기도 했다. 운영진은 외부고객은 소중한 파트너지만 우리는 정당한 서비스의 제공으로 서로에게 공평한 거래가 이루어지고 있으니 접대는 하지 않아도 좋고, 고객회사가 당초 서비스 레벨에서 합의된 내용 이외의 요구를 해서 내부직원이 그만두기라도 하면 손해가 막대하다는 생각을 가지고 있었다. 그리고 그제서야 나는 내가 전화를 걸어 방해한 동료 가족들의 단란한 저녁에 대해 떠올렸다.

그래서 외국의 회사 문화에서는 '일과 삶의 균형'이 잘 지켜진다는 말들을 한다. 실제로 해외에서도 이 단어는 생활에 중요한 키워드다. 그런데 세상에는 '일과 삶의 균형'이 우선하지 않는 회사, 즉 일에서의 성공이 지금 이 시기에 더 비중을 차지해야 한다는 가치관이 있고 일과 삶의 균형을 존중하는 가치관도 있다. 그 균형의 기준은 확실히 문화와 경제 상황에 따라서 상대적으로 달라진다. 한국 사람 입장에서는 6시에 땡 하고 퇴근하는 싱가포르 사람들이 "호주에 가면 4시 반에 퇴근이라던데, 싱가포르는 너무 경쟁적이고 일에 열중하는 것 같아"라고 말하는 것을 들으면 분명 뒤로 넘어갈 소리로 들릴 것이다.

사실 위에 말한 두 가지 유형 이외에 또 하나의 유형이 있다. 일과 삶의 균형이 아예 필요 없는 회사나, 그런 유형의 사람들이다. 일이 삶보다 중요한 회사에서는 일과 성과에 삶이 적당히 희생된다. 일과 삶이 균형을 이루는 삶은 일의 성과와 삶이 적당한 타협점을 찾는다. 그러나 그런 균형이 필요 없는 회사에서는 일이 삶 그 자체로 분리되지 않는다. 한 마디로 일에 미쳐 있는 상태인 것이다. 이 말은 일견 '일중독자'처럼 숨 막히는 말처럼 들리지만 사실은 그렇게 무시무시하거나 가혹한 말이 아니다. 회사의 소유주에게는 일과 삶의 경계가 무의미하다. 자신이 매우 꿈꾸고 좋아하는 일을 하는 사람에게는 문 닫는 시간이 아쉽고 그다음 일터로 돌아갈 시간까지 기다릴 수 없어 가슴이 두근거린다. 쉬운 예로 요즘 잘나간다는 신생 IT기업들에서는 이러한 유형의 고용주들이 비슷한 유형의 열정을 가진 사람을 찾아 합류시키며 사업을 키워나가고 있다. 그것이 본인의 선택이었던 사람들을 보면서 나는 삶과 노동의 경계를 무너뜨린 그들의 열정이 부럽다는 생각을 했고, 그러한 열정을 장려하는 문화에서 온 사람들을 보며 내 주변을 돌아보기도 했다. 만약 우리가 한국식의 성실성과 에너지를 이런 열정으로 키워낸다면 정말 큰 강점이 되겠구나, 하는 생각에 가슴이 두근거리기도 했다.

인생의 거의 모든 부분을 한국에서 보내고 이십몇 년을 돌아서 싱가포르에 뚝 떨어진 나는, 나무 아래에서 책을 읽다가 우물 아래로 떨어진 이상한 나라의 앨리스 같았다. 예고 없이 찾아오는 여러 가지 일들에, 당당히 적어낸 이력서의 경력과 경험들이 무색할 만큼 무기력하기도 했고, 뜻밖에 내 식대로 처리한 일에 박수갈채를 받기도 했으며 17개국에서 온 동료들 사이에서 어찌해야 할 바를 몰라 우왕좌왕하기도 했다. 또한 자기 사업을 시작한 고등학생 인턴을 보며 부러워하기도 했다.

앨리스는 자신을 부르는 소리에 그 기괴한 꿈에서 깨어나 현실로 돌아왔고 그녀가 겪은 모든 이상한 일들은 이상한 나라에만 머물렀지만, 기괴하지도 이상하지도 않은 나라, 이제는 나도 이해할 수 있는 모두가 있는 싱가포르에서 내 삶은 완전히 달라졌다.

외국어는 마스터의 대상이 아니다

아웃소스드Outsourced라는 영화를 본 적이 있다. 비용 절감을 위해 인도로 콜센터를 모두 옮긴 미국 회사의 직원이 인도 콜센터 직원들에게 '미국인인 척' 하게 하기 위해서 악센트를 가르치는 장면이 재미있어서 정말 그런 게 있냐고 인도 친구에게 물어보았더니, 뭄바이에 그런 학원이 수도 없이 많이 있단다. 인터넷으로 찾아보니 정말 수없이 나온다. 먼저 인도 사람들 특유의 영어 발음을 중성화해주는 것, 그리고 나서 미국 발음이나 영국 발음 중 원하는 발음을 '입히는' 것이다. 수년간을 외국에서 생활하고 수많은 국적들의 사람들과 문제없이 업무를 하고 사귀었는데도, 그런 서비스를 보니 '나도 가서 세련된 영국 발음을 한 번 입혀올까?'라는 생각이 슬며시 들어 사뭇 진지하게 학원비를 검색해보기도 했다.

세계 공용어로서의 영어는 정녕 도전하고 익힐 가치가 있다. 영어를 사용함으로써 접근할 수 있는 자료의 방대함과 대화하고 소통할 수 있는 인맥의 무한함을 생각할 때, 영어가 형성해놓은 편의성은 가히 상상 그 이상이다. 물론 배울 여유만 된다면 다른 외국어에도 모두 적용되는 이야기이다.

사실 어떤 언어를 모국어처럼 말할 수 있다면 그것이야말로 외국어 공부의 완성일 것이고 목적지일 것이다. 그렇지만 나의 개인적인 견해를 말하자면 외국어를 소위 원어민 수준으로 마스터하겠다는 생각은 현실적이라고 보기도 어려울 뿐 아니라 필요 이상의 자기 기준과 검열로 오히려 효과적인 언어 습득과 사용을 방해한다. 영어를 모국어로 쓰는 싱가포르에서조차 뿌리 깊게 존재하는 수십 종의 영어를 보고 들으며 이런 내 생각이 틀리지 않았음을 확인했고, 현재 일하고 있는 회사의 유럽과 영어권 사람들의 영어 사용 행태를 보면서 다시 한 번 굳어졌다. 원어민 뺨치는 발음과 억양, 그리고 상용문구들에 대한 풍부한 지식보다도 의외로 외국어를 할 때 정말 경계하고 조심해야 할 점은 이런 것들임을 알려주고 싶다.

첫째는 질문하지 않고 모르는 것을 아는 척 그냥 넘어가는 것이다. 내가 만난 외국 사람들 중 대부분은 영어가 서툰 사람들이 가진 소통의 문제점으로 예·아니오를 묻는 질문에 전혀 다른 대답을 하거나 "어제 우리 할머니가 돌아가셨거든"이라는 말에 만면에 웃음을 띄고 있는 상황을 예로 들었다. 컨퍼런스 콜을 하거나 전화로 업무를 처리할 때는 한층 더 확인하는 과정을 중요시해야 한다. 나는 영국 본사와 컨퍼런스 콜을 하는 일이 매우 잦다. 처음에는 맥락도 알지 못하고 사람들의 말투도 적응되지 않아 애를 먹었다. 그 와중에도 영어를 못한다는 인식을 주고 싶지 않아서 회의 내용을 녹음한 뒤 나중에 들어서 내용을 따라잡는 등 몰래 노력을 했다. 하지만 회의가 거듭될수록 자연스럽게 그 자리에서 모르는 것을 확인하고 다시 말해달라고 요청하는 동료들을 보니 꼭 영어의 문제만은 아니라는 것도 알 수 있었다. 물론 언어 소수자의 입장에서 이야기의 흐름을 끊으며 계속 질문을 하기는 쉽지 않다. 그렇지만 모르는 것에 대한 정확한 사인을 보내지 않았을 때 정말로 중요한 메시지를 놓칠 수 있고 같은 실수를 반복하게 될 위험이 더욱 크다.

둘째는 내용 이외의 것에 위축되어서 업무나 사교 활동에서 본인이 피력하고자 하는 바를 전달하지 못하는 것이다. 이것은 특정한 언어가 다른 언어보다 고급스럽다든가 특정한 지역의 발음이 더 우월하다고 생각해버리는 것과도 관계가 있다. 발음이 정확하고 원어민에 가까우면 좋겠지만 이해도에 크게 영향을 미치지 않는다면 아름다운 발음과 억양은 발표나 회의, 사교의 최우선 순위는 아니다. 한국 회사의 영국 지사에서 일하던 희정 씨의 한국 동료 직원 중에는 인사하기, 숫자세기 등 간단한 영어밖에 할 줄 모르지만 재고 관리 실력은 기막히게 좋은 직원이 있었다. 희정 씨는 그가 언어의 장벽을 뛰어넘고 영국 지사의 직원에게 재고관리 툴을 한 달 동안 완벽하게 전수하였던 것이 무척이나 인상적이었다고 했다. 인계를 받은 영국 직원도 이 재고관리의 달인을 업무적으로 매우 존경했다고 한다.

세 번째는 모든 것을 다 알아야 한다는 강박이다. 한 번은 다수의 미국 친구들과 카드를 내어 문장을 잇는 게임을 하는데 내가 모르는 단어가 너무 많이 나왔다. 다른 친구들이 터져나오는 웃음을 참으며 카드를 읽어 내려갈 때 나는 재치 있는 카드를 내기는커녕 단어의 뜻을 몰라 비슷한 카드를 낼 수도 없었다. 몰래 책상 밑으로 사전을 찾아가면서 근근이 게임을 이어나가며 억지웃음을 짓는 것이 고역인 와중에 영국 출신 친구가 "이 카드 무슨 뜻이야?" 라고 묻는 것이었다. 알고 보니 카드에 나온 어휘나 문장이 미국 문화와 특정 세대의 취향에 아주 깊이 연관되어 있어 영어가 모국어라고 해도 알아들을 수 없는 것이 많았던 것이다. 자신감이 바닥에 떨어져 집에 가려 했던 마음을 다잡고 질문을 하기 시작했다. 알고 보니 내가 몰랐던 단어들은 우리말로 치자면 은어에 가까운 용어들에다가, 성적인 농담들 혹은 인종차별적인 발언들이거나, 전염병 이름, 전직 대통령 암살자 이름 등이었다. 그런 것들을 몰라서 사회 생활이 안 되는 것도 아니고 자신감을 잃을 필요도 없다는 것을 입장 바꿔 생각하면 잘 알 수 있다.

마지막으로 공부할 외국어를 고를 때는 신중해야 한다는 것을 강조하고 싶다. 외국어를 고르는 것은 인생의 파트너를 고르는 것만큼이나 중요하다. 그 외국어를 체득하는 순간 그것이 나와 한 몸이 되어 평생을 따라가기 때문이다. 나의 경우에는 어려서부터 내 선택으로 일본어를 배웠더니 일본 학교로 교환 유학을 가게 되고, 일본 친구들을 사귀어 일본어를 더 잘하게 되었고, 일본어 관련 아르바이트가 들어와 그 경력으로 일본 회사에서 인턴을 하게 되었으며 지금 일본 시장을 담당하고 있다. 나는 가끔 내가 프랑스어를 배웠다면 내 인생이 어떻게 달라졌을까 상상해보곤 한다.

많은 사람들이 외국 기업 지원 자격에 보면 자유자재의 영어 실력 Good command of English.(혹은 다른 외국어)이라는 것이 있는데 이것이 무슨 뜻이냐는 질문을 한다. 그리고 또 영어를 얼마나 해야 외국 기업, 혹은 해외에 취업할 수 있느냐는 질문도 심심치 않게 들을 수 있다.

자유자재의 영어 실력이라는 말에는 지원자가 영어가 모국어가 아닐 수도 있다는 뜻을 내포한다. 업무를 원활하고 독립적으로 할 수 있을 정도의 능력을 말하는 것인데, 안타깝게도 이것은 시험 점수로는 나타나지 않으며 많은 외국 회사들은 영어 자격증에 의존하여 지원자들의 영어를 판단하지도 않는다. 대개 이력서의 경험 부분에서 한 번, 인터뷰 때 직접적으로 대화를 하면서 짧은 시간 안에도 판단이 가능하다. 그렇지만 꼭 언어가 완벽에 가까워야 취업이 된다고 생각하며 지원을 하지 않는 것은 실수다. 아래에 있는 전 레벨이 취업 가능성이 있기 때문이다.

Level 1.

영어를 읽고 해석은 할 수 있는데, 이메일을 쓰는 것은 자신이 없고 말하는 것은 더듬거린다. 전화를 하면 나중에 이메일로 내용을 다시 받아야 하고, 사전의 도움 없이는 이메일을 다 이해하기 어렵다.

외국 동료와 같이 일을 하면서 함께 일하는 업무의 내용이나 이메일, 전화에 대해서 물어보고 재확인하는 것이 전체 내용의 20퍼센트 정도를 차지한다.

가능한 업무: 신입 업무, 간단한 사무직을 할 수 있다. 그러나 이 경우에도 본인의 모국어가 유창하여 50퍼센트 이상의 업무가 모국어와 관련됐을 때 일처리가 원활하게 가능하다.

예외적으로 이 경우에도 책임과 권한이 더 많이 주어지는 업무를 할 수도 있는데, 여기에 해당하는 것은 본인이 전문직(개발자, 디자이너, 플로리스트 혹은 희귀언어 상담원 등등)인 경우다.

Level 2.

읽고 해석하는 데 문제없고, 세련되지는 않지만 업무에 전혀 지장 없을 정도의 이메일을 쓴다. 전화를 하면 거의 모든 내용을 알아듣고, 간혹 정말 못 알아듣는 부분만 이메일로 확인을 하거나 전화로 재차 묻는다.

가능한 업무: 매니저급 업무를 할 수 있다. 제한적으로 세일즈를 할 수도 있지만, 이 경우에는 본인의 상품에 대한 지식이 굉장히 뛰어나야 한다. 이 경우에는 다른 사람의 도움을 받아서 창업도 할 수 있다.

단, 컨설팅이나 중요한 영업 관련 경쟁 프레젠테이션 등에는 본인 주도하에 전면적으로 참여할 수 없다.

Level 3.

모든 업무 내용과 새로운 내용을 읽고 쓰고 듣고 상대방과 교류하는 데에 문제가 없다. 상대방이 본인이 네이티브가 아니라는 점을 바로 인지할 수는 있지만 업무 내용을 재확인하는 데 드는 시간은 거의 없다고 볼 수 있다. 세련되지는 않지만 대외적으로 나가는 이메일이나 자료에 글을 쓸 수 있을 정도의 쓰기 능력이 있다.

가능한 업무: 팀장급 업무를 할 수 있다. 제한적으로 컨설팅과 중요한 세일즈 관리 및 거의 모든 활동을 할 수 있고 창업도 할 수 있다.

Level 4.

커뮤니케이션에 전혀 문제가 없다. 효율적이고 높은 수준의 어휘를 구사하며 전혀 새로운 분야의 고객을 만날 때는 배경 조사를 하여 준비할 수 있는 능력도 갖추고 있다. 만약 본인이 영어를 쓰는 환경에서 자란 것이 아니면서 이런 경지에 이르렀다면, 이 사람은 모국어에 굉장히 뛰어나며 5개 국어 정도를 할 확률이 높다.

가능한 업무: 발음이 어떤가는 상관없이 지구상의 누구와도 일을 할 수 있다.

Level 5.

사람들이 영어권 네이티브라고 생각한다. 영어로 운율을 맞춰 시도 쓰고 작곡도 한다. 섬세하고 아름다운 어휘를 구사한다. 언어에 타고난 감각이 있거나 아주 몰입하여 노력하는 사람이다.

가능한 업무 : 자기 회사를 차려도 된다. 아트 분야나 금융권, 컨설팅에서도 아무 문제없이 정치도 하고 살아남을 수 있다.

해외에 와서 구직을 하는 한국 사람들이 (어렸을 때 해외에 거주하지 않았다는 것을 가정) 대부분 처음에는 1과 2 영역에 있으며, 한국계 외국 회사에서 파견되어 오는 사람들, 대학교 이후에 유학 다녀온 사람들은 2~4의 영역에 있다. 냉정하게 이야기해서 1은 높은 수준의 급여를 기대할 수 없지만 경험을 쌓을 수 있고 실력도 향상시킬 수 있는 기회다. 2의 경우에는 주재원으로 파견되어 왔으면 급여는 만족할 만한 수준이지만, 다른 외국 회사로 옮긴다거나 아주 중요한 자리로의 위치 이동은 그렇게 쉽지 않다. 3의 경우부터는 외국 회사와 급여에 관한 협상에서도 유리한 위치를 얼마든지 차지할 수 있고 4와 5는 언어를 초월하여 내용으로 승부를 펼칠 수 있다. 앞서 말했듯, 영어를 정복의 대상으로만 여긴다면 5를 제외한 나머지 영역의 사람들은 해외에서 업무를 하고 생활을 하는 것에 항상 준비가 덜 된 느낌을 받을 것이다. 그렇기 때문에 외국어에 대한 기대 수준과 목표치를 조금은 유연하게 가져가는 것이 도움이 될 것이라고 생각한다.

캐나다에서 일하고 있는 유리 씨는 해외 생활이 정말 잘 맞으면서도 영어는 항상 애증의 관계라고 했다. 어떨 때는 죽어도 원어민 수준으로 도달 못하겠다고 좌절하다가도, 어느 순간에는 방언처럼 영어가 터지는 순간이 오기도 하고, 그러다가 또 좀 더디어지는 것 같다. 그럼에도 불구하고 버틸 수 있는 힘은 어차피 영어를 성인이 되고 나서 배운 이상, 비록 5세의 원어민 아이 같은 본능적인 영어를 구사하는 것은 불가능하더라도 50세의 원숙한 교수님과 같은 고급 영어를 구사할 수 있다는 믿음이라고 했다. 해외에서 외국인과 결혼해서 10년, 20년을 살았다고 하더라도 의사소통이 자유로운 정도의 본인이 편한 수준만 고집하면 딱 거기까지의 영어만 구사하게 되지만, 정확하게 공부하면 고급 영어를 구사하는 것은 본인의 노력 여하에 달려 있다는 것이다.

외국어는 정복의 대상이 아니라 발전시켜나가며 이용해야 할 대상이다. 외국어 때문에 꿈을 향해 첫발조차 떼지 못하는 사람들에게 이 메시지가 동기부여가 되었으면 좋겠다.

증명사회의 함정

싱가포르의 한 이탈리아 레스토랑에서 프랑스에 본사를 둔 글로벌 회사의 직원들을 만난 적이 있다. 한 사람은 싱가포르의 지사장으로, 명함에 선명하게 싱가포르 컨트리 매니저라고 적혀 있었다. 이 싱가포르 사업 총괄자가 데리고 나온 다른 한 사람은 스페인 사람이었는데 명함에 지사 위치도, 속한 부서도, 직함도 없이 이름만 있었다. 꾸미지 않은 차림으로 나와서는 날씨 이야기부터 시작해서 아시아와 유럽의 문화에 관해서 시간 가는 줄 모르고 나와 이야기를 주거니 받거니 했다. 피자를 다 먹어갈 즈음, 그가 아시아 진출 사업에 관해서 이야기를 시작했는데 그때까지 시원하게 이를 드러내며 입을 크게 벌려 웃던 그의 눈빛이 일순간 돌변했다. 어찌나 날카롭게 꽂히던지 그 눈빛에 뚫리는 기분이었다. 그의 명함에는 파블로라는 이름 말고 아무런 직함도 인쇄되어 있지 않았지만 그가 그 회사의 사장이라는 것은 전혀 놀랍지 않았다. 내 회사인데 직함을 뭘 적고 말고가 있냐는 거다.

우리는 증명사회를 살아가고 있다. 능력은 시험과 자격증으로 증명하고 돈이 있으면 소비로 드러내 보이며 회사에서 이사님, 상무님이면 명함에 그렇게 인쇄되어 있고 주변에서 몰라주는 것 같으면 내 직함을 말하고 싶어 견딜 수가 없다. 증명사회에서 더욱 확실히 살아남기 위해서 우리는 여러 가지 준비를 한다. 연습생, 지망생, 준비생이 넘쳐나는 사회다. 과정을 수료하면 수료증을 주고, 시험을 통과하면 자격증을 주거나 점수를 준다. 증명은 우리 세계를 둘로 나눈다. 자격 있는 자와 자격 없는 자. 사람들이 그렇게 준비와 증명에 매달리는 이유다.

도달하고 싶은 곳에 닿기 위해서 기울이는 노력의 과정으로서의 준비는 꼭 있어야 하는 것이다. 준비한다고 모두가 다 성취하는 것은 아니지만 성취한 사람 중에 노력을 하지 않은 사람은 없다. 그런데 오늘날 이 사회에서 그렇게나 심혈을 기울여 준비하고 따내야 하는 대부분의 것들이 진짜 나와 내가 추구하고 있는 삶의 방향에 대해 무엇을 말해주고, 어떻게 도움을 주는지에 대해서는 의문이다. 소위 스펙이란 것을 갖추기 위해 여러 가지 자격증과 준비를 하고도 남들보다 더 갖추지 못해 노후가 두렵고 삶이 걱정스러운 것을 보면 말이다. 어떤 자격증들은 국경을 넘어가자마자 어디서도 환전할 수 없었고 통용되지도 않아 아직도 내 여행 지갑 속에 쓸모없이 고이 모셔져 있는 라오스 돈을 떠올리게 한다.

나는 한국에서 무수히 많은 것들을 준비하며 시간을 보냈다. 좋은 학교를 목표로 학원에 다니며 대입을 준비했고, 언어 자격증 시험, 각종 공모전, 이런저런 체험단을 준비했다. 학생 때 왜 이런 것 하나 더 따놓지 못했을까 지난날을 후회하면서 면접장에 가면, 박사 학위를 가진 사람들이 나와 함께 구부정하게 앉아서 또 다른 필기시험을 치고 있곤 했다. 좋은 간판의 회사에 합격해서 다른 사람들에게 내 능력이라며 보여주고 싶은 생각에 뒤도 돌아보지 않고 준비를 했다. 그런데 나는 그 모든 것 중 아무것도 진정한 내 것으로 체화시키지 못했다. 그중 어떤 것도 나의 열정과 혼을 바쳐 하지 않고 오로지 증명만을 위해서 달렸다. 합격만 할 수만 있다면 그 자격에 해당되는지 말든지 상관없었다.

싱가포르에 와서 내가 직접 직원을 채용하게 되었을 때 여전히 '증빙과 증명' 사고방식을 가지고 왔던 나는 난처했다. 업무 체계가 잡히고 내가 이끄는 팀이 꾸려지면서 나에게는 한국, 태국, 필리핀, 홍콩, 일본 지사의 직원을 채용하는 임무가 주어졌다. 문화가 비슷한 한국과 일본 후보들의 이력서를 보고 면접을 보아야 할 사람을 가려내는 것은 비교적 쉬웠다. 왜 '이 사람보다 저 사람이 더 우리 회사에 맞냐'는 싱가포르 상사의 질문에 나는 자신 있게 '왜 이 사람이 저 사람보다 우수한지' 이유를 설명하며, 서열 순으로 이력서를 쌓아놓기까지 했다.

그렇지만 홍콩, 태국, 필리핀의 지원자들의 경우는 달랐다. 그들이 공부한 학교 혹은 기관의 이름은 난생 처음 보는 것들이었고, 이력서에 그들이 써 놓은 별도의 과외 활동이나 자격사항도 마찬가지였다. 그것들은 마치 출장 가서 들어간 현지 음식점에 영어나 사진으로 된 메뉴가 없을 때 느꼈던 막막함과 흡사했다. 인사팀에 부탁해서 각 나라별 대학 랭킹을 달라고 요청한 동시에 해외 지사 동료들에게 이 학교는 무슨 과가 유명하고 무슨 성향을 가지고 있냐고 조사를 하기 시작했다. 동료들은 그들이 할 수 있는 최선을 다해서 설명해주었으나, 그것들은 누가 일등이고 이등인지 말해주지 않았다. 내가 기대한 답변이 아니었다. 나는 점점 미궁으로 빠져들었다. 결국 나는 뛰어난 인재를 찾기 위해 그들의 이력서를 서열화해서 분리하는 것을 포기하고 지원자들과 소개팅을 하는 마음으로 직접 대면할 수밖에 없었다.

다양한 문화적 배경의 여러 국가 포지션의 채용을 담당하게 되면서 나는 여태까지 면접자로서 알지 못했던 시각으로 새롭게 고용의 생리를 바라보게 되었다.

첫째는, 증명은 시험으로 하는 것이 아니라, 경험으로 하는 것이라는 것이다. 다국적 회사에서 동료들과 일하기 위해서 필요한 언어는 '원어민 수준의 아주 능숙한 언어구사능력Native speaker or bilingual level' '일에 지장이 없는 원활한 언어구사능력Full business proficiency' '일을 위한 최소한의 언어구사능력Limited working proficiency' 으로 표기하지, 토익 900점 같은 것으로는 지원자가 무엇을 할 수 있는지를 표현해주지 않는다. 일본어 능력시험 1급 자격증을 주는 것은 280점부터지만 간신히 그 기준을 넘겨 자격증을 취득한 사람 중에 유창하게 말할 수 있는 사람은 거의 없다. 더군다나, 기본적으로 구사능력이 있는 사람들은 시험을 보러 가서 점수를 제출할 필요성을 느끼지 않는 경우가 대부분이다. 구사 언어 표기와 함께, 관련해서 수행한 경험이 있다면 팀에서 어떤 역할을 할 수 있겠구나 하는 그림을 그리는 데 한결 수월하다.

둘째, '호감도'다. 직장 동료는 나와 함께 하는 시간이 가장 많은 사람들이다. 면접자이자 동료로서 지원자를 볼 때는 똑같이 업무가 가능한 사람이거나 교육 가능한 상황이면 그 사람의 진실함과 호감도가 가장 많은 부분 승패를 가른다고 보면 된다. 그런데 내가 호감도가 높은 사람이라는 것을 어떻게 측정하고 꾸며내서 증명할 수가 있겠는가. 어떤 면접관은 이런 사람을, 다른 면접관은 다른 성향의 사람을 선호한다, 누군가에게 함께 일하고 싶은 사람이 다른 어떤 이에게는 10분도 마주하고 싶지 않은 상극의 사람일 수도 있다. 나에게는 나만의 인생이 있었고 내가 살아온 결이 있는데, 그것을 구태여 꾸며내 특정한 면접관의 마음에 들도록 나 아닌 나로 치장할 필요가 없다. 면접관 구미에 맞는 삶을 살아 칭찬받으려고 이 세상에 온 것이 아니다. 더욱이 꾸며낸 나로 입사는 할 수 있겠지만, 아침에 눈 떠서 출근해 해질 때까지 있어야 하는 직장에서 '척하는' 나로 도대체 몇 년 아니 몇 달이나 버텨낼 수 있을 것인가?

셋째, 면접은 지원자가 회사에 대해 인터뷰하는 장소이기도 하다. 앞으로 하게 될 업무와 같이 일하게 될 동료, 미래의 전망에 관해서 살펴볼 수 있고, 직접적으로 질문할 수 있는 아주 좋은 기회이다. 이것저것 본인이 준비한 직무 연관성이 없는 증명을 하나씩 꺼내 보이면서 내가 이렇게 남 못지않게 노력하며 살아왔으니, 뽑아만 주시면 무조건 열심히 일하겠다거나 지원서에 썼던 월급보다 월급이 깎여도 여기서 일할 수만 있다면 좋겠다는 말로 이 소중한 기회를 날려서는 안 된다.

한마디로 말해서, 면접은 여태껏 증빙해온 것을 주섬주섬 꺼내와서 쫙 펼쳐보이기 위해서 준비하는 것이 아니다. 소개팅에서 상대방 마음에 들기 위해서 뒷조사를 해서 맞장구를 치는 것보다는 솔직함이 배어나오는 대화가 중요하듯이 말이다.

넷째, 채용공고의 '자격 요건'은 최적 요건이지 반드시 필수 요건은 아니라는 점이다. 고용을 하는 입장에서는 당연히 관련 경력이 충분하고 언어에 능통하고 성격도 좋으며 다방면에 재주가 있는 사람이 후보로 와주기를 원한다. 그런 상황에서 '영어는 중간 이상만 하면 되고, 경력이 조금 모자라도 와서 같이 배워나갑시다'라고 공고를 내지는 않는다. 그게 설령 사실이라고 할지라도 말이다. 그래서 많은 사람들이 자격 요건이 안 된다고 지원하지 않고 망설이는 사이에, 오히려 요건에 부합하지 않지만 용감하게 지원해본 사람들이 경쟁을 피해가는 것이다.

진정한 능력을 쌓아 자신 앞에 당당해졌을 때는 구태여 증명하지 않아도 원하는 일에 닿을 수 있게 된다. 그에게서 자신감의 향기가 자연스레 묻어나오고, 겸손한 가운데 강력한 힘을 발휘할 수 있다.

한국에서 어떤 세미나에 참가했을 때의 일이다. 진행자가 영어밖에 할 수 없어서 한국어 통역을 붙였다. 전문적으로 통역을 배운 적은 없다고 들었는데, 그 통역사는 진행자를 도와 아주 원활하게 세미나를 이끌어나갔다. 그런데 그 통역사의 말 토씨마다 첨언을 하며 본인이 영어실력이 뛰어나다는 것을 드러내 보이려고 하는 사람이 있었다. 영어를 못하는 사람들이 대부분이었던 그 자리에서 통역을 거치지 않고 영어로 질문을 했던 것이다. 그러다가 한국어를 전혀 할 줄 몰랐던 진행자가 잠깐 통역사가 자리를 비운 사이에 그 사람에게 통역을 부탁했다. 그런데 막상 앞에 나가 통역을 하게 되자, 간단한 의미 전달도 제대로 하지 못하고 쩔쩔매다가 불과 3분 만에 마이크를 넘겨주고 자리로 돌아가 앉으며 땀을 닦았다.

영어가 모국어인 사람이 애초에 영어를 잘한다는 것을 증명할 필요조차 느끼지 못하듯, 내공이 있는 사람은 증명하는 데에 안달하지 않는다. 반면 능력이 부족한 사람은 항상 밖으로 드러나게 증명을 하고 타인에게 확인을 받는 과정을 통해야지만 자기 자신을 인정하게 된다.

지금 무엇인가 결핍되어 있고 남들보다 덜 가졌다고 느낀다면, 증명을 위해서 남을 따라 준비하지 마라. 온전히 나만이 가질 수 있는 오리지널리티인 나, 소리 내어 외치지 않아도 넘쳐흐르는 나, 나에게 겸허한 자신감을 주는 내가 무엇인지를 몇날 며칠을 생각하라. 지금 당신이 속한 그 사회에서는 금박 이름표가 되지만 떼고 나면 형체 없이 사라지고 마는 그런 자격에 목숨 걸지 말고, 아무거나 만들어서 당신을 안심시키기 위해서 수여하는 의미 없는 자격증에 시간을 낭비하지도 말라. 그리고 당당하게 증명사회에서 벗어나야만 어느 곳에서든 흔들림 없는 나로 홀로서기 할 수 있다.

아름다움을 바라보는 기준

해외에 사는 한국인에게 '강남스타일 춤을 출 수 있냐'와 더불어 '한국이 정말 그렇게 성형 대국이냐'라는 질문은 필수 불가결한 것이 되어버렸다. 불과 10년 전에는 '남이냐 북이냐'라는 질문을 받았으니 격세지감이라는 말이 절로 나오기는 하지만, 도대체 내 나라를 이렇게 확실히 기억해주는 이 현상을 기뻐하며 대답해주어야 할지는 잘 모르겠다.

신사역에 가면 절대 피해갈 수 없는 성형외과 광고판들이 있다. 그중 한 성형외과의 광고판은 내가 언제나 지나다니던 출구 쪽에 있는 것으로, 네 명의 아름다운 여인의 사진이 있다. 그런데 네 명 다 똑같은 얼굴이다. 애프터로 장식된 '성형 후'의 그녀들을 구분해내기는 너무 어렵다. 길거리를 돌아다니면 모두들 예쁘다. 얼굴은 의사 선생님이 도와주셨다고 쳐도, 어찌나 다들 날씬하고 옷맵시도 좋고 센스도 뛰어난지 한국에 갈 때마다 눈이 휘둥그레진다.

브라질의 남부에 위치한 히우그란지두술에는 미녀가 그렇게 많다고 한다. 이유인즉, 19세기 말에 브라질로 이민 온 독일, 이탈리아, 러시아계 소수민족이 인디오 혈통과 결혼하여 많은 혼혈미인이 탄생해서라고 한다. 그 덕에 이 지역은 모델 스카우터들이 1순위로 방문하는 지역이며 이들은 "길에서 아무나 붙잡아도 모델로서 손색이 없는 고장"이라고 말한다. 이쯤 되면 생각나는 게 있다. 우리나라의 많은 여성들도 해가 갈수록 예뻐지고 있는데 왜 우리나라에서는 '길에서 아무나 붙잡아도' 다 아름답다는 이야기가 안 나오냐는 거다.

반면에 평범하디 평범한 나에게 싱가포르에서 처음 만나는 사람들이 일상적으로 하는 말은 '아름답다' '눈부시다' '매력적이다'라는 말이다. 처음에는 그런 것들이 여자들끼리 일상적으로 하는, 예쁘다는 칭찬을 예의상으로 주고받는 것이라고 생각했다. 그도 그럴 것이 내가 한국에 살면서 피부가 백옥 같은가? 눈이 크고 쌍꺼풀이 졌는가? 키가 크고 늘씬한가? 이런 예쁜이 체크리스트에 하나도 체크를 못하는 반항형 외모를 가졌기 때문이다. 그렇게도 화이트닝 화장품 라인에 돈을 써댔던 나였지만 살결이 하얗게 될 기미는 보이지 않았고, 항상 앞 줄에서 두 번째였던 키에 튼튼한 체구, "예쁜 얼굴은 아니지"라는 주변의 평가를 견디지 못하고 19세에 감행한 쌍꺼풀 수술이 그럭저럭 성공하여 더 이상 사진 찍을 때 눈에 힘을 주지 않아도 되는 그런 정도였다.

외모에 대한 칭찬이 그렇게나 다양하고 구체적일 수 있다는 것은 해외 생활을 시작함과 동시에 처음 알았다. 나의 친구들은 별별 숨은 곳에서 우리들의 예쁜 곳을 찾아냈다. 뭇남성들의 칭찬을 받으면서도 저 사람이 무엇을 바라고 이러는 거지? 라는 경계의 태세를 늦추지 않았던 내가 그 칭찬을 액면 그대로 받아들이기까지는 적지 않은 시간이 걸렸다. 남녀를 막론하고 나의 까만 피부를 좋아하는 것을 넘어 부러워하기까지 했다. 어느 해변에 가서 그렇게 예쁘게 태우고 오는 거냐는 질문을 들을 때마다, 선크림을 철갑처럼 바르고 양산을 쓰고 다니며 하얗게 되고 싶어 했던 내가 무안해졌다. 까만 피부가 뭐가 그렇게 좋냐고 물었더니 태양이 잘 나지 않는 유럽에서는 여유가 있는 사람들이 휴가를 가서 선탠을 하고 오기 때문에 소위 부티가 난다고 했다.

한두 사람이 나에게 이야기하는 것은 인사치레거나 그들의 특이 취향이라고 생각할 수 있겠지만 만나는 수십 명의 사람들이 그런 이야기를 하면서 거울을 다시 보게 되었다. 내가 정말 그렇게 예쁜가? 25년 만에 처음으로 나의 미모를 알아주고 입으로 소리 내어 인정해주는 사람들 때문에 나는 공주병에 걸리기에 이르렀다. 그뿐 아니었다. 나는 처음으로 뮬란이나 루시리우 풍의 동양적인 외모가 가장 아름답다는 생각을 하게 되었다. 그러면서 '쌍꺼풀 수술만 안 했으면 내가 바로 동양의 진주인데'라는 나르시시즘에 가까운 생각까지 들었다.

나에게는 올가라는 러시아에서 온 인형같이 생긴 친구가 있다. 금발에 흰 피부, 파란 눈에 눈부신 미소를 가진 그녀는 완벽하게 수려

한 내가 갖고 싶은 외모를 가졌건만, 반대로 그녀는 아시아인의 외모를 너무나 동경했다. 어렸을 때부터 "올가, 너는 장래희망이 뭐니?"라고 물으면 "전 자라서 아시아 사람이 될 거예요"라고 대답했을 정도란다. 올가의 어머니가 싱가포르에 방문을 했을 때 나는 그녀의 어머니가 했던 말을 잊을 수가 없다. "릴리, 어쩌면 넌 이렇게 인형처럼 생겼니? 네가 내 딸이었으면 좋겠구나." 나는 올가만큼이나 아름다운 올가 엄마와 나, 올가 이렇게 셋이 찍은 사진을 바라보았다. 정말 우리 셋 다 예뻤다.

각양의 피부색과 생김새로 살아가는 사람들 사이에서 나의 시각이 변화되어갔다. 나는 턱수염이 난 남자를 무서워했는데, 나의 프랑스 친구는 수염이 없는 남자는 소년처럼 보인다고 했다. 눈두덩이 푹 파여 입체적인 눈을 보며 늘상 부러워했는데, 홑꺼풀 눈이 신비롭고 아름답다고 했다. 곱게 머리를 땋고 꽃을 단 인도 여자들과 시원하게 입고 조깅을 하는 금발의 여인, 온몸을 가린 채 히잡을 쓰고 기도를 하는 말레이시아 여인을 지나쳐 댄스스튜디오에 가면 저마다 다른 체형의 아름다운 여성들이 춤을 추고 있다. 땀이 마스카라와 함께 줄줄 흐르고, 언제든 뛰어들 수영장이 지천에 있는 싱가포르에서는 화장을 하고 회사를 간다는 것마저 "오늘 저녁에 약속 있니?"라는 질문으로 돌아왔다. 화장을 안 하면 어디 아프냐고, 안경을 쓰고 가면 어제 술 마셨냐고 묻는 사람들이 없는 더운 나라 싱가포르에서, 나는 화장품을 죄다 내다버렸다. 그리고 재차 쌍꺼풀 수술을 하지 않았어도 좋았을 텐데, 나의 원래 모습으로도 충분히 나다운 아름다운 외모라는 생각을 했다.

아름답다는 것은 내면의 아름다움과 자신감을 가질 때 나타난다. 나는 한때 외모의 부족함을 메꾸려고 고급스러운 물건으로 나를 치장하기에 바빴다. 홍콩의 타임스퀘어나 영국의 비세스터 빌리지, 혹은 뉴욕으로 출장이나 휴가를 갈 때마다 세련된 브랜드 용품을 사서 온몸에 휘감고 필요한 것 이상으로 화장품 사재기를 해댔다. 지금 생각해보면, 나는 애초에 관심도 없었던 브랜드나 제품들을 사서 외면을 꾸미기 바빴다. 왜 그렇게 타인의 취향대로 오랫동안 살았는지 모르겠다. 우리는 모두 각자의 모양대로 아름답고, 결국에는 썩어 피부에 치명적이 될 화장품과 머지않아 유행이 지나 들고 다니고 싶지 않은 가방이 없어도 빛나는 것을 말이다.

나의 아름다움에 깨어 있으면 다른 사람의 아름다운 내면에도 깨어 있게 된다. 한 번은 인도계 친구가 한국에 여행 오기 전 책을 한 권 읽었다며 이야기를 해준 적이 있다. 한국에 사는 인도 사람이 쓴 책으로, 그 내용을 알고 나면 그렇게 유쾌하지 않다. 어느 날 그 인도 사람이 일을 마치고 버스에서 자다가 종점까지 갔다. 누군가가 발을 건드려 눈을 떠보니 기사님이 발로 본인을 건드려 깨우고 있었다고 한다. 손을 대기 싫어서 그랬다는 것이다. 싱가포르에서는 인도계의 상당수가 금융, 법, 의료, IT 등에 진출한 고급 엘리트 들이다. 행여 그렇지 않더라도 본인의 기준으로 겉모습을 보고 사람을 판단해서는 큰 실수를 범할 수 있다.

아름답다는 말을 그만 좀 하면 안 되겠냐는 나의 말에, 사랑의 도시 파리에서 온 친구는 말했다. 아름다운 것을 아름답다고 하지 않는 것은 정말 이상한 것이라고. 이제는 나도 그의 말에 동의한다. 우리는 모두 아름답고, 아름답다는 말을 들어야 한다. 아무것도 하지 않고, 타인의 취향으로 꾸미지 않아도, 향기롭게 피어나는 너와 나의 아름다움에 우리는 결코 인색해지지 말아야 한다. 그래서 쌍꺼풀 수술을 한 열아홉의 나를 후회할지라도, 지금의 내가 아름답다는 사실은 눈꺼풀의 모양과는 상관없다는 것이다.

스스로를 인정하고 존중할 때 느낄 수 있을 것이다. 아, 이렇게 아름다울 수가! 라고 말이다.

그것 조금 배워서 어디에 쓰겠냐고

2014년 여름 3개월을 타이완에서 중국어를 배우며 지낸 덕에 상하이에 있는 동안 중국어로 음식도 주문하고 물건도 사고, 심지어 회사 트레이닝에서 중국어로 하는 프로그램도 참여할 수 있게 되었다. 중국 사업 프로젝트도 읽어보고, 동료들이 이야기할 때 고개를 끄덕거리기도 한다. 어설프게 중국어로 응답했다가 의도치 않은 귀여움과 칭찬도 받는다. 사실 지금 근무하는 회사에서의 나의 위치는 중국어를 전혀 쓰지 않아도 무관한 위치다. 직접적으로 중국 관련된 업무를 하는 것은 아니지만 중국인 동료들이 백여 명이 넘는 상하이 사무실이니 중국어 연습 기회가 좀 있겠지,라고 생각했는데 내 기대와는 달리 그들은 내가 중국계가 아니라는 것을 알면 즉각적으로 유창한 영어모드로 전환한다. 중국어를 연습하겠다는 계획은 무너졌고 여기가 상하이인지 싱가포르인지 런던인지 싫은 회사 생활은 이어졌다. 가끔 청소하는 아주머니들과 혹은 택시기사와는 짧은 중국어 대화를 하기는 한다. 어떻게 생각하면 중국어가 업무적으로 크게 필요한 환경이었다면 견디기 힘들었을 테니, 이런 회사를 만난 것이 고맙다.

상하이에 올 줄 알아서 3개월씩이나 타이완에 간 것이냐고 묻는다면 절대 그렇지 않다. 중국에 와서 살 계획도, 그런 기회도 전혀 없었다. 그렇지만 그 3개월이 나를 상하이로 이끌었던 것은 맞다. 회사 안팎으로 중국어·영어 능통자가 차고 넘치니 내가 중국어를 잘할 필요는 전혀 없었고, 영어를 잘하고 한국어나 일본어 중 하나가 모국어야 되는 것은 업무 필요 조건이었지만, 결정적으로 상하이로 옮겨와서 살아야 한다는 것이 가장 필수 조건이었으니 300시간 정도의 중국어 학습 경험은 나를 안심하고 데려오기에 충분히 매력적인 포인트였다. 그렇다고 중국어를 테스트하지도 않았다. 내가 중국어에 투자한 시간은 중국에 대한 관심과 적응력을 보여주는 상징적인 것이었으니 말이다.

싱가포르에 처음 왔을 때, 3개월을 학원을 다니며 중국어를 배웠고 타이완에서 3개월 어학연수를 해서 총 반 년을 중국어를 배운 셈이다. 반 년을 배워서 중국어를 얼마나 할 수 있냐면 집중적으로 공부하면 일상적인 회화를 할 수 있고 언어 감각이 있는 사람들은 비록 고생은 된통할 테지만 대학교에 입학도 할 수 있다고 한다. 그래서 그것 조금 배워서 어디에 쓰겠냐고 그거 해서 유학을 가겠냐고 취직이 되겠냐고 묻는다면 앞서 말한 대로, 둘 다 '그렇다'.

안 배운 사람보다 조금이라도 손 댄 사람에게 인연의 끈과 확률이 월등하게 커지는 것은 당연한 일이다. 허나 내가 '중국 취직'을 목표로 자격증 공부를 하고 중국어를 마스터하려고 했다면 어땠을까. 중국어를 수준급으로 올리는 데에 집중하고, 중국어, 한국어 능통자를 모집하는 취업 공고를 찾아다녔을 테니, 지금의 직장을 발견할 수는 없었을 것이다. 그냥 재미로 중국어를 배우고 싶었는데 마침 상하이에 자리가 난 운 좋은 상황은 맞다. 그렇지만 가만히 생각해보면 그건 운이 아니고 배움의 습관이 가져온 결과다. 아무것도 기대하지 않고 순수하게 즐거움으로 배웠기에 오히려 더 가벼운 마음으로 공부할 수 있었고, 제출해야 할 점수도 없었으니 많은 친구들과 어울리며 타이완의 문화를 체험하고 살아 있는 중국어를 배울 수 있었다. 나에게는 아직 중국어 말고도 아직도 소소하게 시작하고 명함도 못 내밀 정도의 수준인 잡다한 것, 어디 가서 쓸지 모를 것들이 있고 당장 나에게 필요한 것이 아니더라도 배우고 싶은 것이 너무나 많다. 결정적으로 앞으로 90세까지 산다고 치면, 지금부터 배워도 몇십 년을 배울 수가 있고 충분히 잘할 수 있다.

나의 친구 루씨는 필리핀에 휴가를 갔다가 만난 호텔 주인의 어머니인 로라 여사 이야기를 들려주었다. 스페인과 필리핀의 혼혈인 이 할머니는 고고학자였다. 본디 평범한 가정주부였던 로라는 50세 때 암벽 등반을 시작했다. 점점 험한 암벽으로 난이도를 높여가며 등반하던 로라는 어느 날 제비집을 발견하게 된다. 당시 중국에서 인기가 있어 높은 가격에 팔리던 제비집 요리를 공급하기 위해 사람들은 필리핀까지 찾아왔고, 대량의 제비집을 발견한 그녀는 짭짤한 수입을 올렸다. 노년의 암벽 등반은 제비집만 가져다준 것이 아니었다. 그녀는 급기야 산 속에서 명, 청, 송나라의 중국 사람들이 필리핀으로 오면서 가져온 보물들을 발견했다. 얼결에 유물을 발견하게 된 그녀는 그 참에 역사와 유물에 대해 공부하겠다며 대학에 입학했다. 그리고 그녀 자신이 고고학자가 되었다. 그것이 1960년대의 이야기다. 로라 여사는 영어와 따갈로그어, 스페인어를 완벽하게 구사하고, 90세의 나이에도 매우 바쁘게 살고 있었다. 하루에 몇 시간씩 책을 읽고 피아노도 치고 그림도 그린다고 했다. 이 모든 것들을 그녀가 처음부터 다 전문적으로 배우지는 않았을 터, 그저 조금씩 배우고 연이 닿아온 것들이 오늘날의 그녀를 이루고 있는 것이다.

완성에 대한 강박은 새로운 것을 시작하지 못하게 한다. 아마 '영어도 완벽하지 못한데 제2외국어는 언제 배워'라거나 '커피숍 차릴 것도 아닌데 라테 아트는 배워서 뭐해' '적당히 할 거면 시작도 말라'라는 류의 생각들이 이런 것일텐데, 100퍼센트 남들보다 잘하고 돈도 벌 수 있는 것만 시작한다면 뭘 시작할 수 있을 것인가. 그래서 점수 잘 나오고 취직과 연결되는 자격증과 시험에 투자할 시간은 몇 년이고 괜찮고, 이것저것 조금 배우는 것은 시간 낭비라는 것인데 나는 이런 현상이 매우 어이없게 느껴진다.

일본에서 일하고 있는 제인 님은 호주에서 공부를 할 때, 스스로 원해서 봉사활동을 하고 스페인어를 배우는 호주 친구들을 보면서 충격을 받았다고 했다. 그에 비하면 한국의 많은 사람들은 '슬프게 노력하는 것'이 습관화되어 있다는 생각이 들었단다. 울면서 영어공부하고, 토익 보고, 도서관 가고, 울화통 터지게 결혼 상대를 찾고 스트레스 받으며 봉사활동하는 것으로 인생을 채우기에는 시간이 너무 아깝다. 기왕 하는 거면 즐겁게 노력하는 사람이 더 크게 성장하는 건 두말하면 잔소리고, 슬프게 노력하는 것 말고는 방법이 없다면 그 노력 그만두고 즐겁게 노력할 수 있는 다른 일을 찾으라는 이야기를 하고 싶다.

그러니 프랑스에 가서 프랑스어로 주문을 한 번 해보고 싶었다면, 꼭 한 번 TV에 출연하고 싶다면, 플라멩코 노래를 배워 불러보고 싶다면, 다른 사람이 무엇인가를 하는 것을 보고 나도 한 번 저렇게 해보고 싶다는 생각을 했다면, 너무 잘할 생각은 좀 접어두고 오늘부터 조금씩 배워보는 게 어떨까.

명심하자. 그것 조금 배워서 어디에 쓰겠냐는 사람들의 말이나 나는 저렇게 잘할 수 없을 거야, 라는 자기 비하로, 배움의 즐거움과 갑작스럽게 찾아올 인생의 재미있는 이벤트들을 스스로 시들게 하지 말자.

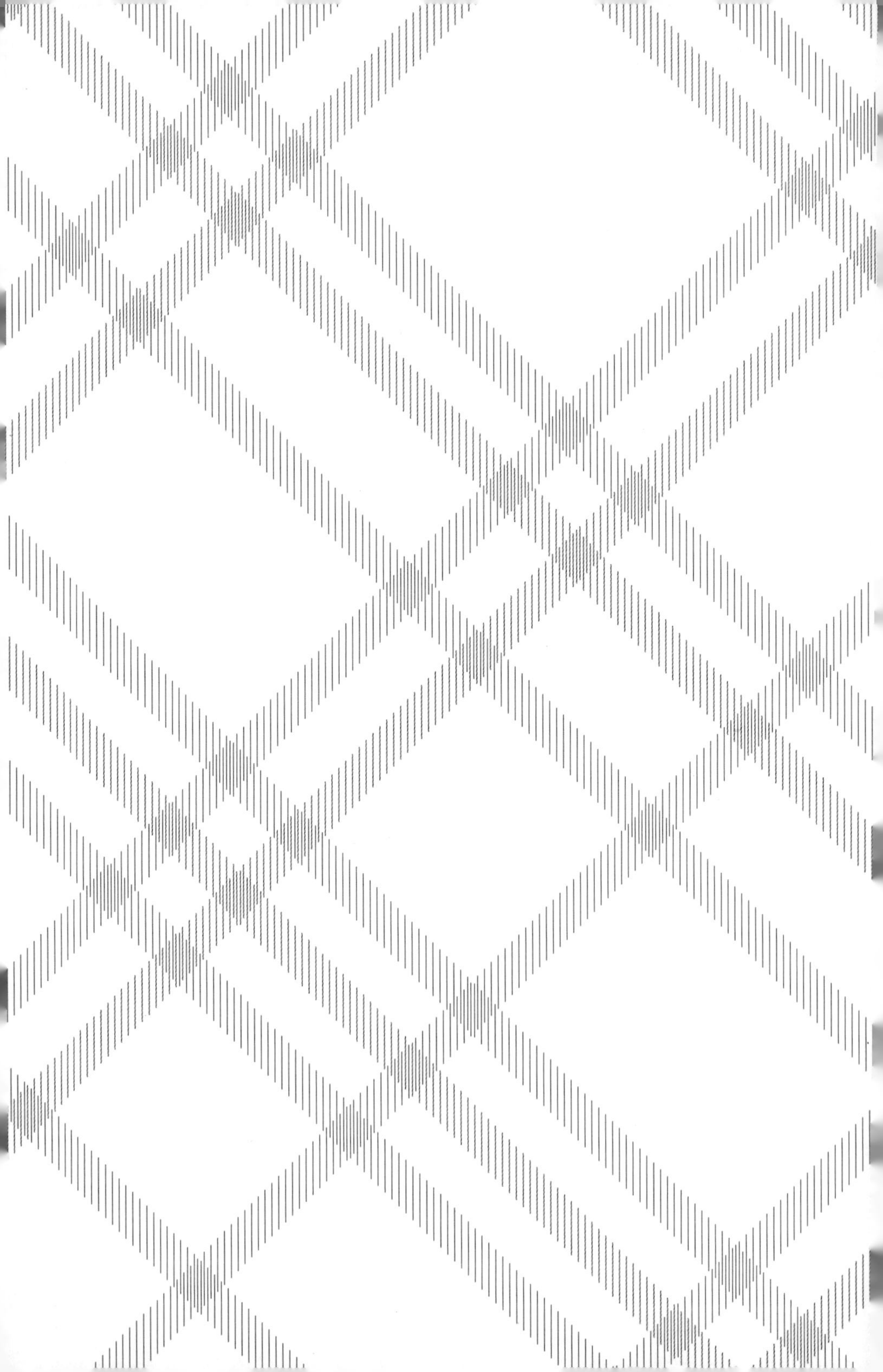

3부

괜찮아, 세상 어느 곳에 가도 함께할 사람들이 있다

– 관계 맺기

신패밀리,
내가 만드는 가족

"엄마가 매일 전화를 해, 친구는 생겼는지, 카레를 챙겨 먹고 있기는 하는 건지 궁금해 해. 뉴욕에 카레가 없을 리가 있니? 엄마도 참."

뉴욕에 공부하러 나온 인도 출신의 여자친구와 함께 '어머니가 별 걱정을 다 하신다'라며 웃었지만 내 머릿속에는 싱가포르에 김치가 없으면 어쩌나 하며 걱정하는 우리 엄마의 모습이 겹쳤다. 김치가 있을 것이라는 확신은 있었지만, 갓김치나 고들빼기가 있을지는 모를 일이다. 아니, 그런 것이 중요한 것이 아니다. 낯선 나라로 떠날 때는 먹거리와 문화보다는 그보다도 훨씬 더한 무게로 어떤 사람들을 만나게 될지, 누구와 삶을 나누며 살게 될지에 대한 막연함이 큰 부담으로 덮쳐왔다. 낯선 그 곳에서 어느 한 쪽을 비집고 들어가야 할지에 대한 고민 때문에 해외 생활에 대한 설렘도 자취를 감추는 듯하다. 돈 쓰면서 다니는 여행객이나 유학생 신분일 때의 나를 열렬히 환대해주던 사람들이 내가 현지 경제와 경쟁 상황에 뛰어든 이 시점에서도 이불 아래 전기장판마냥 나를 포근히 감싸줄 것인가? 직업을 뺏어간다며 적대적일 수도 있겠지, 아니 소 닭 보듯 할 수도 있어, 그렇지만 다 사람 사는 곳인데 어떻게든 살아가지 않겠냐고 스스로를 다독이며 비행기를 탔더랬다.

"누구도 나에게 말해주지 않았거든, 이렇게 가족 같은 사람들을 만날 거라고 말야. 내가 책이라도 내서 남아공 사람들에게 알려줘야겠어, 거기 모여 있지 말고 일단 나와 보라고."

요하네스버그에서 온 안젤라는 이제야 이곳으로 나온 것이 분하다는 듯 말했다. 고향에는 엄마와 애견도 있고 친구들이 있지만, 정말로 마음이 맞고 안젤라가 원하는 라이프스타일을 가진 사람들은 정작 싱가포르에서 만난 친구들이었다고, 하루하루 행복하다고 했다. 해외에 나왔다고 해서 무엇인가가 결핍된 반쪽 생활을 할 필요는 없다. 중요하다고 생각한다면, 가족을 만들고 취미 생활도 하고 의형제 자매도 맺고 애완동물도 키우고 사랑도 하고 싸움도 하는 그런 생활을 하면 된다. 우리에게는 친구가 생기고 가족이 생기고 이웃이 생긴다. 나의 승진을 기뻐해주고 나의 실연에 어깨를 빌려주며 실없는 이야기에 시간을 내어줄, 그리고 혼자 먹기에 많은 요리를 나눠먹을 사람들 말이다.

이래도 막연하다면, 당신이 만나게 될 그 사람들은 대략 이런 사람들이다. 회사에서 만난 동료일 수도 있고, 종교 활동에서 만난 믿음이 같은 사람들일 수도 있고, 공간을 나눠 쓰는 룸메이트일 수도 있다. 전시회를 다니거나 춤을 같이 추는 취미 생활을 하다 만난 사람일 수도 있고, 데이트 웹사이트에서 만난 남자일 수도, 한국 식당에서 만난 한국 사람들일 수도 있으며, 이름도 처음 들어본 곳에서 온 다른 나라 사람들일 수도 있다. 저절로 만나게 되는 사람도 있고, 적극적으로 찾아 나서서 노력해야만 관계를 맺을 수 있는 사람들도 있다.

샛별 씨는 그런 사람들과 만나게 되었다. 해외에서 공부를 하고 이주하고 싶어서 한국에서 안정된 직장에 사표를 내면서도 떨리는 손과 마음을 감출 수 없었던 것은 너무나 "편하고 안정된 이 공간에서 빠져나간다는 것"에 대한 두려움이었다. 과연 이 모험이 5년간의 직장 생활을 무용지물로 만들지는 않을 것인가, 처음 하는 해외 생활 때문에 복잡한 머리로 한국을 떠났다. 그런데 막상 그렇게 해서 오게 된 프랑스에서 보니 온통 너도 나도 안전지대를 박차고 나온 사람들이었고 그렇게 만난 사람들끼리 모여서 또다시 안전지대를 형성했다.

한국 사람과 어울리면 외국 생활 적응에 도움이 되지 않는다고 질색 팔색을 하며 멀리해야 한다고 결심하는 사람들도 있지만, 다른 모든 나라 사람들은 괜찮아도 굳이 한국 사람만은 만나지 않겠다고 벽을 둘러칠 필요는 없다. 나는 평범하면서도 비범한 신변잡기들을 올리는 싱가포르의 한국인 블로거들을 만나기도 하고, 3일 내리 김치를 어떻게 먹냐며 손사래를 치는 동료들을 뒤로하고 어제도 그제도 먹었던 순두부에 김치를 얹은 점심을 먹으러 가기도 했다. 고향에서 공수한 푸짐한 반찬을 풀어서 잔치를 벌이는 것도, 해외에서 홀로 돈 벌면서 빠듯한 처지에 너무 힘들고 사정이 안 좋으면 말하라며 돈을 빌려주겠다는 것도, 외국인 상사나 남자친구의 이야기를 하며 이런저런 넋두리를 했던 것도 한국인 친구들이었으니, 그들이 없었다면 이 생활 어딘가에 막막한 허전함이 있었을 것이다.

내가 있는 곳의 주인이 되어 가족 같은 벗들을 초대하는 삶, 내 나라를 떠나서 더 주인 같은 삶을 사는 사람들을 여럿 보았다. 준경 씨는 일본의 작은 시골마을에 "내가 쥰짱 일본 엄마예요"라고 하는 일본 아줌마들이 수십 명은 족히 되었을 것이라고 했다. 일본의 도정기관에 파견되어 일하는 5년 동안, 이리 뛰고 저리 뛰면서 일본 사람들과 삶을 나누면서 그녀는 히오키시에서는 모르는 사람들이 없을 정도로 인기 있는 아이돌 같은 존재가 되었다. 그리하여 마침내 계약 기간이 다 되어 한국으로 돌아가느냐, 일본의 전원마을에 남을 것인가 하는 선택의 기로에 섰을 때 지금까지처럼 내가 사랑하는 사람들과 따뜻한 밥을 나눠먹고 싶어서 이름조차 생소한 가고시마의 히오키시에 덜컥 정착해서 카페를 열었다. 그곳에서 빵을 굽고 차를 내리며 통번역 일과 강연도 하면서 마을 사람들과 일상을 공유하고 있다.

해외에서 잘 적응하며 살고 있는 외국인을 보면서 공통적으로 느끼는 것은 어느 나라에 가도 잘 살 수 있는 사람은 꼭 외향적인 사람도, 특별히 대인 관계 스킬이 아주 좋거나 누구나 호감을 느낄 만한 사람도 아니라는 것이다. 새로운 곳에서 정착하여 가장 잘 살아갈 수 있는 사람들의 특징은 어쩌면 보잘것없을 만큼 소박하다. 그렇다면 그들의 특징은 무엇일까?

첫째, 작은 것에 감사한다. 내가 나고 자란 곳에서 멀리 떨어져 와서 사람들을 만나고 하루하루 생활할 수 있는 것은 기적이고 감사할 일이다. 다른 사람들의 배려와 관심을 똑같이 받아도 감사로 받아들이는 사람이 있는가 하면 잔소리로 여기는 사람들이 있다. 다행히도 감사하는 것은 유전이 아니라 습관에 가깝다. 감사의 포인트를 찾는 사람에게 더 많은 감사할 일이 일어나는 것은 우연이 아니며, 그의 주변에는 감사로 빛나는 얼굴을 사랑하는 사람들이 모여든다. 이것은 국적과 문화 불문이다.

둘째, 본인이 만나는 사람들에게 무엇을 얻을까를 바라기보다는 내가 어떻게 하면 그들에게 도움을 주고 더 많이 줄 수 있을까를 고민한다. 외국인이고 이방인이기 때문에 도와주는 사람들의 손길은 참으로 고마운 것이다. 그런 것을 당연시하고 도움만 받는다면 관계는 오래 지속되지 못한다. 김치전도 부쳐주고 먼저 전화해서 안부를 물어주고 도와줄 것이 없느냐고 묻는, 내가 어떻게 도움을 줄 수 있을까 하고 고민한 흔적이 보이는 사랑스러운 이주민이라면 나라도 버선발로 환영할 것이다.

셋째, 인간 관계에 욕심을 부리지 않는다. 취미도 이것저것, 교회도 여기저기, 누구와도 베스트프렌드여야 한다며 어떤 생일파티에도 빠지지 않는 사교계의 여왕 중에는 정작 외로워서 밤잠을 못 이루는 사람이 대다수다. 이것을 보면서 친구들에게 페이스북 담벼락에 생일 메시지를 남기는 것보다는 내가 발 닿는 곳곳에서 맺은 소중한 인연들에게 손으로 쓴 엽서를 보내는 것이 더 큰 행복으로 다가온다는 것을 깨달았다.

나는 해외로 나가려는 사람들이 외로울까봐 걱정하지 않았으면 좋겠다. 거기에는 갓김치나 무말랭이는 없을 수 있지만 앞으로 나와 울고 웃고 성장할, 그렇게 나와 함께 할 새로운 가족이 언제든 나를 기다리고 있을 것이기 때문이다.

웰컴 투
글로벌 시티즌의 시대

유튜브에서 재미있는 비디오 한 편을 보았다.

아침에 산에서 몸을 풀고 있는 아시아계 여성에게 한 백인 남성이 다가와 말을 건다.

"날씨가 좋네요!" "네, 화창한 날씨네요."

"어느 나라에서 오셨어요? 영어를 잘하시네요!"라며 화들짝 놀라는 남자에게 여자는 계속 몸을 풀며 "(미국에 있는) 샌디에고"라고 말하는데, 그가 원했던 대답이 아니었던 모양이다.

"원래 어디에서 태어났는지 묻는 거예요, 지금." 그녀는 "오렌지 카운티에서 태어났지만, 그 동네에선 오래 살지 않았어요"라고 대답했지만, 여전히 그는 계속해서 "아니, 그러니까 당신네들이 어디서 왔냐구요?"라고 묻는다. 그녀는 운동을 멈추고 말한다. "우리 증조할머니가 한국에서 미국으로 이민을 오셨어요." 그가 바로 "그거죠!

한국인인지 일본인인지 긴가민가했지만, 한국인일 줄 알았어요!"라며 김치와 불고기 이야기를 꺼낸다.

자신이 어떤 사람이라는 것을 이야기하기 위해 증조할머니의 고향까지 꺼내 와야 한다니 이 얼마나 황당한 것인가? 본인을 미국 사람이라고 한, 영어가 모국어인 사람에게는 무척이나 실례되는 행동이다.

남자의 입장이건 여자의 입장이건, 나도 이런 경험을 종종 한다. 동양계 외모에 강한 중국어 억양이 섞인 영어로 이야기를 하는 친구에게 "어디서 왔니?"라는 질문을 던졌다가 "샌프란시스코에서 왔어"라는 대답을 듣고, 그가 '진짜' 어디에서 왔는지 궁금해졌다. 그럴 때 그게 아니라 너 어디서 태어났냐고, 혹은 너희 가족들은 어디서 왔냐는 것을 굳이 물어볼 수도 있지만, 그런 것들조차 자칫 상대방의 외모나 영어 실력에 대해 평가하는 것처럼 보여질 수 있어 보통은 조용히 그대로 넘어간다.

그러니 택시 안이나 출장지, 파티 장소, 미용실에서 우리가 맞닥뜨리게 될 이 질문, "어디서 왔니?"라는 질문은 생각보다 단순한 질문이 아니다.

이 질문에 대한 대답은 크게 세 가지로 할 수 있다.

1. **난 한국인이야** I am Korean
2. **난 샌프란시스코에서 왔어** I am from SanFrancisco
3. **복잡해** Well. It's complicated

1. 난 한국인이야 I am Korean

많은 한국인들이 I am from Korea보다는 I am Korean이라는 대답에 익숙한 것은, 우리의 한민족 중심 역사관과 무관하지 않다. 한국인이라는 것은 말 그대로 우리 조상과 마찬가지로 나 또한 한국에서 살아왔다는 것 혹은 어디에 있든 간에 한국 여권을 가지고 있다는 뜻이다. 부모님께서 나를 낳아주셨을 때부터 정해진 정체성은 수정할 수 없다. 이 정체성을 가지고 오랫동안 한 곳에 살아온 사람들은 정체성에 대한 자부심이 대단하다. 한편으로 이 정체성의 틀에서 벗어나기 힘들고 다른 사람들이 윗세대로부터 수직으로가 아니라 현세대에서 수평적으로 이 정체성을 취득하는 것에 대해서 엄격하다. 아마 앞에서 예로 든 백인 미국인도 그런 정체성을 가지고 있었을 것이다. 한편으로 우리가 '교포'라고 부르는, 조상나라의 정체성을 가지고 있지만 국적국에서 나고 자란 사람들에게서도 '국적국' 사람이라는 말을 망설임 없이 들을 수 있다.

2. 나는 샌프란시스코에서 왔어 I am from SanFrancisco

샌프란시스코에서 왔어, 또는 뉴욕에서 캘리포니아에서 왔다는 말은 세계의 인종의 용광로인 미국에서 온 사람들에게서 자주 들을 수 있는 말이다. 알다시피 미국의 많은 도시들이 다인종 다문화의 상징이며 많은 이민자들과 유학생들, 그리고 취업자들이 살아가는 곳이다. 이들이 모두 자신이 미국의 어느 도시에서 왔다고 자신을 소개할 때는 단순히 여권 주소지나 인종적인 배경 이상의 것을 의미한다. 그것은 그들이 가장 그들을 표현하기에 적절하다고 생각되는 현재의 정체성의 고향이다.

싱가포르에서 만난 친구가 매번 샌프란시스코에서 왔다고 강조하면서도 밥만 같이 먹으면 미국에서 영어 때문에 너무 힘들었다고 하길래 왜냐고 물었더니, 자신은 고향인 중국의 작은 자치주에서 태어나 미국에서 대학을 다닌 후, 유명한 IT 기업에 입사해 샌프란시스코에서 일하다가 싱가포르 사무실로 온 것이라고 설명했다. 특히나 다인종, 다문화의 상징인 미국의 대도시에서 왔다면 얼굴색 보고 국적 따질 일은 상대적으로 적을 테니, 그의 대답이 나름대로는 이해가 되었다. 재미있는 것은 그다음이었다.

그는 아직도 중국 여권을 가지고는 있지만 굳이 중국으로 돌아가고 싶지 않고, 이젠 영어도 어느 정도 자유롭고 자기가 할 수 있는 일이 세계 어디에서나 있기 때문에 그가 어느 나라 사람이고, 어디서 살고, 어디에서 가족을 꾸려야 하고 한다는 것이 무의미하다고 생각한다고 말했다. 나는 그 말을 들으면서 '정말, 맞아!' 라는 생각을 했다. 이 친구가 정말 글로벌 시티즌이구나. 이 친구가 다루는 컴퓨터 언어는 세계 공통어이고 그가 쌓아온 커리어로 전 세계 국경 어디든 넘을 수 있는데, 얼굴이 어떻게 생겼고 중국 발음이 배어나오건 말건 무슨 상관인가. 싱가포르 근무 2년 후 서울에서 다시 만난 그는 내 친구에게 "I am from Singapore." 이라고 말해 나를 놀라게 했다.

3. 복잡해 Well…It's complicated

그를 만난 후 글로벌 시티즌이라는 개념에 대해 줄곧 생각하고 있던 나는 이윽고, "어디서 왔니?"라는 질문에 딱 잘라 한 마디로 대답할 수 없는 사람들을 가는 곳마다 수없이 만나게 되었다.

"너도 알다시피 우리 엄마는 독일 출신 유대인이고 아버지는 러시아인이고 우리 자매는 러시아에서 태어났어. 우리 언니는 영국으로 이민을 가서 거기에서 20년 넘게 살고 있고 키프로스 출신이야. 그런데 영국에서 한평생을 산 남자하고 결혼해서 우리 조카들을 낳았어. 우리 조카들은 자기가 영국 사람이라고 생각할까? 아니면 러시아와 독일인, 키프로스인 어느 쪽이라고 생각할까? "

얼마 전 내셔널 지오그래픽에서 본 '2050년 미국의 얼굴'이라는 기사가 생각났다. 우리의 다음다음 세대의 얼굴들을 이미 사람들은 다양한 이름으로 부르고 있다. 앞으로 우리 사회는 이런 사람들을 더 많이 볼 것이고, 이들이 국적이나 인종에 얽매이지 않고 서로 어울리고 새로운 문화와 인류 문명을 만들어나가는 것을 볼 것이다.

나는 너는 어디에서 왔느냐고 묻는 사람들에게 무슨 대답을 할 수 있을 것인가, 그리고 무슨 대답을 하고 싶은 것인가, 그리고 다음 세대에 어떤 정체성을 주고 어떠한 선택권을 주고 싶은가에 대해 생각해본다. 나는 세계시민이 늘어나고 있는 오늘날의 변화가 한국의 젊은이들에게 강력한 희망의 메시지가 될 것이라고 생각한다.

'세계는 넓고 할 일은 많다'는 알맹이 없는 구호를 외치면서 국내에서만 박 터지게 경쟁하던 사람들, 이제 정말로 전 세계 무대에서 일을 할 때가 왔다. 유럽연합에서 먼저 그러한 사회를 만들기 위해 움직였고 지금 유럽연합의 청년들은 유럽의 국경을 걸어서 넘나들며 유럽 어디서건 일을 하고 살아갈 수 있게 되었다. 그리고 지금 내가 일하는 상하이를 포함해, 싱가포르, 홍콩, 미국, 일본에서 두각을 나타내며 일하는 수많은 외국 사람들이 그 증거다. 윗세대로부터 물려받은 정체성과 이 시대에 우리가 선택해서 가지고 싶은 정체성을 골라가지며 유연하게 세계무대에서 활동할 수 있는 때가 왔으니, 더 이상 태어난 곳과 조상 탓을 하며 주저앉아 있을 필요가 없다. 그것이 우리와 우리 다음 세대 지구시민들의 세계를 만들어가게 되는 정체성이 될 것이다.

개콘을 함께 볼 수 없는 그대라고 해도

"안녕하세요? 제 나이는 이미 아시죠. 저보다 오빠라고 들었어요. 지금 사는 곳은 산 지 얼마 되지 않아서 중고등학교는 다른 데서 나왔어요. 그리고 아버지는 오랫동안 공무원 생활을 하셨고……."

이런 내 소개도 네 소개도 아닌 대화를 하면서 다음번에는 소개팅 내가 하나봐,하고 결심했던 것을 깡그리 잊어버리고, 가끔씩은 한국에서 했던 소개팅이 그리워질 때가 있었다. '개콘'과 '응사' 때문이다. 한국 사람들이 모여서 국제 연애 혹은 결혼 이야기를 하면 나오는 이야기다. 개그콘서트를 같이 보면 배가 찢어지게 웃어제끼는 이유를 설명을 해줘야 하는데, 설명을 해주고 나면 너무 재미가 없어서 무안할 지경이라는 것이다. '응답하라 1994'에 나오는 노래를 내가 한 소절, 네가 한 소절 부르면 참으로 그때로 돌아간 것마냥 노곤한 향수에 젖는데 그렇게 나눠 부를 수도, 흥얼거릴 수도 없다는 것이다. 그 웃음과 추억의 정서를 나눌 수 없는 사람과 사랑을 한다는 것이 가능한 것일까를 따지고 보니, 아무래도 내가 한국인은 맞나보다 하는 생각이 스멀스멀 올라온다.

우리의 일생을 돌아보면 전혀 다른 환경에서 다른 가치를 바라보며 살아왔던 사람과 알게 되고 가까워진다는 것, 그것은 흡사 가면무도회 같은 것이다. 외국에서 살다 보면 친구 커플이 집에 초대해 벌이는 홈파티나, 해변에 바비큐장을 예약해서 함께 음식을 구워먹거나 혹은 친구의 생일 파티에서 현지 사람들뿐 아니라 다른 외국 사람들을 만날 기회가 많이 생긴다. 마치 가면 뒤에 얼굴을 감춘 것 마냥, 서로에 대한 정보 하나도 없이 만나는 사람과 이야기를 시작해야 한다. 설령 본인이 하버드대학을 나왔을지언정, 앞뒤 없이 자기소개에 어느 학교 몇 학번이며 아버지가 뭘 하신다는 이야기 같은 것으로 대화를 시작한다면 이상한 사람 취급을 받을 것이다. 어차피 스리랑카나 아이슬란드에 있는 학교 중에 어떤 학교가 좋은 학교인지 내가 알아서 '아, 이 사람은 머리가 좋은 사람이구나.' 생각할 일도 없고, 'SKY대학'과 강남구의 주소지가 그에게는 오늘 처음 먹어보는 열대과일 이름만큼이나 생소할 것이라는 것, 즉 아무런 의미도 갖지 못한다는 것에 대해서는 모두가 알고 있다. 가면을 쓴 우리가 서로에게 춤을 청하고 홀에 나가서 춤을 추듯 두 사람이 만나서 시작하는 대화는 "어떻게 여기 오게 되었어요? 무엇을 좋아하나요? 요즘 무슨 일에 관심 있나요?"라는 것이다.

나이도 몰라요, 이름은 생소하니 자꾸 잊어버려, 간신히 국적이나 어떻게 여기에 왔는지만 기억하게 되는 것이 서로 인증하고 조건에 동의해서 나간 소개팅보다 훨씬 좋았던 이유이다. 그것은 순전히 '그 사람 자체'만을 볼 수 있게 되는 것이다. 화롯불 위에서 고기를 굽는 솜씨가 일품이라든지, 야채를 썰어 놓는 솜씨를 보니 요리를 평소에도 많이 할 것 같다는 느낌으로 그 사람을 가늠한다. 술을 많이 마시면 금세 얼굴이 붉어지며 맥주 한 병 이상은 싫다고 한다든지, 이야기를 제일 좋아해서 아무것도 안 먹고 세 시간째 이야기를 하고 있는데 그 이야기가 꽤 쓸 만한지, 사람들이 그의 앞을 떠나지 않는다든지, 혼자 외롭게 앉아 있는 사람을 찾아 다가가 이야기를 하고 있다든지 하는 것들을 보며 그 사람에 대해 상상해보려고 노력해보는 것이 신선하게 다가왔다.

처음부터 내 기준에서 확고하게 모양지어 있던 사회적인 잣대 없이 그 사람에 대해서 바라보면 그렇게 새로운 것들이 보이기 마련이라는 것이 놀라웠고 이러한 만남의 방식에 나는 완벽하게 매료되었다. 하나둘 사람들이 빠져나가는 파장 분위기의 바비큐 파티에서 조용히 뒷정리를 하는 그 사람의 이름은 기억이 나지 않았지만, 그가 사려 깊고 양심 있는 사람이라는 것을 알아볼 수가 있고 해가 갈수록 따듯한 사람과의 만남이 무엇보다도 그리운 것이기에 말이다.

가끔 말도 잘 통하지 않고 이것저것 문화적으로도 충돌을 할 텐데, 더 많이 싸우지 않을까?라는 생각을 한 적이 있었다. 둘 다 술이 떡이 되어 들어온 다음날, 쓰라린 속을 달래고자 각자 뜨끈한 해장라면과 느끼한 크림 파스타를 앞에 두고 한 사람은 후루룩, 한 사람은 우물우물 먹고 있는 한국과 프랑스 커플을 보면서 달라도 이렇게나 다를 수가 하며 웃었던 적이 있다. 그것이 '소와 사자의 사랑'일 때, 그 연애는 조금 아프게 시작하기는 한다. 소와 사자는 서로를 아주 많이 사랑했다. 사랑하는 사자를 위해서 소는 여물을 한가득 해다가 사자 앞에다가 가져다 놓았다. 사자는 그동안 벌판에 나가 여기저기 뛰어 그 어떤 날보다 열심히 사냥을 해서 피가 뚝뚝 떨어지는 신선한 사냥감을 소 앞에 가져다 놓았다. 사자는 여물을 먹을 수가 없었고, 소 역시 날고기를 바라보며 뜨악할 뿐이었다. 그들이 내린 결론은 아마 상대방이 자신을 사랑하지 않는다는 것일지도 모른다.

외국 사람을 만난다는 것은 가끔 그런 것일 수도 있다. 한다고 했는데, 최고의 사랑의 표현이었는데 서로의 마음을 몰라서 엇갈릴 수도 있고 끝내 알지 못한 채 갈라서야 할 수도 있다. 그것은 해장음식으로 두 가지를 준비해서 각자의 접시에 담아서 먹어야 하는 것처럼 눈에 명확히 보이지는 않을지라도, 서로 이야기해서 풀지 않으면 영원히 풀리지 않는 수수께끼가 될 테다. 실은 아직도 사랑하는데도 말이다.

예를 하나 들어보자. 외국인과 교제하는 한국 여성들에게 물음표를 남기는 남성들의 말 중 하나가 '각자의 시간'이다. 사랑에 빠지면 운동도, 다른 여자친구와의 약속도, 꼬박꼬박 다녔던 학원도 모조리 포기한 채 연인을 만날 준비가 되어 있는 나와는 달리, 그는 아무것도 포기하지 않는다. 운동, 다른 친구들과의 시간, 그리고 배움의 갈망 중 그 하나도 나를 위해 조절하지 않는다. 그럴 때 오지 않는 전화를 기다리며 메신저를 열었다 닫았다를 반복하며 '아, 그는 나에게 관심이 없구나' 하는 나와 '그녀에게도 자신의 시간이 필요한 거지'라며 뿌듯한 그가 바로 그것 때문에 내일 헤어지는 일이 일어날 수도 있다. 똑똑한 사람이라면 대화를 해서 둘이 정말로 어떤 생각을 하고 있는 것인지 밝히고, 앞으로 어떻게 서로의 마음을 표현할 것인지 정리를 하지만, 그렇지 않은 경우에는 슬픈 사자와 소가 될 수밖에 없다.

그렇지만 문화의 이질성은 많은 경우에 아름다운 관대함으로 나타나기도 한다. 무엇인가 기대에 어긋나는 것이 있더라도, 자신의 나라에서는 당연히 여겨지는 그 무엇이 되어있지 않더라도, 기본적으로 그 혹은 그녀는 나와 다른 곳에서 온 사람이니까 이런 것은 모를 것이라고 생각하며 '우리나라에서는 말이지'라고 가르쳐주게 된다. 응당 무엇을 갖춰야 한다든지, 다른 집에서는 이만큼 해줬는데 너는 나를 무시하냐며 왜 이 정도밖에 못하냐며 언성을 높이지 않는다. 서로의 문화에 익숙하지 않다는 것이 기본 전제이기 때문이다. 그래서 무거운 가방을 대신 들어주고 여자친구 집에 데려다주던 것에 익숙한 한국 남성들이 해외로 나가면, 남자친구의 배려에 놀라고 감격하여 눈물이 그렁거리는 일본 여성들에게 절대적인 매력을 어필하게 된다. 서로의 문화권에서 기대할 수 없었던 그 이상의 것을 선물 받은 사람들이 빠지는 사랑의 방식이다.

같은 맥락에서 서로에 대한 외모의 기대치도 본인 문화권에서의 기준과는 사뭇 다른 것이 재미있다. 그래서 국제커플은 서로가 여태까지 발견하지 못한 아름다움을 발견하게 만들기도 한다. 한때 나는 스페인계 혼혈인 프랑스 남자를 좋아한 적이 있었다. 내 기준으로 절세미남이었기 때문에 한때는 외모에 눈이 멀어 그의 청을 거절하지 못하고 끌려다니곤 했다. 후일 그와 헤어지고 혼자서 갔던 유럽 여행에서 바르셀로나의 거리에 정말 거짓말 하나 안 보태고 그와 똑같이 혹은 그보다 더 잘생긴 사람이 널리고 깔려 있는 것을 보았다. 모국에서는 엄청나게 평범할 수도 있었던 그가 나에게는 절세미남이었듯이, 나도 누군가에게는 천상의 미녀였으리라 생각하면 착각일지언정 기분이 썩 나쁘진 않다.

"개그콘서트를 함께 재미있게 볼 수 있는가"에 대한 질문은 과연 우리가 문화적으로 완벽하게 이해하고 이해받지 못하는 채로 서로 조화를 이루면서 살 수 있을까에 대한 의문에서 시작되었다. 처음엔 나도 조금은 서운한 감정이 들었다. 과연 "아빠가 출근할 때"라고 이야기하면 "뽀뽀뽀"라고 응수해줄 한국 사람만 할까. 그러나 진정한 국제 연애에 대한 기쁨은 다름 아닌 거기에 있었다. 세상에는 개콘 말고도, 응사 말고도, 우리가 나눌 수 있는 재미있는 것들이 그와 나 사이에 수없이 존재한다는 것이다. 싱가포르의 스탠딩 코미디를 보러 가서 낄낄거리고, 발리우드 영화관에 가서 인도 사람들과 함께 영화관에서 춤을 추며, 나누고 싶은 이야기들이 영어로 쏟아져 나왔으니, 우리가 나눌 수 있는 것들은 뽀뽀뽀의 향수보다도 훨씬 더 많았다.

다시 말하면 그가 처음부터 물냉면에 뿌려진 겨자의 알싸한 맛을 모르고 세 끼 등장하는 김치냄새에 질색을 한다고 해도, 그와 내가 함께 먹을 수 있는 똠얌꿍과 세비체와 허무스, 카레가 생겼으니 우리의 인생의 시야는 훨씬 더 넓어졌을 것이다. 같은 추억을 공유할 수 있다는 것도 행복이지만, 다름과 함께 성장할 수 있다는 것은 또 다른 축복이다. 신나지 않는가. 개콘을 함께 볼 수 없는 그대라고 해도 말이다. 이것이 서로 전혀 다른 사람들의 만남을 응원할 수밖에 없는 나의 국제커플 예찬 이유다!

차별당하고 싶지 않거든, **차별하지 마라**

터키인인 카디아가 연달아 승진을 했다. 회사에서는 카디아가 얼마나 우리 회사에 영향력을 미치고 있는지 설명하며 승진을 축하했다. 그리고 CEO로부터 전사에 전달된 이메일에는 '세상에서 제일 친절한 왕자님'이라는 별명이 다정스럽게 적혀 있었다. 웬 왕자님이냐고 하니, 매일 아침 사무실을 청소하고 쓰레기를 비우는 아주머니가 그를 그렇게 부른다는 것이다. 대부분의 사람들이 그녀를 없는 사람처럼 지나치면서 다른 동료들에게는 "굿모닝"을 외치는 동안 아침 일찍 도착해 계단에 앉아 있는 그녀에게 문을 열어주며 먼저 "굿모닝?"이라고 웃으며 인사를 건네고, 터키에서 가져온 과자를 열어 그녀의 손에 쥐어준 카디아는 그녀의 마음속에 '친절한 왕자님' 이 되었다. 어느 날 회사의 사장인 카일과 마주친 자리에서 그녀는 카디아의 이름을 몰라 "있잖아요, 그 친절한 왕자님"이라고 말했다는 것이다. 중국어밖에 할 줄 모르는 그녀는 카디아와 제대로 된 이야기 한 번 나눠본 적 없는데도, 회사 전체에 카디아의 이름을 알렸다. 사장님은 우리 회사 청소부 아주머니와 경비 아저씨가 인정하는 사람이 자신이 인정하는 사람이라는 말을 덧붙였다.

카디아가 사장님에게 잘 보이고 싶어서 청소부 아주머니에게 친절했던 것은 아니다. 그는 그냥 그런 사람이다. 그는 이스탄불에서 싱가포르 여자와 사랑에 빠져 뱅커일을 버리고 비행기를 타고 11시간을 날아와 싱가포르에 살고 있는 사람이다. 지금은 VP(부사장)이지만, 처음 싱가포르에 왔을 때는 영어도, 싱가포르도 분야 지식도, 그 무엇 하나 익숙한 것이 없었던 그였다. 그 역시 싱가포르에서 외로이 시작해서 힘겹게 싱가포르에 정착할 수밖에 없었다. 그는 회식비도 없는 회사에서 신입사원이 들어올 때마다 자기 돈을 털어서 맛있는 터키 음식점에서 터키 음식을 배불리 먹여 환영하고, 가끔씩 등 뒤에 다가와 "잘 지내고 있어? 오늘 안색이 좋아 보이지 않아"라고 먼저 챙기는 사람이다. 그것도 한결같이 모든 사람들에게 말이다. 우연히 그가 중국에서 온 개발자와 이야기를 하려고 중국어를 배우기 시작했다는 말을 들었다. 자신에게 할당된 책임도 아니고 본인 또한 타지에서 일하는 외국인인데도 그렇게 열심일 수 있다니, 그런 카디아가 어디에 가서나 존경을 받고 환영을 받는 것이 당연하다는 생각이 들었다.

인터넷에 '해외 취업'과 '차별'의 키워드를 함께 넣어봤더니, 이미 취업하기도 전에 해외에서 일하면서 차별과 무시를 당하고 인종적으로 문화적으로 불이익을 받을 것을 염려하는 글들이 넘쳐났다. 불행히도 그 말은 맞을 수 있다. 같은 나라 사람들이 살아가는 곳에서도 차별과 신경전은 눈에 보이게 일어난다. 그 못지않게 글로벌 환경에서 일어나는 차별은 훨씬 더 다양하고 이유가 광범위하다. 나는 아직도 싱가포르에 온 첫날을 기억한다. 싱가포르의 마천루와 화려한 저녁 불빛에 벌어진 입을 다물지 못하며 밤길을 걷다가 바라본 트럭들. 24pax라고 쓰인 트럭 뒤에 사람들이 가득 실려 있는 것을 보았다. 24명을 그 트럭에 실을 수 있다는 것이었다. 이 아름다운 도시들을 건설한 그들에 대한 경외심과 함께, 짐짝처럼 실려 공동숙소로 가는 그들과 눈이 마주쳤을 때에 느낀 씁쓸함이란……. 그러나 이내 나를 너무 오래 쳐다보지는 말아주었으면 하는 간사함이 밀려왔다. 여기선 빈부의 격차, 외양의 차이, 교육 수준, 국적, 성별, 종교, 말하는 방식 등등 사람이 달라 보일수 있는 요소도 가지가지다.

우리는 과연 어느 쪽에 있을까? 차별하는 쪽일까, 차별당하는 쪽일까. 답은 둘 다이다. "서양 사람들이 유색인종을 차별한다던데요." "영어 발음이 네이티브가 아닌 한, 높은 자리에 올라가는 것은 불가능하죠." "영주권을 받기가 하늘의 별따기예요"라고 하면서 "아니, 네가 뭐가 모자라서 베트남 사람하고 결혼을 하니, 혹시 미국 교포니?" "저 사람이 어떻게 한국 사람이야. 한국 사람처럼 생겨야 한국 사람이지"라며 차별의 칼날을 들이밀고 있다. 차별의 기준과 정도가 다를 뿐 차별당하기를 원하지 않는 만큼이나 다른 사람들을 판단하고 차별할 준비를 하고 있거나, 이미 차별하고 있는 것이다.

그런 차별이 무지에서 오는 것이라면 배우면 된다. 환경에 적응하고 사람들을 만나고 몇 번 실수도 하고, 당하기도 하고 그러다 보면 서로 다른 사람들에 대해서 배우게 된다. 그러나 무지가 아닌 의식적인 차별은 반드시 노력해서 고쳐야 할 자세다. 우리가 바라보고 이렇네, 저렇네 평가하는 그 한 사람의 존재는 나를 비추는 거울 같은 존재다. 본인이 지식의 깊이가 얕을수록 다른 사람의 학벌에 신경을 쓰고 비교하며, 영어에 대한 강박이 심할수록 고급 영어를 구사하는 사람을 높이 보고 낯선 악센트를 흉본다. 후배 놈이 위아래도 없이 어디서 가르치려 드냐고 하면서 씩씩거리는 사람 중에는 제대로 나잇값 하는 사람이 없다. 백인들이 인종차별을 한다면서 '주류사회' 구성원들과 어울리기 위해 다른 인종과 어울리는 것을 슬슬 피한다. 필리핀에서 온 도우미 아주머니가 잠깐 앉아 쉬는 것이 거슬린다면 그 사람의 심사가 뒤틀린 것이다. 특정한 국가에서 온 동료와 함께 일하기 싫다고 공공연히 선포하고 다니면 어떤 사람에게 나 같은 한국인이 최악의 동료라는 말을 돌려받을 날이 반드시 온다.

그러므로 어느 곳에서 차별당하고 싶지 않다면, 정정당당하게 경쟁하고, 평범하고 따뜻하게 생활하고 싶다면 내가 남을 차별하지 않으면 된다. 우리는 다른 사람을 만나기 전에 잠깐 화장실에 들러 거울을 보고 화장이나 매무새를 고친다. 마스카라가 번지지는 않았는지, 화장이 들뜨지는 않았는지 눈곱이 끼거나 치아에 고춧가루가 끼지 않았는지 말이다. 그런 모든 것은 다른 사람에게 좋은 인상을 주기 위해서다. 그런데 더 중요한 것이 있다. 다른 사람을 마주하기 전에 내 마음을 점검하는 것이다. 그 사람에 대한 편견이나 어림짐작으로 그 사람이 어떤 사람이라고 단정해버리지 않았는지. 나와 내가 편하게 이야기를 주고받는 그룹에서 아무런 생각도 없이 한 말이 다른 사람들에게는 상처가 될 수도 있다는 것을 알면 편견 없고 겸손하게 사람들을 대하는 것이 의식적인 연습과 배려의 결과물임을 알게 될 것이다. 그리고 나의 모습이 거울이 되어 다른 사람들이 서로를 존중한다고 생각해보자. 그게 꼭 나에게 돌아오는 것이 아니라도 괜찮다. 우리 사회는 이미 차별 없는 사회로 조금씩 나아가고 있는 것일 테니 말이다.

그리고 또 한 가지, 우리가 만나는 사람들은 모두 소중한 존재다. 누군가의 엄마이고 아빠이며, 누군가의 귀한 아들딸, 소중한 형동생이다. 우리와 마찬가지로 그들도 그들의 행복과 자아실현을 위해, 혹은 그들이 아끼고 사랑하는 사람들을 위해 나와 같은 땅을 밟고 서서 오늘 하루를 열심히 살아내고 있다. 서로에 대한 편견과 차별이 멈추게 되면 좋은 친구, 멋진 동료, 지혜로운 스승을 만날 것이다. 그리고 분명 나의 세계가 한 뼘씩 더 커질 것이다.

나의 에너지를 좀먹는 인맥은 안녕

아침부터 에밀리에게 메시지가 왔다.

"리나가 나에게 단단히 삐졌어."

"왜?"

"어제 탄종비치 클럽에서 우연히 만나서 반갑게 다가가서 말을 걸었는데, 나에게 하는 말이 이번 해 들어서 자기를 세 번밖에 만나주지 않았다며 어떻게 그렇게 소홀할 수가 있냐며 화를 내는 거야. 그렇게 열렬하게 화를 내는 것을 듣고 있으니, 마치 내가 리나 남자친구라도 되는 것 같았어."

그 말을 듣는 순간, 나는 상당히 난감해졌다. 분명 처음 만나면 사랑스럽게 볼에 키스를 하며 "잘 지냈어, 내 사랑?" 이라고 인사하는 기분 좋은 아가씨인데, 함께 앉아서 밥을 먹고 있으면 어느새 신세한탄과 싱가포르의 싫은 점을 나열하느라고 시간가는 줄 모른다. 나는 시계를 쳐다보다가 샐러드를 깨작대면서 밥을 먹다가 차와 디저트를 하러 가자는 그녀의 말에 거절을 못하고 따라가서 또 2시간 반을 그렇게 그녀와 마주한다. 작년엔 그런 일이 수도 없이 일어났으나, 왠지 그녀와 만나는 것이 껄끄러워져 올해에는 그 만남이 그녀를 만난 처음이자 마지막이 되었다.

나는 리나를 만날 때마다 스트레스를 받고 비관적이 되어 돌아오는 나를 보면서 '내가 이렇게 비관적인 사람이었던가? 과연 무엇이 잘못되었는가'를 생각했다. 그러고 나서 생각 좀 하면서 푹 쉬어야지 하면서 다이어리를 보니 가관이다. 여기저기 초대 받은 곳에 모두 가겠다고 말해서 어떤 날에는 동선도 맞지 않는 이쪽 끝과 저쪽 끝으로 순간이동해야 할 지경으로, 모든 날에 일정이 빼곡하다. 각각의 사연으로 그 어느 것도 거절할 수 없는 약속이었다. 게다가 어쩌다 약속이나 행사가 취소되는 경우에는 그럼 다른 어디로 나가서 무엇을 할까 연락처를 뒤지거나 다른 이벤트 일정을 체크하기도 했으니 하루하루가 바빠 유체가 이탈할 지경이다.

한 번은 친한 여자친구가 항상 어울리는 여자들 그룹에 갔다. 모두들 멋지고 예쁘고 화려한 친구들이어서 사진을 볼 때마다 나도 좀 끼워주지, 재밌겠다고 생각했던 그룹이었기 때문에 초대를 받았을 때는 뛸 듯이 기뻤다. 그런데 막상 모임에 가보니 내 친구가 세상에서 가장 쿨한 모임이라고 했던 그 모임은 나와는 맞지 않았다. 모임의 화제는 주로 와인과 윈드서핑이었는데 와인에 대해서 전혀 모르고 수영도 할 줄 모르는데다가 물을 무서워해 해양스포츠에 전혀 관심이 없던 나는 방 한구석에서 거의 아무 말도 못하고 있었다. 어쩌다가 그 친구들이 질문을 해도 심한 영국식 억양을 알아듣기가 어려워 음악보다 볼륨을 높이려 여러 번 소리를 질러야 했다. 나와는 영 맞지 않는 모임이라는 것을 알면서도 집에 가겠다는 이야기를 꺼내지 못한 나는 급기야 졸게 되었고 잠결에 와인 잔을 깨뜨리고 나서야 주섬주섬 일어나 집으로 돌아왔다.

그리하여 나는 결심했다. '약속 다이어트'를 하기로. 내키지 않는 약속이라면 시간이 있어도 거절했다. 특히 일주일에 몇 차례 정기적으로 만나서 술이나 밥을 먹지 않으면 토라지는 친구들과의 약속은 잡지 않았다. 만남의 횟수로 우정을 가늠한다는 것이 나에게는 맞지 않는 일이라는 것을 깨달았고 정기적으로 만나야만 유지되는 우정이라면 지켜낼 자신이 없었기 때문이다. 남들은 필요할 때만 만나고 연락하는 것이 이기적이라고들 하지만, 필요할 때 서로를 떠올릴 수 있고 서로에게 필요를 채워준다는 것이 일 없을 때 자주 연락해서 관계를 유지해야 하는 것보다 훨씬 나은 일이라고 생각했다. 나 또한 내가 필요하다고 오랜만에 연락하는 친구가 있으면 다른 사람이 아닌 나를 떠올려줬다는 사실에 기쁜 마음부터 든다. 새로운 모임에는 여전히 시간 여유가 되는 대로 나갔지만 여러 번 노력해보았는데도 모임 성격이 나와 맞지 않으면 억지로 맞춰보려고 하는 대신 집에 가서 쉬는 편을 택했다.

사람을 만나고 난 후에는 뒷맛이라는 게 있다. 집에 올 때 그 만남에 대해 어떻게 느끼는가에 관한 것이다. 어느 날 어떤 사람들과의 저녁 모임은 내내 새로운 아이디어와 들뜨게 만드는 기쁜 소식과 인생에 대한 재발견으로 채워져 처음 만나는 사이인데도 배가 아프도록 웃느라 밥도 다 못 먹고 나온 적이 있다. 그렇게 자꾸 생각나고 웃음 나고 뿌듯한 만남을 가진 날에는 지하철에서도 피식피식 웃고 자신감과 희망이 가슴에서 스멀스멀 차오르고 내일 아침에 당장 세계 평화를 이뤄버릴 것 같은 스스로의 열정 때문에 밤에 잠이 안 오는 포근하고도 화끈한 뒷맛이 있다.

반면 오늘 만나 밥과 차와 술까지 돈을 엄청 썼는데 돌아오는 길에 모든 기가 다 빨린 듯 너무나 피곤해서 지하철에서 노약자석에라도 앉아야 할 것 같은 스트레스 가득한, 뒷맛이 쓴 만남이 있다. 소위 '나 잘난 사람'들이 모여서 웬만한 사람들은 투명인간 취급을 받는 모임, 멀뚱히 서서 누군가 나에게 말을 걸어주기만을 바라는 의욕 없는 만남, 해답 없는 신세 한탄만 오가는 대화, 한 명의 허세를 받아주느라고 12명이 들러리를 서는 모임, 그다지 관심 없는 주제이지만 한 번은 얼굴을 비춰주어야 나를 잊지 않을 것 같은 무리들, 만남의 기억이 유쾌한 것들만 남겨도 모자란 인생인데 남 눈치 보느라고 훗날 나에게 득이 될까 싶어서 소비한 시간이 얼마나 많았는지 아쉬울 뿐이다.

그 쓴 뒷맛의 원인이 나에게 있지는 않은지, 왜 나는 모든 사람들과 잘 지내지 못하지? 모든 사람들에게 사랑받으면서 만나고 싶다는 이야기를 듣지 못하지? 내가 부족한 것이 아닐까? 하는 고민이 따라왔을 때, 미국에 있는 에이프릴이 해준 말이 생각났다.

"원래 자기랑 잘 안 맞는 사람들이 있으니 자신을 속이면서까지 타인에 나를 맞추려고 할 필요는 없다는 것을 알려주고 싶어. 세상은 넓고, 세상에 좋은 사람은 많고, 내 가치를 인정해주는 사람, 나를 행복하게 해주는 사람만 만나도 인생은 매우 짧거든."

그제야 나는 와인에 식견 있는 사람이 아니고, 모두에게 친절하고 사랑스러운 사람이 아닌 나라도 괜찮다는 생각이 들었다. 독일에 있는 보경 씨도 비슷한 이야기를 했었다.

"나의 인생을 행복하게 살기 위해서는 자신이 좋아하는 것이 무엇인지 그 취향을 발견하고, 그것을 지지해주는 사람으로 자신의 주변을 채워야 해요. 아마도 이 말은 제가 개인적으로도 친분이 있는 작가님이 했던 것 같은데, 내가 좋아하는 것을 부끄럽게 여기거나 이상하게 생각하는 사람이 주변에 많다면 나의 취향은 결국 비정상적인 게 돼버린다고요. 그러면 어느 순간 자신도 남들이 생각하는 정상적인 삶을 살아가기 위해서 노력하게 된다고요."

비로소 주위를 둘러보니 세상에는 서로의 취향을 지지해주며 나를 행복하게 해주는 사람들이 모여 행복한 에너지를 내고 있었고, 여기저기 자신을 속이며 들어간 모임에서는 결국에는 튕겨나올 수밖에 없게 된 내 자신을 발견했다.

나는 약속 다이어트와 함께, 나를 위한 시간인 미타임Me time을 실행하기로 했다. 바로 자기 자신과 만나는 시간이다. 그저 아무런 약속도 잡지 않고 내가 요즘 잘 지내고 있는지, 무엇을 원하고 있는지 자신과의 티타임을 가지는 것이다. 좋아하는 책을 읽고 운동을 하고 앞으로 무엇을 할 것인지 생각해보며 친구들에게 엽서나 편지를 쓰고 가족들과 화상 통화를 할 시간을 만들어준 후 나의 삶은 훨씬 더 여유로워졌다. 쌓여 있던 청소도 하고, 무엇을 새로 배워볼까 상상해보다가 예약도 약속도 없이 걸어 나가 혼자서 예쁜 가게에 들어가 밥을 먹어보는 재미도 쏠쏠했다. 매일 같이 사람들을 안 보면 못 살겠다던 모임퀸 에밀리도 나와 함께 미타임을 하면서, 사람들과 떨어져 자신에 대해서 돌아볼 여유를 가지기로 했다. 에밀리는 늘상 다이어트를 하고 싶어 했는데, 사람들과의 만남을 거절할 수가 없어서 늘 파티음식을 먹고 술을 마셔야만 했다. 미타임을 가진 후 에밀리는 다이어트와 운동도 했고, 이력서를 고쳐 쓰면서 미래에 대해서 생각했다. 그리고 3개월이 지나자 항상 말만 하고 시간이 없어 지원하지 못했던 원하는 회사로 이직할 수 있게 되었다.

그러니 만나고 싶으면 기를 쓰고 만나야 하겠지만, 그렇지 않다면 만나지 않아도 괜찮다. 만나고 싶은 사람들만 만나고 행복을 나누기에도 모자란 시간, 만나기 싫으면 만나지 않아도 아무것도 잃지 않는다. 그렇게 해도 충분히 괜찮다.

4부

인생의 롤러코스터,
시련과 희망의 한 끗 차이

– 좌절 극복기

호텔방과 맛집 투어가 전부는 아니야

아침 10시.

마닐라에 위치한 사무실을 살며시 빠져나와 친구 전화를 받고 있었다.

"왜 이렇게 힘이 없어?"

"복도라서 조용히 전화 받는 거야."

하지만 나 아무렇지도 않…은게 아니다. 눈물이 후두둑 떨어져서 쪼그려 앉은 무릎으로 흘러내렸다.

뭐가 울 만한 일인가. 비행기 3시간쯤이야 아무것도 아니다. 시차가 거의 없는 마닐라의 안전하고 쾌적한 마카티 사무실에서 착하고 영리한 직원들과 일하며, 하루에 한두 개 잡혀 있는 면접을 보며 신입으로 들어올 필리핀 사람들을 만나서 꼭 우리 팀에서 일하고 싶다는 그들의 포부와 이력을 듣는다. 점심 때는 내 팔 길이만 한 피자를 시켜먹고 교육과 회의, 개별 면담을 한 다음 일처리를 하다 보면 착한 팀원들이 한 시간 정도 숨소리도 없이 내가 이 나라 저 나라 일을 마감하는 것을 조용히 기다렸다가 여기가 유럽인가 싶은 아얄라 트라이앵글의 필리핀 음식점에 데려가주고 밥도 본인들이 사겠다고 한다. 고객미팅을 가면 가끔씩 어려운 고객도 있지만 새로운 고객을 개척하는 재미도 있고 거래처에 동남아나 한국, 일본 쪽 미디어 트렌드를 공유해서 브랜딩 구축에 도움을 주는 것도 큰 보람을 가져다 준다.

그런데 도대체 난 왜 울었나.

한 번도 출장에서 우울했던 적이 없었다. 항상 신나고 기다려지고 기대되었다. 매달 다른 도시의 스카이라인을 보면서 산해진미를 맛보는 재미가 쏠쏠했다. 심지어는 마닐라 출장을 같이 온 세일즈 디렉터가 본인은 출장 전 날만 되면 우울해진다고, 가족들이 자고 있는 새벽에 까치발을 하고 나와서 공항으로 향하는 길에 벌써 애들이 보고 싶다고 했을 때도, 난 싱글이라서 그런가 보다 하며 출장 우울증이 온 적이 없다며 공감할 수 없었다. 그게 불과 이틀 전이었다.

그 달이 태국, 미얀마, 말레이시아, 필리핀을 각 한 주씩 끊어 다니며 한 달 동안 제대로 집에 가지 못한 달이었다. 한 번 여행용으로 싸둔 가방을 풀지도 않고 옷만 바꿔서 넣어가며 들고 오고가자니, 문득 1년 전에 만난 삼성의 동남아 마케팅 책임자가 떠올랐다. 그는 그의 생활이 '빨랫감을 쏟아놓고 다른 빨랫감을 넣어오는 일'의 반복이라며 싱가포르 집에 들러 가방을 바꿔 말레이시아로, 베트남으로, 한국으로 여기저기 출장 다니느라 데이트 할 시간도 없다고 했었다. 그 말을 듣고 있는 나는 그가 얼마나 대단하고 중요한 사람인가 생각하면서 부러워했던 반면, 같은 자리에 있던 내 상사는 "사는 것처럼 살라"며 인생에 뭐가 중요한지를 생각해보라고 비즈니스 미팅 중에 그에게 소개팅을 주선하겠다는 이야기를 했던 기억이 난다. 그런데 그 모습이 내가 되었단 말인가.

퇴근 후, 나를 기다리고 있던 팀원들을 데리고 가 화려한 보나파시오의 하이스트리트의 한식당에서 김치와 식혜로 향수를 달래고 와서 호텔 침대에 누워서 가만히 생각을 해보았다. 온갖 생각으로 머리가 어지러웠다. 주변을 좀 걸어볼까 했지만, 시내 한복판 스타벅스까지 총을 옆구리에 찬 청원 경찰이 지키고 서 있는 도시에서 이렇게 늦은 시간에 혼자 나간다는 생각은 접는 것이 좋았다. 뜬금없이 따뜻한 누룽지에 묵은지를 얹어 잘근잘근 후루룩 먹고 싶다는 생각이 들었다. TV도 안 켠 방 한 구석에서 한 달 내내 집에 들어간 날을 꼽아보니 애완동물은 고사하고 풀떼기 하나 절대로 못 키울 팔자에다가, 정기적으로 약속한 모임이나 운동도 모조리 다 가지 못하고 친구들과도 다음에 보기로 기약한 것이 꽤나 오래 되어서 허언이 되고 있었다. 이제 막 만들기 시작한 모임의 친구들 얼굴도 못 보고 이러다가 싱가포르 떠날 때 송별회에서나 다시 보겠구나, 하며 비누 방울 풍선 같은 얇은 인간 관계에도 아쉬운 생각이 들었다.

출장에 환상을 가지고 있었던 시절이 있었다. 비행기를 예약하는 순간, 이 호텔 저 호텔을 찾아보면서 어디가 좋을까 고민하던 그때, 퇴근하고 어디를 갈까 물색하며 관광지도를 인터넷에서 내려받을 때 나는 출장이 아니라 해외 여행을 가고 있었다.

출장에도 여러 가지 목적에 따른 형태가 있다. 전문가가 있는 곳으로 트레이닝을 받으러 가는 경우, 교육을 하거나 계약을 체결하는데 내가 중요한 역할을 할 수 있고 해외에서 그 일이 일어나는 경우, 나의 지식을 전달해야 하는데 내가 이동할 때 비용이 더 적게 들 경우, 혹은 다른 사람이 수행할 일을 불가피하게 내가 대신 해야 돼서 가는 경우가 있을 것이다. 그 어떤 경우에도 출장은 '일'에 관한 것이다. 특별히 '포상'이라는 이름이 붙은 것이 아니고서야 출장을 회사가 보내주는 해외 여행이라는 착각은 일단 버리는 것이 좋다.

그래서 '출장 많이 다니는 직업'에 대한 추구나 갈망은 본질에서 한참 벗어난 것이다. 출장이라는 것의 본질은 '어디서든 해야만 하는 일을 다른 장소에서 하는 것, 왜냐하면 그 장소가 최적의 효과를 내며 최소의 비용이 드는 장소이기 때문인' 근무의 연장선이다. 이 간단한 본질을 잊으면 출장이 와이키키 해변에서 회삿돈으로 칵테일 마시면서 면세점 쇼핑을 가는 것이 된다. 먼 길 출장 와서 업무 외 시간에 관광하고 경치 좀 구경하지 말란 법은 없다. 그것 또한 다양한 사람을 만나고 이해하고 협력할 수 있는 일의 즐거움이다. 다만 애초에 출장의 목적과 본질을 부수적인 활동과 혼동하거나 오해하면 "부러워, 출장 많아서 좋지?"라든지 "출장을 많이 가려면 대학교 때 무엇을 전공해야 하나요?"라는 낯부끄러운 질문을 던지게 된다.

나는 사장님과 출장을 가면서 기업 오너의 시각에서 출장을 생각하게 되는 좋은 경험을 할 수 있었다. 내 회사를 위해서 가는 출장만큼 본질에 충실한 출장을 경험하기도 힘들다. 물론 기업주나 임원들도 현지 직원들과 함께 단합하기 위해서 현지 음식도 먹고 가끔씩은 그들과 함께 나가서 놀기도 한다. 그렇지만 그 와중에도 기업주는 회사가 잘 돌아가고 있는지, 고객들이 만족하고 있는지, 본사에서 더 도와줄 일은 없는지, 고쳐야 할 문제점은 없는지 생각하느라 쇼핑이고 맛집 탐방이고는 안중에 없다.

매트릭스 조직의 상사라면, 얼굴 대면할 일이 별로 없는 직속부하 직원들이 어떻게 지내고 있는지, 전화나 이메일로 할 수 없는 교육이나 상의 등을 하는 시간이 금쪽 같으므로 최대한 짧은 출장 시간을 활용하려고 한다. 그런 가운데에도 늘상 하던 일상 업무를 함께 해내야 하니, 낮에는 출장지 업무를 보고, 밤에는 일상 업무를 보느라고 평소보다 두 배로 일을 하게 되는 상황이 되곤 한다. 타이완에서 만난 일본 출신의 젊은 사장 마츠다는 해외 출장을 갈 때 항상 매우 저렴한 숙소에서 머무는데, 자기 같은 젊은 오너들을 의외로 많이 만난다고 했다. 직원에게 좋지 않은 숙소에 출장을 보내면 좋아하는 직원이 없으니, 자기 주머니에서 나가는 돈을 아낄 사람은 자신뿐이라는 것이다.

물론 출장의 능률을 높이기 위해서 최고의 방과 비즈니스 클래스로 여행을 다니는 오너들도 있다. 그런데 또 하나 놀라운 사실은 돈이 많은 기업주들이 일반인들보다 돈을 더 아낄 수 있다는 것이다. 싱가포르에는 1년에 30만 원 정도 연회비를 내면 공항까지 리무진

택시가 무한정 공짜인 신용카드가 있는데 한 달에 열 번도 넘게 출장을 가는 회사의 대표 같은 경우는 연회비의 20배 가까운 비용에 해당하는 공짜 리무진을 타는 셈이었다. 또한 호텔이며 항공 마일리지, 회사 할인 요금, 세금 혜택 등으로 인해서 돈을 아낄 수 있는 기회는 많다.

나는 출장 가서 호텔방의 사진을 찍어 페이스북에 올리는 기업 대표를 본 적이 없다. 오너는 그런 것에 관심도 없고, 남들이 자신이 호텔 생활을 한다는 것을 알아주길 바라지도 않는다. 소위 하이 플라이어(자주 출장 다니는 높은 직급의 사람들) 중에서도 상당히 많은 사람들이 시차나 개인 생활의 문제들, 소중한 사람들과의 시간을 희생하고 타협하며 출장을 다니고 있기 때문에 최대한 출장 일정을 효율적으로 잡아 빨리 일을 처리하고 돌아오고자 한다. 호텔방의 레몬그라스 향이 지겨워지고 호텔 수영장을 우리 안방 욕조인 양 소 닭 보듯이 하는 것이 그들이다. 마일리지로 업그레이드된 항공사 라운지에서 샴페인 사진을 찍어 올리는데서 오는 기쁨이 공항에서, 하늘에서 버려야 하는 상당한 시간을 보상해준다고 생각하지 않는다.

내 친구 중 한 명은 친구들 단체카톡방에 추석 때 태국 출장 잡혔다고 불평했다가 “여기서 자랑하지 말고 가서 마사지나 받아”라는 거센 항의를 들었다고 하는데 그 심정을 헤아려주기를 바라는 것은 진정 무리일까. 그 친구가 포기해야 하는 가족과의 시간이나 출장의 피로도는 어떡할 것인가. 이번에 먹어보지 못한 짜장면을 남이 먹으면 내 앞에 수북한 해물짬뽕을 놓고도 항상 속으로 침 삼키게 되는 것이듯, 우리는 끝내 서로의 인생을 계속 군침 삼키며 보고 있어야 할지도 모르겠다.

출장 우울증으로 젖은 눈을 닦고, 남은 일정 동안 여기서 내가 아니면 할 수 없는 일, 나여야만 하는 일을 어떻게 잘 해낼까 생각해본다. 장기 여행에 몸이 지쳐 마음도 약해진 것 같으니, 내일 아침에는 간단한 운동을 하러 가야겠다는 결심도 하고, 하루를 사는 방이라도 꽃병에 꽃을 꽂아 방에 생기를 만드는 유럽 친구들처럼, 다음 번엔 꽃 한 송이와 익숙한 베개 하나 가져와서 호텔방이라도 내가 쉬는 곳에 정을 붙여봐야겠다는 생각도 한다. 별안간 갖고 싶은 것도 하나 생각난다. 성능이 끝내주는 '노이즈 캔슬링 이어폰'을 하나 갖고 싶다. 버튼만 하나 누르면 비행기 안 소음이 완벽하게 사라져서 비행기 안에서도 꿀잠을 잘 수 있다니 말이다. 그렇게 출장은 한 여자의 위시리스트도 바꾸어놓는다.

도대체, 나는 얼마짜리입니까?

연봉은 '내규에 따름'이라는 취업공고를 볼때 마다 '그곳에서 나는 얼마짜리입니까?'라고 물어보고 싶어진다. 물어보고 말고 전화 몇 통화 돌려보고 인터넷을 조금만 열심히 헤집어보면, 내 노동의 대가로 얼마를 쥐게 될지 가늠하는 일은 요즘 세상에 어려운 일도 아니다. 산업과 직업군, 나이, 성별, 보유 자격증, 회사 규모 등이나 중소기업의 과장, 혹은 대기업의 대리 등 몇 가지만 알면 공항에서 엑스레이 스캔하듯 내가 얼마를 받을 수 있는지 그리고 내 친구의 연봉이 얼마인지 예상 연봉이 나온다. 한국에서는 그랬다. 나와 같이 대학을 나온 동년배인 내 친구가 나보다 몇 배나 더 몸값이 나가고, 나보다 경력이 10년이 많은 사람들과 어깨를 나란히 할 일이 별로 없다. 차례대로 대학에서 나와서 차례대로 회사에 들어가, 3년이 되면 대리가 되고 또 다시 4년을 버티면 과장이 되는 비슷한 전철을 밟은 대다수의 사람들이라면 서로의 연봉이 얼마인지는 정찰제 가격표마냥 정확하지는 않아도 어림짐작 정도는 충분히 할 수 있다.

글로벌 환경에서는 선불리 연봉을 추정할 수가 없다. 워낙에 분야가 다양한데다가 채용할 때 나이나 출신대학으로 들어가는 것도 아니고, 규격화해서 능력을 정리할 수 있는 표 같은 것도 존재하지 않는다. 대략적인 산업별 직군별로 참고용 표가 있긴 하지만 여기저기에서 옮겨온 사람들의 각기 다른 패키지와 물가 반영률을 생각하면 아마 세상에서 가장 복잡한 표를 그려도 다 반영하지 못할 것이다. 연봉에 대해서 직원들끼리 논의하는 것은 금지되어 있지만, 한 사무실에 앉아서 엇비슷한 일을 하는 사람들까지도 연봉에 큰 차이가 날 수 있는 것이 이곳 환경이라는 것은 모두가 안다. 지난번에 직장에서 받았던 연봉, 출신 국가, 업무 내용과 성과, 그밖에 채용 당시 회사가 얼마나 내가 보유한 기술에 절박했는지, 어떤 경로로 채용되었는지, 그리고 협상 내용에 따라서 연봉은 천차만별이며 심지어 입사를 하고 나서 분기마다 혹은 연중 돌아오는 보너스에서도 사람마다 현저하게 차이가 난다. 여기서 굳이 이번 해 내 연봉은 무엇을 기준으로 하렵니까, 라고 한다면 그것은 내 이력서에 적혀 있는 '이전 급여'와 '이제는 회사 내규에 따르겠음'이 아니라 정말로 원하는 급여를 채워 넣은 '희망 급여', 혹은 적어내지는 않았으나 다른 회사에서 제시한 '잠재적 인상 급여'라고 할 수 있겠다. "이 자리는, 나는 얼마입니까?"라는 질문이 "나는, 얼마였으면 합니다"로 바뀌면, 내가 진짜 선수로 뛰는 '되는 게임'이 된다.

동양 사람들의 특징 중 하나는 경쟁에는 익숙하지만 요구에는 익숙하지 않다는 것이다. 크게 벗어나지 않는 범주에서 일을 하고 있으면 에스컬레이터처럼 다음 단계로 진급해 있는 자신과 어느새 흘러간 시간을 보고 벌써 이 회사에서 일한 지 5년이구나, 하는 것이 보통의 회사 생활이다. 이것저것 따져보고 비교해보니 내 노동의 대가가 얼마쯤은 되어야 할 것 같다는 말을 꺼낼 기회도 없고, 그러라고 멍석 깔아주는 분위기도 아니었던 데다가 혼자서 시도해볼 배짱도 없다. 그러나 글로벌 환경에서는 '3년 뒤에 무조건 대리 진급' 같은 자동승급 시스템이나, 묵묵히 혼자서 일하고 침묵하는 자를 찾아내서 선행상 주듯 적극적으로 챙겨주는 일 같은 것은 흔히 일어나지 않는다. 나의 일의 가치를 정당하게 평가받기 위해, 나를 사고파는 게임에 직접 돌입해야 하는 때가 온다. 경력이 쌓이고, 내가 무슨 일을 하는 것인지 알고 다른 사람들에게 훈련까지 시킬 수 있을 정도가 되었을 때가 적기다. 그렇다고 해서 누구나 다 "나는 얼마입니까?"라는 질문을 호기롭게 "나는 얼마를 원합니다"로 바꿔낼 수 있는 것은 아니다. 협상에서 과도가 아니라 대칼의 칼자루를 거머쥐는 사람들은 따로 있다. 대략 이런 유형의 사람들이다.

첫째는 게임 체인저. 내가 들어가면 게임의 양상이 달라질 만큼 능력이 탁월한 사람이다. 곤두박질 치는 그래프를 반전시켜 성장세로 만들 수 있는 사람, 경쟁자에 밀리고 있는 상황을 역전시킬 수 있는 구원투수, 위기 상황의 회사를 구할 수 있는 슈퍼맨이 바로 나라면 칼자루는 내가 쥘 수 있게 된다. 게임 체인저가 되기 위해서는 대부분의 보통 사람들이 함부로 훈수를 두지 못할 관련 분야의 통찰력이 필요하다. 긴 시간이든 짧은 시간이 되었든간에 게임 체인저는 한 분야에 대해서 다른 사람은 기울이지 못했던 집중력과 노력으로 반전의 기술을 익혀내 그 분야의 탁월한 사람으로 우뚝 선 사람이다. 학력이나 나이, 직급, 그 밖에 모든 그 사람의 배경들은 입사가 결정된 후부터는 리셋된다고 생각해도 좋다. 성과로 보여주며 조직에 승리를 가져다주는 이런 유형의 사람들이 협상에서 칼자루를 쥐게 되는 것은 말할 것이 없다.

두 번째, 대체 불가능한 사람이다. 희소성 있는 원천 기술을 가지고 있거나 긴 시간 한 회사의 부침을 함께하여 사장님보다 회사 사정을 속속들이 다 알고 있는 사람. 요즘같이 앱개발이 핫 이슈가 되고 있는 상황에서는 능력 있는 개발자를 모시기가 하늘의 별따기라 부르는 것이 값이라고 하면서도, 그나마도 사람이 부족하여 얼마든 경쟁사보다 더 드리겠다며 여기저기서 모셔가려고 한다. 한 분야에서 대체 불가능할 정도의 능력이나 경험치를 가지고 있는 사람들이 '내규에 따라' 입사를 하는 것은 아마 봉사정신을 가졌을 때뿐일 것이다. 그러나 이런 사람을 찾는 것도, 이런 사람이 되는 것도 결코 쉽지 않다. 오늘날은 원천기술을 가지고 있는 사람들이 직원이기보다는 사장이 되는 세상이다.

긴 시간 회사와 같은 배를 탄 운명공동체? 그 사람이 후임자가 왔을 때 내가 없어도 회사가 돌아갈 수 있도록 구조를 만들어놓지 않고 모든 과정을 본인이 하지 않으면 안 되게 해놓았다면 그 사람은 대체 불가능한 사람이 아니라 대책이 없는 사람이다. 내가 회사에서 제일 중요하고, 절대 다른 사람이 할 수 없는 일을 하고 있다는 사람은 사실상 없다고 봐도 무리가 없다. 스티브 잡스가 세상에 없다고 애플이 망하지 않았다. 세상에, 스티브 잡스가 없는데도 말이다. 한국인의 꿈의 직장 1위라는 세계적인 IT 기업에 다니는 친구가 회사가 재미없다며 나에게 푸념한 말도 그것이었다.

"뭐가 그렇게 좋고 자랑스러운데? 내일 내가 없어지면 나랑 비슷한 사람으로 바꿔 넣을 거고, 안타깝게도 그 사람이 나랑 똑같은 성과를 낼 건데 내가 뭐가 그렇게 대단할 것 같아?"

스티브 잡스가 대체 가능한 인물이라면 그럼 나는 무엇이냐고 절망할 필요는 없다. 대체 불가능한 사람이 되기는 어려워도 대신 당장에 대체가 곤란한 사람이 될 수는 있다. 당장에 게임 체인저나 대체 불능의 소중한 인재가 될 수 없다면, 대체가 곤란한 사람이 되는 것을 목표로 하면 된다. 나를 넣어도 내 옆에 있는 내 동료를 넣어도 똑같은 결과가 나올 일이라면, 내가 가도 내 앞에 있는 내 후배가 가도 같은 성과가 나올 출장이라면 내가 하면 어떻게 조금이라도 달라질 것인가 생각해보면 된다. 내가 하면 얼마나 더 파급력이 있게 만들 수 있을 것인가를 생각하는 것이다. 그런 다음 실행하고 측정하고 증거를 남기고 요구하면 된다.

한 번은 1년마다 돌아오는 평가에서 내 기대에 못 미친 인상폭을 받아들고, 업계 사정을 잘 아는 싱가포르 친구를 찾아가 상담을 한 적이 있다.

"데스몬드, 회사에서 나의 연봉이 이미 업계 기준을 상회한다고 이

번 연도 인상폭을 크게 잡아줄 수 없다고 하는데, 어떻게 생각해?"

사장으로서 여러 사람들을 채용한 데스몬드는 나에게 이야기했다.

"업계 기준은 말이지, 상품이 완벽하게 같은 상태에서 설정되어야 공평한 것이지. 하지만 너의 경우에는 업계 기준을 정하기가 매우 힘들어. 너는 중국어와 영어만 유창한 동료들 사이에서 유일하게 한국어와 일본어가 유창해서 한·일 시장 진출에 결정적인 도움을 주고 있잖아. 그리고 IT 관련 경력과 전자상거래 경력이 있는데다가 프로젝트 매니저와 관리자로서의 역할도 하고 있는데, 단순히 업계의 다른 회사의 비슷한 직급의 사람이 얼마를 받는다고 네가 그 업계 기준 영역 안에 있을 필요는 없는 거야. 내 말이 믿기지 않는다면, 이렇게 생각해봐. 지금 네가 너와 같은 사람을 이 시장에서 찾아야 한다면 몇 사람이나 나올 것 같니?"

나는 그의 말을 듣고 무릎을 탁 쳤다. 그 이후로 나는 한 번도 '시장가'에 나의 가치를 맞추지 않았고, 놀랍게도 나의 주장이 받아들여져 나는 업계 기준과 별도로 내가 원하거나 목표하는 수준 혹은 그 이상의 보상을 받을 수 있게 되었다.

언젠가 한 글로벌 광고 회사의 인사팀으로부터 이런 전화를 받게 되었다.

"우리 회사에서 찾는 프로필과 매우 유사해서 연락드리게 되었어요. 이전 회사에서 한국과 일본 쪽 사업을 개척하는 일도 했네요. 저희는 이미 두 곳에 다 사무실과 직원이 있기 때문에 지금 아시아 태평양 담당자로 구하고 있는 사람은 굳이 한국어와 일본어를 하지 않아도 괜찮아요. 그러니 혹시 연봉을 저희 쪽에서 생각하는 만큼 다소 하향 조정하는 것을 고려할 수 있나요?"

꽤나 관심 있는 브랜드의 일이었고, 한 번 일해보고 싶은 조직이었기 때문에 그 제안에 다소 혼란에 빠져 있을 때, 친구 한 명이 이런 이야기를 했다.

"그러니까, 전자기기를 사는데, 나는 어차피 이 기능과 저 기능을 사용하지 않으므로 이 기종이 얼마나 여러 기능이 있는지는 감안하지 않고 할인을 받겠다는 거잖아?"

친구의 똑소리 나는 비유 덕에 나는 그 포지션을 수락하지 않았고, 결국에는 이상적으로 내가 가진 언어직무능력을 모두 발휘할 수 있는 회사를 만나서 연봉을 한 층 더 올려 이직하였다.

마지막으로, "나는 얼마였으면 좋겠습니다"라는 협상 테이블에서 "그건 좀 높은 쪽에 속하는 것 같습니다. 저희가 제시한 조건이나 업계 수준을 감안하여 조금 낮춰주시면 어떨까요?"라는 말을 듣게 된다면 그것은 당신이 무리한 요구를 한 것이 아니라, 사측의 그런 반응은 예정된 것이라는 것을 기억했으면 한다. 회사의 이윤을 극대화하는 것은 기업의 생리이고 내가 앉아 있는 협상테이블의 이유이다. 너무나 당연한 협상 과정에 기가 눌려 '내가 너무 얼토당토않은 과한 요구를 한 것이 아닐까'라고 두려워하는 순간 게임은 부전승으로 회사의 승리가 될 것이다. 놀면서 월급을 받아갈 작정이 아니었고, 나의 과거와 미래 노동의 가치에 대한 정당한 요구라면 두려워할 것이 없고 죄책감을 가질 필요도 없다. 회사도 당신도 억울하고 아깝지 않은, 회사와 내가 함께 즐겁게 일해갈 수 있는 접점이 어디인지 함께 찾아가면 그만인 것이다. “나는 얼마입니까?” 하고 자신에게 한 번 물어보자. 진짜 게임의 세계로 온 것을 환영한다.

승진
안 된 날에 축배를!

승진자 명단이 알파벳순으로 공개가 되었다.

A.

내가 추천한 우리 팀의 A의 이름이 맨 위에 있었다. 만족스러운 마음으로 명단을 살폈다. 맨 아래까지 내려갔다가 다시 아래에서 위로 올라갔다. 그리고 다시 한 번 스크롤을 내려봤다. 아니 내릴 것도 없었다. 리스트는 길지 않았으니까.

내 이름이 없다.

당장 더 높은 타이틀을 달아야겠다고 생각해보지 않았다. 맡고 있는 일의 책임감은 충분히 크다. 맡고 있는 사람들의 수는 솔직히 내가 감당하기에 벅찬 수준이다. 회사에서는 나에게 정당한 대우를 해주고 있었다. 왜 승진이 필요한데?

『린인Lean in』을 읽고 나서였다. 저자인 셰릴 샌드버그의 충고대로 많은 여성들이 범한다는 티아라 신드롬의 실수– '왕관이 둥둥 떠 다니다가 네 머리 위에 앉기를' 기다리는 바보 같은 짓은 하고 싶지 않았다. 내가 어떤 평가를 받고 싶은지, 적극적으로 표현하고 평가받고 왕관을 내 손으로 잡아 머리에 쓰고 싶었다. 상사와 면담하기 전, 평가서를 채우면서 내가 뭘 잘했는지 빼곡히 적어 넣었다. 고객으로부터 받은 칭찬의 메일도, 그리고 나와 함께 일한 두 명의 매니저의 피드백도 첨부했다. 다시 한 번 자기 평가서를 읽어보았더니 내가 첨부한 피드백들이 너무 칭찬일색이어서 자기 평가 부분에서 칭찬한 부분을 조금 지워야만 했다. 써놓고 보니 과연 나는 회사에서 필요로 하는 사람이라는 우쭐한 기분이 들었다.

내 이름이 빠진 명단을 확인한 그 아침부터 오전 내내 여러 가지 생각이 들었다. 여기저기 출장을 다니며 직원들과 고객들을 만났고, 밤을 새어 세일즈 팀 전략을 지원했다. 듣도 보도 못한 새로운 일도, 남이 남기고 떠나간 일도, 회사에 필요한 일이라면 분야를 가리지 않고 매달렸다. 이번에 승진한 동료들과 비교해서 평소에 칭찬을 덜 받은 것도 아니었다.

그런데 왜 나를 승진시켜주지 않았을까?

평소에 친하게 지내는 여자 동료와 점심을 먹으러 나가, 프러포즈했다가 거절당한 사람마냥 쓴 입맛을 다시며 억지로 죽을 떠넣었다. 그러고 나서도 한참을 사무실로 들어가기 싫어 아이스크림 와플을 사이에 두고 그녀와 앉았다. 이제 막 회사 생활을 시작한 그녀에게

는 오늘이 그저 매일 같은 하루였을 뿐이었다. 대신 그녀의 머릿속은 최근에 실패한 사랑으로 가득 차 있었다

똑같은 와플을 사이에 두고 마주한 우리는 서로 다른 생각에 잠시 사로잡혀 아무 말도 없이 아이스크림으로 눅눅해진 와플을 떼어 입에 넣었다. 이윽고 그녀가 무겁게 입을 떼었다.

"혹시 사랑을 해본 적 있어?"

지금 이 상황에 사랑? 나는 현실로 돌아와 자리를 고쳐 앉아 그녀의 입장에서 사랑에 대해서 생각하려고 애썼다. 오래지 않아 사랑의 기억이 돌아왔다.

"응, 사랑을 해본 적 있어. 결혼을 약속한 사람. 나는 그 사람을 너무 많이 사랑해서 그 사람이 만약 눈이 멀게 되면, 내 눈 하나를 그 사람에게 주겠다고 생각했어."

그녀의 입이 쩍 벌어졌다.

"눈? 눈을 준다고? 뭐가 그렇게 좋았는데? 그리고 왜 그 사람은 네 옆에 없는 건데?"

"나는 그 사람을 너무 사랑해서 우리가 절대 헤어질 수 없을 거라고 생각했어. 그런데 우리가 헤어질 수밖에 없는 일이 일어났어. 그렇지 않았다면 결혼해서 한국에서 직장을 다니며 그의 가족들과 함께 살 생각이었어. 난 지금도 생각해. 그때 그 일이 없었다면, 싱가포르에 오지도 않았을 것이고, 내가 좋아하는 취미도 가질 수 없었을 거야. 그리고 너도 그리고 여기의 누구도 알지 못했을 거야. 이 나라 저 나라 발자국을 남길 일도 없었겠지. 우리는 가난한 커플이었으니까. 그렇지만 그를 만났던 것을 후회하지는 않아. 그는 나를

있는 힘껏 사랑했고, 우리는 서로를 도와 4년이나 인생의 가장 힘들었던 시간들을 가장 든든하고 애틋한 시간으로 바꾸어놓았어. 그 4년간은 누구한테도 지지 않을 만큼 넘치는 사랑을 주고받았어. 그러다 헤어지게 되었고, 그 후 3년간 우울증에 시달렸지만 지금 내가 여기 있잖아. 지금 나는 우리가 더 이상 함께가 아니라는 게 기뻐. 싱가포르 하늘 아래에서 행복한 나날을 보내고 있잖아. 우리가 헤어진 데에는 그럴 만한 이유가 있었던 것이라고 믿게 되는 날이 이렇게 빨리 왔으니까."

그녀에게 이야기를 하는 도중에 내 안에 생각이 떠올랐다.

"이건, 내 인생의 베스트 시나리오야."

그거다! 승진이 '오늘' 안 된 것에는 이유가 있는 것이었다. 마치 그와 내가 '그때' '거기'에서 결혼에 이르지 못했던 것처럼.

그리고 사무실로 돌아온 나의 오후는 달랐다. 설레기까지 했다. 내 머릿속에 있는 질문은 같았다.

왜 내가 승진이 안 된 것일까? 그렇지만 오전과는 완전히 다른 관점의 질문이었다. 오히려 나는 오늘 승진 누락 뒤에 어떤 놀랍고 더 좋은 일이 숨겨져 있는 것일까, 어떤 다른 기회가 나에게 열린 것인가, 하고 신나기까지 했다. 나는 다시 한 번 승진자 명단을 확인하고 메신저를 열어 동료들에게 축하메시지를 보내기 시작했다. 승진한 것을 진심으로 축하하고, 앞으로도 지금처럼 서로 도와서 멋진 프로젝트를 만들어가자고 말했다. 진심이었다.

그들의 기쁨이 어느새 내게로 전해져와 나의 기쁨이 되어가고 있는 가운데 나는 내가 맡고 있는 프로젝트와 내 담당의 팀들을 다시 살펴보기 시작했다. 모든 것이 완벽했고 회사 안과 밖에서 싱가포르는 나에게 좋은 기회들을 주어 내가 쑥쑥 자랄 수 있는 자양분이 되고 있었으며, 나에게는 승진과 디렉터 직함 말고도 더 많은 옵션들이 있었다. “할 수 있어! 힘내!”라는 식으로 막무가내의 긍정적인 자세로 상황을 애써 바라보는 차원이 전혀 아니었다. 상황은 진실로 긍정적이고 희망적이었다. 그저 내가 보려고 하지 않았을 뿐. 승진이라는 요소에 매몰되어 보이지 않았던 다른 가능성들은 승진의 불이 꺼지자마자 여기저기서 솟아 나와서 불꽃놀이처럼 팡팡 터지고 있었다.

이 이야기를 하기 위해서 친구에게 전화를 걸었다. 오늘 무슨 일이 일어났는지와 나의 생각의 발전경로를 친구에게 공유한 다음 이렇게 덧붙였다.

“동정하지 마, 승진 안 됐지만 정말 기뻐. 애써서 밝고 긍정적으로 행동하려고 하는 것이 아니야, 상황이 정말로 긍정적이라고!”

그가 놀란 목소리로 말했다.

“나 지금 정말 놀란 것 알아? 나 정말 똑같은 이야기를 수요일에 들었어. 내 친구 줄리앙이 최근에 회사에서 잘렸거든. 줄리앙이 얼마나 막막해하고 걱정을 하던지, 정말 안타까웠어. 그런데 정리해고 통고를 받고는 다른 회사들을 알아보기 시작하자마자 바로 인터뷰 3개가 잡혔고, 월급이 두 배인 다른 회사로 입사했다는 거야. 네 말이 정말 맞아. 그냥 긍정적으로 상황을 바라보는 게 아니야. 그가 해고

당한 그 상황은 멋진 상황이야!"

그렇다. 이 상황은 멋진 상황이다. 이유 있는 상황인 것이다. 퇴근 후 그리스 친구를 만나러 가기 위해 그리스 음식점으로 향했다. 그리고 내가 왜 이렇게 에너지가 넘치는지 영문을 모르는 친구들과 함께 도톰한 문어다리와 그리스 샐러드, 꿀 같은 와인으로 오늘을 축하했다.

예측불허의 인생에 축복을! 승진 안 된 날에 축배를!

불효녀
찬스

"네 아버지가 초등학교 놀이터에 앉아 있었는데, 글쎄 어떤 꼬마가 오더니 '할아버지!' 그랬대. 기분이 너무나 이상하더래."

엄마가 내 옆구리를 슬쩍 찌른다. 하지만 우리 아버지가 할아버지가 되고 싶어한다는 그 말의 숨은 뜻을 애써 모른 척한다.

페이스북이 무엇인지 몰랐던 아버지가 나와 메신저를 하려고 페이스북 어플리케이션을 다운로드했고, 줄곧 효도폰으로 전화를 걸고 받기만 했던 엄마가 손자가 생기면 동영상을 찍어야 한다면서 스마트폰으로 기계를 바꿨다. 나의 부모님은 할아버지 할머니가 될 준비를 하고 있는데, 내 시간에 맞춰 내 마음대로 살겠다는 딸을 둔 탓에 두 분은 마치 한 대, 두 대, 친구들이 버스를 타고 떠나는 가운데 오지 않는 버스를 기다리며 버스정류장에 남겨진 단 한 쌍의 부부처럼 앞차 타고 간 친구들을 바라보고 있는 것 같아 짠했다.

"나 해외에 나가서 살겠어요!"라고 말을 하는 자녀를 보면서 전폭적으로 "그래, 나도 그렇게 늘 생각해왔단다, 어여, 가거라 파이팅!"이라고 말해주는 부모님이 많지 않은 것이 현실이다. 아무쪼록 일이 잘 풀려 본인은 좋은 생활을 하고 있다고 하더라도 어쩔 수 없이 부모님과 떨어져서 살아야 되는 것 자체가 죄송하게 느껴질 때도 있다. 크고 작은 집안의 일들과 어버이날, 명절, 생일 때마다 곁에 있지 못해서, 손 맞잡을 수 있는 거리에 있지 못해서, 또 의도하지는 않았지만 다른 자녀들과 같은 인생의 결을 따라가지 않았다는 이유로, 부모님에게 소소한 즐거움을 안겨드리지 못해 가끔은 마음이 시리다. 비행기로 6시간이라고는 하지만, 서울에 살 때도 가끔씩 내려왔던 고향, 해외로 가면 더 자주 갈 수 있을지도 모를 일이다.

다른 사람들이야 내 인생에 신경 쓰지 말라고 무소의 뿔처럼 혼자서 간다고 해도, "내가 하고 싶은 일을 이해 못하는 부모님은 어떻게 설득해야 하나요?"라는 질문을 받고, 나는 그리고 내 주변 사람들은 어떻게 했더라 하는 생각을 했다.

실상 우리가 무엇인가를 하려고 할 때, 부모님이 반대하는 이유는 반대하고 싶은 명확한 이유가 있어서가 아니다. 오히려, 그 반대다. 찬성하고 싶은 이유를 찾을 수 없기 때문에 선뜻 버선발로 환영하지 못하는 것이다. 사실 우리가 무엇을 하겠다고 꺼내는 해외의 회사 이름들은 부모님이 모르는 것인 경우가 태반이다. 지금 있는 자리를 벗어나면 도대체 내 아이가 어디로 튈지 도무지 그림이 그려지지 않아 좌불안석이다. 해외로 나가서 살겠다는데, 해외로 나가서 안 살아본 부모님이 멋진 생각이라며 선뜻 엉덩이를 힘껏 밀어대겠는가, 아니면 모르니 일단 안 된다고 하기가 더 쉽겠는가? 스스로도 확신이 없고 설득이 안 된 상태에서 나의 안위를 걱정하는 부모님을 단박에 설득할 수 있을 거라고 상상하는 것 자체가 어불성설이다.

대학교 1학년 때였다. 최고의 인기 교양강의였던 '사랑과 심리' 수업에서 어떤 학생이 교수님에게 이런 질문을 했다.

"교수님, 좋아하는 사람과의 결혼을 부모님이 반대하시면 어떻게 하나요?"

"여러분, 10년을 기다리십시오. 아무것도 하지 않아도 됩니다. 10년이 지나면 누구를 데려가도 그분들은 허락을 하실 것입니다."

교수님의 대답에 강의실은 한바탕 웃음으로 가득 찼고, 나는 일말의 깨달음을 얻었다. 먼저 그분들에게 충분한 시간을 주는 것, 내가 사랑하고 확신하는 것에 대해서 결과로 보여드리는 것, 그 후 한결같이 10년의 시간이 주어진다면 모든 일이 설명 가능하게 되리라는 생각을 했다. 나에게도 부모님에게도 시간을 주자. 부모님이 내 마음을 몰라준다며 도와주지 않는다며 충돌하고 마음이 상하는 것이 싫다면, 살짝 돌아가는 방법을 택하는 것이다.

부모님이 보기에 언제나 아이 같은 나를 걱정해서 그러는 것이라면, 부모님을 걱정 시키지 않는 두 가지 방법이 있다.

첫 번째는 본인이 원하는 성공을 해서 성공의 열매를 부모님에게 먼저 드리는 것이다. 외국의 무슨 회사를 다니겠다고 하면 부모님의 뇌리에는 그 회사의 이름이나 외국 생활이 그려지는 것이 아니라 우리 아들딸이 제대로 밥은 먹고 다니겠는가, 안전하게 생활하겠는가가 제일 먼저 떠오른다. 제대로 밥을 먹고 다닌다는 것을 보여드리고 운동도 하고 취미 생활도 하고, 사람들도 사귀면서 조그마한 성취를 쌓아서 신뢰를 만들고, 용돈도 보내면서 잘 지내고 있음을 알려드리면 된다. 부모님은 우리가 무엇을 드리든 기뻐할 것이다. 해외에서 월급을 타서 잘 지내고 있으니 걱정 말라고 보내드린 용돈은 돈이 아니라 '내 자식이 부족함 없이 잘 지내고 있구나'라는 표시이기 때문이다. 국내에서 잘 안 되었지만 해외에 가서는 잘 해보겠다고, 금전적으로 도와달라고 하면 부모님은 돈이 아까워서가 아니라 '다 커서도 도움이 필요한 처지'가 걱정이 되어서 반대를 한다. 안 밀어준다고 부모님에게 서운해하지 말고, 반대로 부모님에게 보여줄 수 있는 방법을 생각하는 쪽으로 생각을 바꿔볼 수 있는 것이다.

만약, 자리 잡기까지 시간이 걸리고 부모님의 도움이 필요하다면 두 번째 방법이 있다. 바로 행복한 모습을 보여드리는 것이다. 원하는 것을 하겠다고 해서 시작했는데 매일 어깨가 축 처져 있는 모습, 불평하고 괴로워하는 모습을 보이면 어떤 부모님이 그 일이 내 자식에게 안성맞춤이라고 생각하겠는가? 하고 싶은 일을 추진하겠다고 하여 어떻게든 부모님의 승낙을 받았다면 도전하는 인생을 긍정적이고 멋지게 사는 것만으로 부모님을 안심시키고, 그 행복의 기운으로 인해 그분들이 내 선택의 든든한 지지자가 되게 할 수 있다. 손자손녀를 보고 싶다는 것도 딸자식이 가족도 없이 늙어가 외롭고 불행해지면 어쩌나 하는 나에 대한 걱정인 것이지, 순수하게 아이들 재롱에 연연하는 것은 아니다. 결국엔 반대도 찬성도, 부모님에게는 나의 행복을 위하는 마음의 표현인 것이다.

부모님과 자식과의 관계에 대해서 동서양의 차이를 극명하게 느낀 이야기를 하려고 한다.

부모님이 반대하는 결혼을 어떻게 하겠냐는 질문에, 동양에서 온 남자는 매우 곤란한 표정을 지었다.

"나이 서른이 되도록 나를 돌봐준 부모님인데 이왕이면 부모님께서 반대하지 않는 결혼을 해야겠지. 사랑한다고는 해도 여자친구는 몇 년 알지 못한 타인이지만 나를 위해 주구장창 희생한 부모님이잖아."

며칠 후 서양에서 온 친구에게 같은 질문을 했더니 그는 단 1초의 망설임도 없이 말했다.

"내가 좋아하는 여자를 부모님이 좋아하지 않는다면 부모님께는 참 안 된 일이지. 허나 그 여자와 함께 살아갈 사람은 나니까 부모님의 호불호는 결정에 영향을 주지 않아."

그 친구는 아주 어린 시절부터 부모님에게 학비와 생활비를 받지 않고 독립해서 살아온 친구였다. 이것은 물론 개인의 차이이기도 하며 동서양의 문화 차이를 보여주는 하나의 예에 불과하지만, 나는 이것을 '빚'의 차원에서 본다. 재정적 의존이든, 마음의 빚이든 부모님에게 빚진 것이 있다면 자기의 인생을 마음대로 할 수가 없다. 빚을 빨리 갚고 나와야 본인의 인생을 본인의 손에 넣을 수 있고 본인의 결정에서도 가족의 존중을 받을 수 있다. 어차피 부모님이 대신 살아주는 인생이 아니다. 앞으로 몇십 년을 함께 할 나의 파트너는 부모님이 아니라, 내가 한 집을 쓰고 인생을 나눠야 할 사람이다.

서로의 인생이 누군가의 부속품이 아니라 각자에게 속해 있다는 것을 기억하는 것만으로도 불효자 불효녀 찬스를 쓴 죄책감에서 벗어날 수 있다. 나는 아버지가 직장에서 꿈의 자리로 승진했을 때, 어머니가 바리스타 자격증을 따고 어린아이처럼 기뻐할 때, 그분들이 나의 성공이 아니라 본인 각자의 성공에 기뻐할 수 있음에 깊이 감사했다. 부모님 각자의 인생에 목표와 취미가 있다는 것, 그래서 자식의 삶으로 일희일비하지 않고 스스로의 삶에 만족함으로써 부모님이 더욱 건강한 삶을 살 수 있고 자식의 인생을 독립된 개체로 인정할 수 있다. 그래서 더더욱 자녀들은 부모님이 일궈놓은 재정적 성취와 부모님의 배경과 자기 행복추구에 숟가락을 얹는 프리라이더가 아니라 부모님의 자기 발견을 도와주는 첫 번째 지지자가 되어주어야 한다.

어떤 이유로든, 필요할 때 곁에 있어주지 못해 미안한 마음은 쉬이 사라지지 않을 것이다. 그렇지만 요즘 우리 부모님은 전화를 하면 단 한 가지만 물어보신다. "좋으냐?", "좋아요, 네, 행복해요." 하면 "그래, 그럼 됐다." 이렇게 말씀하신다.

각자의 인생에 파이팅을 외치며 살아갈 만큼 성숙해질수록, 내 인생의 방식을 지지해주고 믿어주는 부모님과 서로가 이룬 작은 성공들을 나누며 살아가고 있다는 사실에 나는 감사하다. 여전히 부모님을 생각하면 마음 한 구석이 짠하지만, 우리가 만들어가는 작은 성공들이 모여 이뤄낸 기적에 축배를 드는 날, 더 이상 불효녀 찬스를 쓴 미안함에 마음 쓰지 않아도 되었으면 하는 바람을 가져본다.

하늘의 별처럼
거절을 당해도

그와는 상하이의 한 노래방에서 만났다. 중국어 광동어 노래와 함께 한물간 팝송 노래를 부르는 소위 교포그룹이었다.

이미 매우 취해버렸지만 정신은 놓지 않은 그는 소파의 저쪽 끝에 앉아 있다가 노래가 한 곡씩 끝날 때마다 한 칸씩 옮겨와, 여섯 곡 정도가 끝났을 때에는 소파의 다른 끝에 앉아 있던 내 옆에 도착해 술잔을 내밀었다.

"난 병중이라서, 녹차 마실게."

지난주 운동을 하다가 다쳐서 소파에 파묻히듯 앉아 있던 내가 대답했다. 그는 나에게 어디서 왔냐고 물었고 나는 한국이라고 대답했다. 내심 짐작으로 미국계 중국인이겠지 싶어 출신을 묻지도 않는 나에게 그는 "나는 브라질에서 왔어"라고 말했다.

"브라질이라고?"

"응, 엄마는 타이완에, 아빠는 홍콩에서 왔고 우린 모두 브라질에서 살았어."

앳된 그의 얼굴을 바라보며 스물세 살쯤 됐겠네, 브라질계 회사 중국 사무실에서 일할 거고, 인턴이거나 주니어겠지 하며 저절로 신상이 스캔되었다. 노래를 부르는 중간중간, 그는 나에게 현재 회사 사정이 어려워져서 문을 닫게 되었다고 이직을 해야 한다고 했고, 싱가포르에 관심이 있다고 했다. 취중에도 직업 이야기가 나오자 반듯이 자리를 고쳐 앉는 그에게 마침 싱가포르에 그 업계를 전문으로 하는 헤드헌터 친구가 있으니 그 친구를 소개시켜주겠다고 했다. 노래는 5시 반까지 계속되었고 나는 떠오르는 아침 해를 보며 집에 돌아와 헤드헌터인 친구 녀석에서 이야기를 했다.

"내가 어제, 아니 오늘 만난 브라질 청년이 있는데, 스물세 살 정도이고 이제 갓 대학을 졸업한 것 주니어인 것 같아. 싱가포르에서 석유회사 들어가려면 어떻게 해야 하는지 알아?"

"일단 주니어라면 도움은 별로 안 되겠지만 이력서는 한 번 보내봐. 봐줄게."

브라질 청년은 다음날 나에게 친구들과 살사를 추러가지 않겠냐고 했고, 약속 장소에 나가 보니 다른 친구들은 모두 바빠 그와 나만 나와 있었다. 피자를 먹고 살사를 추는 내내 그는 참으로 자신 없어 하면서도 음악이 나오면 주춤주춤 또 다시 플로어로 나가고, 내가 그의 눈을 쳐다보면 재빨리 돌며 고개를 푹 숙이면서도 옅은 미소를 띄고 춤을 추었다.

그와 피자를 먹는 동안 나는 그가 대학을 갓 졸업한 스무세 살의 청년이 아니라 서른다섯 살의 엔지니어라는 사실을 알았다. 브라질에서 파견되어 와서 월세 5백만 원인 서비스 아파트에 살며 상하이에서 2년을 일했다는 것도 말이다. 허리를 구부정하게 말고 비내음 나는 상하이 거리를 걸어서 나를 데려다준 후 택시를 타며 그가 말했다.

"내 이력서 보내줄게. 그런데 헤드헌터들은 매번 나를 무시해. 왜인지는 모르겠어. 그냥 이력서를 받고나서 연락이 없는 거야. 아마, 네 친구도 나에게 답장을 주지 않을 거야."

하지만 브라질 청년의 이력서는 놀라웠다. 그는 브라질의 탑스쿨에서 엔지니어 학사와 석사를 했고, 물론 포르투갈어와 영어, 중국어가 모두 능통했다. 5년간 항공회사에서 비행기를 만들었고 4년간 조선업체에서 석유 관련 일을 했다. 런던의 최고 비즈니스 스쿨에서 MBA를 마치고 상하이로 와서 브라질 회사의 중국 매니저로 일한 경력을 가졌다.

헤드헌터인 친구 녀석은 나에게 전화를 걸어서 말했다.

"네가 말한 그 남자가 이 남자 맞아?"

"나도 몰랐어…… 정말 어려보였거든."

브라질 청년에게서는 간간이 메시지가 왔다. 나는 내 생활에 치여서 제대로 답을 하지 못했고 어느 날 그가 브라질에 간다며 공항에서 보낸 메시지를 받았다.

"그다지 맘에 들지 않는 회사지만, 중국에서 오퍼를 받았어. 브라질에 가서 다시 비자를 받아오려고. 그나저나 다른 모든 헤드헌터들과 마찬가지로 네 친구도 나에게 답장을 안 해줬어. 네 친구도 나를 무시한거지. 그거 알아? 인민광장에 가면 부모들이 자식 짝을 찾아주려고 벽보를 붙여두는 곳이 있어. 어느 날 내 친구가 나를 위해서 벽보를 붙였지. 〈나이 33세, 키 180, 연봉 얼마인 남성입니다. 키 165에 23세에서 32세의 여성을 구함〉 이라고 말이야. 그게 2년 전인데 말야, 내가 얼마나 많은 전화를 받았는지 몰라. 심지어는 지금까지도 전화가 온다니까? 헤드헌터들보다 몇백 배는 더 적극적이야. 아, 왜 헤드헌터들은 나에게 관심이 없는 걸까?"

나는 한참을 그의 메시지를 쳐다보았다. 뉴욕에 간 친한 언니가 생각났다. 나와 함께 전자상거래 회사에서 일했던 언니는 결혼을 해서 뉴욕으로 이주했다. 줄곧 NGO에 서류를 내고서는 가끔씩 나에게 "나 오늘도 떨어졌어"라는 메시지를 보내왔다. 나는 그런 언니를 위해서 내가 아는 모든 착한 기업과 NGO의 디지털 마케팅 자리를 다 털어서 보내주었지만 언니는 몇 달 동안이나 자리를 잡지 못했다. 하늘의 별만큼이나 셀 수 없이 거절을 당하고 있다는 언니의 메시지를 보면서, 도대체 얼마나 많이 이력서를 넣은 걸까 하는 생각에 안쓰러웠다. 그녀의 전문 분야였던 전자상거래 회사에 원서를 넣기만 하면 바로 취직이 될 터였다. 보다 못해 "언니 전자상거래 일 재미있잖아, 아마존도 합격했다면서 그냥 잘 알고 재미있는 일 하면 되지, 왜 굳이 한 번도 안 해본 걸 찾아?"라고 물었을 때 그녀는 "많이 했잖아. 앞으로 평생 그것만 하면서 살 수는 없잖아. 나도 이제 맑은 눈으로 일해보고 싶어"라고 말하며 다시 한 번 열리지 않는 굳은 문을 향해서 손가락이 닿도록 노크를 해댔다. 그리고 몇 달 후 그녀는 그 별 중 하나를 잡았다. 생각지도 못한 조건으로 너무나 좋은 환경과 대우를 보장받으며, 비슷한 꿈을 공유한 동료들과 일하는 기업의 디지털 마케터가 되었다.

그 어느 날 실연 때문에 넘어져서 영영 못 일어날 것 같이 울고 있던 나에게 그녀는 다시 별 이야기를 했다.

"하늘의 별처럼 거절을 당해도 내 별이 하나 있더라고. 하늘의 별처럼 많은 사람을 만나고 그 사람이 아니어서 울고 불고 해도, 결국 내 별 하나는 만나지는 것 같아. 힘내."

언니를 생각하다가 이윽고 나는 브라질 청년의 메시지에 답장을 하기 시작했다.

"하늘엔 수없이 많은 별들이 있잖아. 세상엔 별처럼 많은 직업이 있고 별처럼 많은 사람들이 있고 하늘의 별만큼 거절을 당해도, 네게 맞는 단 하나의 직업이 있을 테니, 헤드헌터에게 답장을 못 받았다고 해서 실망하지 마. 나와 안 맞는 수많은 사람과 만나 연애를 해도 결국엔 나에게 와줄 단 한 사람이 있을 거라고 믿어. 어차피 동시에 두 개의 회사를 다닐 수 없는 거고, 동시에 두 명을 사귈 수는 없잖아."

"그래 그 말, 일리 있네."

그는 브라질로 날아갔다. 그리고 나는 오늘도 나와 꼭 맞는 별 하나를 기다리고 있다. 하늘의 별처럼 거절을 당해도, 나와 함께 할 단 하나의 별이 있을 거라고 믿으면서.

5부

삶은 과감한 모험으로 진화한다

— 새로운 도전

정답은 저 먼 곳에 있다

우연한 기회에 젊은 창업가들의 그룹과 가까워지게 되었다. 수동적이고 기계적으로 사는 삶이 싫다며 소위 잘나가는 고소득 직업들을 박차고 나와서 각자 자기 사업을 시작한, 그리고 함께 모여서 봉사 활동을 하고 서로를 돕는 국적도 다양한 멋진 청년들이었다. 스리랑카 자전거 종주를 통한 기금모금 활동에 대한 다큐멘터리를 보러갔다가 만난 그들이 나에게는 너무 신선하게 다가왔다. 그래서 그들이 불러주는 곳에는 기꺼이 어디든 나가 여기저기를 함께 돌아다녔다. 리틀 인디아에서 길거리 투어를 하건, 이스트코스트에서 철인 삼종경기 트레이닝을 하건, 라이브 음악을 들으며 생일 파티를 하건, 그 어떤 상황에서도 이야기를 할 수만 있다면 그들과 함께 했다. 싱가포르에 뭐가 없고 그래서 뭘 당장 시작해야 하는가를 이야기하는 청년들, 그들과는 1달러짜리 밀크티를 사이에 두고 세 시간을 이야기해도 지루한 줄 몰랐다. 그들의 키워드는 그야말로 '가능성'이었다.

그렇게 가끔씩 젊은 창업가 모임에 끼어들어 지켜보던 주변인이었던 나는, 어느 순간 이 청년들이 서로 고민을 공유하고 업계 소식을 나누는 것에 너무 많은 시간을 소비한다는 생각을 하게 되었다. 그들이 이야기를 나누는 메신저 채팅방에는 누가 어떤 방식으로 성공했는지, 어떻게 하면 고용되지 않고도 부를 창출할 수 있는지, 누구의 아이디어가 우리도 실행할 수 있는 아이디어인지에 대한 인터넷 링크들이 차고 넘쳐났다. 그리고 그것 못지않게 많은 시간을 힘들고 어려운 마음을 함께 나누는 데 썼다. 창업가는 힘들고 외롭고 내 사업이 어떻게 될까봐 잠 못 이루고, 월급을 줘야 하는 날에는 무서워서 침대에서 일어나기조차 두렵다는 이야기를 하면서 그들은 고민을 공유했다. 성공한 창업가들도 이렇게나 어려운 시절이 있었다거나 사기를 저하시키는 사람들에게 대처하는 10가지 방법, 자기 사업을 하면서도 규칙적으로 생활하는 방법, 최근에 억만장자가 된 실리콘 밸리의 젊은 사업가 등등을 공유하는 링크 역시 메신저로 오갔다.

"넌 안 될 거야"라며 용기를 꺾는 사람들에게 시원한 한 방을 날려줘야 하는 외로운 싸움을 하고 있는 그들에게 '아, 나만 그런 게 아니구나'를 확인하고 위로받는 것은 중요하다. 그러나 그런 시간이 길어질수록 나는 '그래, 그런데 각자 실행은 언제 한다는 거지?'라는 생각이 들며 답답해졌다. 창업가 친구들에게서 느끼는 창조와 도전의 에너지는 비범했지만, 그들이 갈망하는 본질에서 비껴간 동병상련 구역에서 느껴지는 평범함과 무력함은 매일매일 출퇴근하는 내가 느껴야 하는 그것과 별반 다르지 않았다.

왜였을까? 그때 나는 엉뚱하게도, 예전에 한국에서 들었던 목사님의 설교가 생각났다. 설교 도중에 하신 우스갯소리를 기억해낸 것이다.

"왜 교회에서 자매들이 남자친구 못 사귀는지 생각해본 적 있나요?"

아, 비극적인 남녀 비율 때문이라고 생각하는 사이, 목사님은 이어 말씀하셨다.

"남자친구 없는 자매 다섯 명이서 매일 손 붙잡고 동그랗게 모여서 배우자 기도를 해서 그런 거예요. 그저 매일 다섯이서 모여서 손을 꼭 잡고 있습니다. 그 사이에 형제들은 조기 축구를 하고 있지요. 형제들과 수련회, 찬양회 같이 간 자매들은 다 연결되었는데, 우리 다섯 자매만 눈물로 장시간 기도하면서 마스카라 번진 거 서로 닦아주고 있습니다. 형제들이 어떻게 그 원을 끊고 들어갑니까?"

어디 교회뿐인가, 멀리 갈 것도 없이 나만 해도 아름답고 지혜로우며 능력 있는 전 세계에서 온 매력적인 싱글 여성들과 싱가포르의 카페에 앉아서 왜 우리처럼 열심히 살아온 괜찮은 여성들이 싱글이어야 하는지, 도대체 왜 유머 있고 능력 있으면서도 나만 바라봐주는 남자가 나타나주지 않는 것인지 답 없는 토론을 하느라 흘려보낸 시간과 찻값이 얼마나 되는지 셀 수가 없다.

역설적이게도 대부분의 사람들이 인생의 '새로운' 돌파구를 찾아 헤매면서도, 그 방법이나 길을 주변에서 비슷한 사람과 머리를 맞대어 찾으려고 한다. 가족들에게 의견을 묻고 점심을 먹는 동료나 가장 친한 친구에게 고민을 털어놓는다. 같은 시험을 준비하는 사람들끼리 그룹을 짜서 최적의 방식이라는 것을 하나 찾고, 같은 방식으로 함께 해나간다. 그러나 다 같이 솔로인 사람들끼리 모여서 연애 이기주의와 물질주의에 개탄하거나, 고시 공부 중인 사람들끼리 신림동을 사랑하는 사람들을 만들어서 이번 해에 불합격한 애환을 나눠보는 것은 나는 혼자가 아니라는 약간의 위안과 함께 헤쳐나가자는 정체불명의 팀스피릿을 주었을지언정, 나의 성취와 행복에 큰 영향력을 미치지는 못할 것이다. 비슷한 환경을 나눠 쓰고 있는 사람들은 서로의 어깨를 두드려주는 동안에 알게 모르게 서로를 '실패 없이 무난한' 곳으로 다시 주저앉혔다. 나와 비슷한 사람들이 나에게 하는 근거 없는 추측과 예언 말고 해줄 수 있는 것은 진심 혹은 빈말인 격려뿐이었으니까. 게다가 같은 방향을 보고 가는 사람들 중에는 나보다 훨씬 더 뛰어난 사람도 많았으며 경쟁의 긴 줄의 끝에는 항상 치열한 아귀다툼이 기다리고 있었다.

익숙하다는 것은 그런 것이다. 처음 싱가포르에 왔을 때는 비슷한 사람들을 찾아다녔다. 비슷한 연배와 업계, 같은 종교를 가졌으며 가족 없이 혼자 떠나온 나 같은 처지의 사람들을 만나 안착하고 싶었다. 잘 모르는 사람들을 찾아다녀도 얼른 공통점을 찾아 그들과 같은 색깔로 마음의 위안을 찾고 싶었다. 그러나 한국이라는 나의 홈그라운드 밖의 영역에서 나의 일상을 벗어나 만나게 되었던 수많은 사람들은 내가 한 번도 생각해본 적 없었던 안전지대 밖으로 나를 불러내었다.

30년 가까이 진리라 믿었던 나의 시간관념과 사고방식을 의심하게 하는 인생들은 하루가 멀다하고 찾아왔다. 대학 졸업장이 없이도 원하는 위치까지 갈 수 있는 사회, 케냐에 비서를 두고 필리핀의 개발자를 쓰며 싱가포르의 고객을 통해 돈을 버는 사업가, 부상을 당해 폴 댄스 강사로 전향한 전직 피겨스케이팅 선수, 종교적인 이유로 이런저런 절제와 의식을 하는 사람들, 낮에는 음악을 하고 밤에는 계약직으로 병원에서 일하는 의사, 위협적인 환경 때문에 항상 후추스프레이를 가지고 다니는 사람들, 먼 곳에 와서 평생을 다른 사람의 아이를 키우는 사람, 이스트코스트 해변에서 기타를 치며 즐기는 연봉 5백만 원의 이민자들과 연봉 3억을 받으면서도 돈에 쪼들리는 사람, 변호사를 하다 게임이 좋아 세계 최대 게임도구 업체 사장이 된 사람, 돈은 호주에서 벌며 생활은 발리에서 하는 벤처 사업가 등.

어떤 시험에 합격해야 한다, 이런저런 자격증이 있어야 한다, 언제까지 무엇쯤은 있어야 한다라든지, 특정 직종은 돈을 많이 벌고 열심히만 하면 성공할 수 있다, 혹은 돈을 많이 벌면 생활이 더 풍요로워진다며 내 안에서 버티던 정답의 세계가 그 누구에게는 아무것도 아닌 것, 혹은 처음 듣는 이야기라는 것을 안 순간, 나는 수체구멍에 있던 머리카락 같은 내 고정관념을 걷어내 맥없이 흘려보내야만 했다. 나와 달라도 너무 다른 사람들 틈에서 같으면서도 다른 무엇을 발견해 밤새워 이야기를 나눴고, 때로는 태어나서 처음 들어보는 이야기에 눈이 휘둥그레지거나 가슴이 두근두근거렸다. 내가 하고 싶은 것들을 이미 이룬 친구들도 있었고 이 세상에 존재하는 줄도 몰랐지만 나도 당장 해볼래! 멋진데! 라고 이야기할 수 있는 근사한 사실들도 많았다. 똑같은 10만 원으로 할 수 있는 것이 너무나 다르다는 것도 알았으며 내가 상상할 수 없을 만한 좌절과 실패의 이야기를 접하기도 했다. 그제야 정신이 들었다. 왜 늘 비슷한 사람끼리 있으면 아무리 이야기해도 같은 자리만 맴돌 뿐, 이렇다 할 정답을 찾을 수 없었던 것인지 말이다.

나는 가끔 비슷한 사람들이 모여 있는 안전지대를 넘어선 사람들이 만나서 정답보다 더 좋은 정답, 지금까지 세상에 없던 기발한 해답을 내놓는 상상을 한다. 그것은 한 교실에서 똑같은 과목을 배운 사람들이 같은 곳을 바라보고 경쟁할 때가 아니라, 디자이너가 과학자를 만날 때, 의사가 네일 아티스트를 만날 때, 농부가 마케터를 만날 때, 플로리스트가 고시생을 만날 때 탄생한다. 거기다 한술 더 떠보자. 한국 사람이 모리셔스 인디언을 만날 때, 모로코 사람과 사원 앞에서 민트를 띄운 차를 마실 때, 러시아에서 이민 간 남아프리카공화국 사람이 싱가포르의 요양원에 계시는 할아버지 할머니를 만날 때, 한국인 청각 장애인이 스페인 사람을 만날 때, 그때 발견하게 되는 것은 도대체 얼마나 비범한 이야기일까?

결론 내지 못했던 수많은 문제 해결의 돌파구는 눈앞에 보이는 그

곳 가까이 있지 않고 저 멀리 있었다. 내가 상상할 수도 없는 세상에 와서 생각조차 하지 않았던 사람들이 나에게 해답의 돌파구와 영감을 주고 가곤 한다. 그것은 나와 전혀 다른 생각을 하고 다른 환경에서 자라고 다른 것을 먹고 다른 사람들에게 둘러싸여 나와 다른 것을 하며 살아온, 그런 사람들에게서 예고 없이 찾아왔다. 이제 낯선 모임에 '예스'라고 하는 것은 물론이고, 먼저 나서서 초대해달라고 요청하는 사이, 나는 누구와도 이야기할 수 있고 누구와도 삶의 통찰과 새로운 에너지를 주고받을 가능성이 있는 사람으로 변화했다.

그래서 '정답은 멀리 있지 않다'는 말은 식상하지만 '오픈 마인드가 되어라'라는 말은 유효하다. 문제 해결의 돌파구는 익숙한 사람들이 어깨를 두드려주는 안전지대 바깥쪽 저 먼 곳에 나의 생각이 아직 미치지 못한 곳, 내가 내딛는 용기의 보폭만큼 만나지는 거기에 있을 것이다.

정말 하고 싶은 거 맞아요?

그날, 나는 방배역 1번 출구의 마지막 계단 하나에 걸려 넘어졌다. 창피한 것은 잠깐이니 툭툭 털고 일어나면 될 일이었다. 그렇지만 그렇게 되지 않았다. 사람들이 지나갔고, 겨울의 찬바람이 지하철역 밖에 엎어져 있는 나를 훑고 지나갔다. 나는 울기 시작했다. 누군가가 나를 부축해 일으켰지만 고통에 아우성치는 내 목소리에 놀라 다시 내려놓을 수밖에 없었다. 지난 몇 년간, 고시공부를 한다며 하루 열네 시간 꼬박 의자에 붙어 있었던 허리가 덜컥 나가버린 것이다. 119의 들것에 옮겨지는 순간, 출석하지 못할 내일 수업과, 채우지 못할 공부량, 갚지 못한 빚과 70년 이상은 튼튼한 허리가 필요할 앞으로의 내 인생이 떠올랐다. 앉지도 서지도 못하는 며칠 동안 집 나간 허리를 기다리며 30미터도 가지 못하는 내게, 이 세상의 다른 모든 문제들은 더없이 보잘것없이 느껴졌다.

그것이 내가 춤에 입문한 계기였다. 오로지 고통 없이 앉고 서기 위해 나는 벨리 댄스를 시작했다. 허리 운동을 하러 갔던 헬스클럽의 맞은편에 있던 벨리 댄스 선생님의 유연한 허리 놀림에 사로잡혀 그 길로 그녀의 학생이 되었다. 그 과정에서 다 자란 성인이 무엇인가를 새로 시작하고 새로운 기술을 익힐 수 있다는 사실에 크게 감동을 받았다. 나는 스윙 댄서, 살사 댄서가 되었고 춤으로 전 세계 사람들과 소통할 수 있게 되었다. 그리고 싱가포르의 어느 스튜디오에서 열린 마음을 가진 싱가포르의 사람들과 소통하는 첫 번째 방법으로 폴 댄스를 배우는 것을 선택했다. 그렇게 시작한 폴 댄스 레슨이 나에게 준 인생의 교훈은 단순한 춤 그 이상의 것이었다.

'새로운 것을 하고 싶다면, 다른 사람들의 편견에 초연해야 합니다.'

폴 댄스는 낯설고 생소하지만 결코 부끄럽거나 숨겨야 할 것은 아니다. 내게는 폴 댄스는 외설적이라기보다는 우아하고 예술적이었지만 다른 사람들의 머릿속에 있는 폴 댄스의 이미지가 내가 가진 생각과 상당한 괴리가 있음을 인정하고 그것에 초연해야 했다. "왜 그런 걸 해?"라는 말을 하거나 나를 위 아래로 다시 훑어보는 사람들에게 내가 돌려줄 수 있는 것은 이런 질문이었다. "왜 파마를 했나요?" "왜 가로수길보다 상수동 카페거리를 좋아하나요?" "왜 베트남 쌀국수를 먹을 때 고수를 팍팍 넣어서 먹나요?"

다행히도 내가 폴 댄스를 하는 몇 년 새에 사람들의 인식은 많이 바뀌었지만 여전히 사람들은 입맛대로 폴 댄스를 해석한다. 어딘가에서는 외설적이고 불법적인 돈벌이 수단으로, 그 반대편 세상에서는 고급 스포츠나 다이어트 댄스로, 또 어떤 곳에서는 공연예술이나 서커스로 폴 댄스를 바라본다.

'오늘 당신이 하지 않는 것을 오늘 내가 하기 때문에, 내일 당신이 못하는 것을 내일 나는 할 수 있는 거죠.'

뒤집기라는 동작이 있다. 폴을 양손으로 잡고 몸을 위로 올린다음 다리를 내려 폴을 잡은 채로 몸을 뒤집는 동작이다. 나는 그 동작을 하느라고 몇날 며칠을 폴을 잡고 낑낑거렸다. 하나, 둘, 셋 하는 구령과 동시에 교실의 온 사람들이 척하고 몸을 뒤집으면 혼자서만 아직 지상에 두 발을 딛고 서 있는 것이 그렇게 분할 수가 없었다. 그런 나에게 선생님은 특별한 지시도 없이 '다시', '또다시'라는 말만 반복했다. 그러던 어느 날 갑자기, 허공에 둥둥 떠 있는 내 몸을 거울을 통해 보게 되었다. 해낸 것이다. 어제와 그제, 그리고 그 전과 별다를 것 없던 하루에 별다를 것 없었던 시도였다. 하지만 그날 나는 순식간에 뒤집기를 완성해냈다. 내가 어제와 그제, 그리고 그 전부터 낑낑댔기 때문이었다. 오늘 무엇인가를 하는 나와 그것을 하지 않는 너는 똑같이 어떤 것을 하지 못하는 상태이지만, 내일 나는 그것을 할 수 있다. 왜냐하면 오늘 당신이 하지 않는 것에 오늘 내가 전력투구하고 있기 때문이다.

'이미 아프고, 다쳤고, 힘들잖아, 그러니까 네가 원하는 것을 끝까

지 받아내!'

폴 댄스 동작에는 다양한 신체의 부분을 이용하여 폴에서 떨어지지 않게 자신을 지탱하는 포즈들이 있다. 그 포즈들을 한 시간씩 반복해서 연습하고 나면 연습한 부분에 시퍼렇게 멍이 든다. 종아리 뒤에 멍이 들었으면 그 다음날은 겨드랑이로 폴에서 지탱하는 포즈를 연습한다. 그러고 나서는 온전히 팔꿈치 안쪽과 복부로만 지탱하는 포즈, 다음에는 발목으로만 걸치는 포즈를 시도한다. 그렇게 돌아가며 전신을 다 쓰고 나면, 멍이 어느 정도 풀린 부위를 찾아내어 그 부분으로 훈련을 한다. 그야말로 온 사방에 멍이 들어도 연습을 더 할 용의만 있다면야 조금 덜 아픈 한 부분 정도는 찾아낼 수 있다. 동작을 연습하면서 피부가 벗겨지거나 굳은살이 생기거나 근육통을 달고 다니는 것은 일상다반사다. 짓이겨지고 덧난 상처를 볼 때마다 생각하는 것이 있다. '이렇게까지 하고 싶구나, 꼭 해내야겠다.' 상처들을 쓰다듬으면서도 근육통을 잊고 다시 완성하고 싶은 동작을 위해 폴로 달려드는 나와 폴 댄서들을 보면, 정말 끈질기다는 생각이다.

'완벽하지 않다는 것은 아무런 문제가 되지 않는다. 그만두는 것이 문제다.'

소셜커머스의 수업 쿠폰으로 같이 폴 댄스를 시작한 사람들은 이름을 다 기억할 수 없을 정도로 많았다. 그러나 수 개월이 지나자 오직 두세 명만이 폴 댄스를 계속했고, 이름을 기억할 수 없는 그들은 얼굴조차 희미해져갔다. 1년이 되자, 나에게도 그런 폴 권태기가 찾아오기 시작했다. 기술이 늘지도 않고 처음처럼 설레지도 않는 그런 단계에서 마침 여행과 출장 기간이 겹쳐 긴 시간 동안 폴 댄스 스튜디오에 나올 수 없게 된 것은 위기였다. 나는 장기간의 결석이 무엇을 초래하리라는 것을 잘 알고 있었다. 여태까지도 거창하게 복장 갖추고 시작했다가 돈 떼먹고 야반도주하는 사람마냥 소리도 없이 그만둔 것이 충분히 많았기 때문이다. 이번에 두 달을 쉬면 끝이라는 위기감은 나도 모르게 대회출전이라는 극약처방을 하게 했다. 출장과 출장 사이에 대회를 준비하면서 재미있게 시작한 그 여정은 그러나 종국에는 절박함과 후회로 변모했다. 예상대로 나의 동작은 경쟁자들에 비해서는 완성도가 훨씬 떨어졌고, 간신히 관객의 눈을 속여 야유 대신 환호를 이끌어낼 수 있었던 정도에 그쳤다. 그렇지만 더 중요한 게 있었다. 나는 그만두지 않았다. 그날 이후 지금까지 나는 아직도 폴 댄스를 하고 있을 뿐 아니라, 그때 매일 먹는 밥처럼 연습했던 동작들이 이제는 제법 그럴듯하다.

"정말 하고 싶은 생각이 있는 거 맞아요?"

아무리 슬슬했다고 해도 시작한 지 4년쯤 되다보니, 전혀 무용을 한 경력이 없었던 아마추어인 나도 무용가 대접을 받는다. 그런 나에게 "아, 정말 멋져요. 저도 하고 싶어요!"라는 말을 하지만 곧이어 "저는 팔 힘도 없고, 근육도 없어서 안 돼요"라는 말이 돌아오면 나는 '그것은 오해'라며 열변을 토한다. 물론 처음 시작하는 사람들 중에는 애초에 팔 근육과 힘이 있는 사람도 있다. 분명한 것은 시작하면서 연습한 모두에게 팔 근육과 힘이 생겼고, 중심이 단련되어 단단해지고 강해졌다는 것이다. 처음부터 근육이 있어서 시작한 것인지 시작을 해서 근육이 생기는 것인지를 따진다면 둘 다다. 정말 하고 싶은 생각이 있는 사람들은 긍정적인 방향으로 질문을 한다. "저는 팔 힘이 없는데, 시작할 수 있는 방법이 있을까요?" 그러면 내가 "네, 일단 시도해보세요. 해보고 정 안 되면 어쩔 수 없지만, 해보지 않고는 아무도 모르는 거니까요"라고 이야기하면 그 다음날 바로 댄스 스튜디오에서 수강권을 끊고 있다. 그런가 하면 "저 같은 사람 말고 원래 힘 세고 감각 있는 사람들이 하는 거죠. 하고 싶긴 한데"라고 이야기하는 사람들은 5년 후에 만나도 안 하고 있고 본인은 팔 힘이 여전히 없다고 믿으며 못할 이유를 열 가지도 더 댈 것이다. 팔 힘이 문제가 아니라 정말 간절히 하고 싶은 것이 아닌 것이 문제다. 뽀빠이 이두박근을 가진 사람이라도 5년 동안 꾸준히 연습해온 팔 힘 약했던 폴 댄서를 이길 재간은 없다.

폴 댄스는 단순히 내가 누구에게 어떻게 보이는가에 관한 것이 아니다. 그저 한 사람이 새로운 무엇인가에 도전하고 성장해가고, 불가능과의 거리를 매일 좁혀나가는 것에 관한 것이다. 나에게 폴 댄스는 순수한 기쁨이다. 남보다 잘할 필요도 없고, 생각처럼 잘 안 된다고 좌절할 것도 없다. 폴 댄스가 가르쳐주는 춤 그 이상의 인생에 대한 교훈, 그것만으로도 폴을 잡고 땀 흘려 씨름할 이유는 충분하다.

모두가 에펠탑을 꿈꾸지는 않는다

사회인이 된 후 첫 번째 여행은 홍콩이었다. 휴가계를 올리자, 나의 사수는 지금 회사 분위기가 좋지 않으니 휴가를 쓰지 말라는 반려에 가까운 만류를 했다. 신입 사원인 나는 차마 휴가를 내지 못하고 해외여행을 시켜드리겠다는 엄마와의 약속을 지키기 위해서 구정 연휴에 홍콩행을 감행할 수밖에 없었다. 비행기표 값은 평소의 세 배, 호텔이며 딸려온 모든 패키지의 가격이 말도 안 되는 것이었음에도 불구하고 나는 효도를 해야 한다는 일념으로 월급을 탈탈 털어서 여행사에 돈을 송금했다. 통장의 잔고는 흉년의 곡식창고처럼 휑해졌지만 마음 한구석은 뿌듯함으로 차올랐다.

난생처음 나라 밖으로 발을 내딛는다는 설렘에 가슴 뛰었던 엄마를 기다리고 있던 것은 3박 5일의 힘든 패키지여행이었다. 새벽 비행기 시간에 맞추려고 전날을 찜질방에서 자고 비행기에 올라 다시 내려가 담배 냄새가 온몸에 폴폴 배어 나오는, 모피를 걸친 가이드의 지휘 아래 다른 한국 관광객들과 모여 우르르 들어간 호텔은 좁디좁았다. 여행사가 데려온 사람들로만 가득한 딤섬 집에서 가이드가 천 번도 더 외쳤을 "차에 물을 더 하려면 손가락으로 테이블을 톡톡톡 치면 됩니다. 왜냐하면 옛날에 왕이"라는 배경설명을 들으며 딤섬을 급하게 입 안에 털어 넣고, 그때까지도 홍콩 특산물인 줄로 믿어 의심치 않았던 라텍스 베개와 매트리스를 파는 공장을 들렀다. 청산유수 가이드의 만병통치 보이차 홍보, 세상에서 제일 질 좋고 합리적인 가격의 진주라는 가이드의 또 다른 광고가 이어졌다. 엄마는 그 와중에 보이차 통을 만지작거리며 할머니의 무병장수를 기원하고, 진주 귀걸이를 몇 개씩 챙기면서 이모들을 떠올렸다. 세상 무엇을 가져다 놓고 팔아도, 구정 때 혼자만 여행 나온 아줌마의 미안한 마음에 얹혀서 다 팔릴 기세였다.

2008년 구정, 암표처럼 힘들여 구한 표가 무색하게 홍콩의 구정은 그들만의 '집안' 축제였다. 하루 동안의 자유 일정에 우리는 상점마다 모두 셔터가 내려진 유령 같은 도시를 기웃거리며 무엇인가 홍콩에 왔다는 것을 증명할 사진을 찍으려고 애썼다. 엎친 데 덮친 격으로 동남아의 뜨거운 날씨, 한겨울의 여름을 꿈꾸었던 우리에게 홍콩의 난방 없는 겨울은 그야말로 무시무시한 반전영화였다. 영상 18도의 날씨에 호텔방에서 겨울 점퍼를 꺼내어 입고 잠을 청하면서 새우처럼 몸을 동그랗게 말고 자는 엄마를 보면서 눈물이 났다. 집으로 돌아가던 날, 고약한 비행기 스케줄을 맞추려 또다시 공항에서 새우

잠을 자다 일어난 엄마는 "집에 가면 뜨뜻한 방에 몸 지지고 콩나물 김칫국에 밥을 먹어야겠다!"라며 여행 전날보다 더 설레는 표정을 지어보였다.

지금이라면 그해 구정 연휴, 여행사에 쏟아부었던 돈으로 유럽도 다녀올 수가 있다. 싱가포르에 온 후, 나는 새로운 여행의 방식에 눈을 떴다. 누군가 해외에서 결혼을 한다거나 멋진 생일파티가 열리거나 끝내주게 싼 비행기 티켓을 발견했다는 것, 혹은 싱가포르에 너무 오래 머물러 있었다는 것이 여행의 이유가 되었다. 휴가가 가능한 날짜에 맞춰 극성수기 표 중 그나마 가장 저렴한 표를 찾아 헤매는 것이 아니라, 최적의 시기에 기차나 비행기 표를 예약하고 나서 그 날짜에 맞추어서 휴가를 냈다. 나만의 여행날짜를 정하자 이전과는 비교할 수 없을 정도로 싼 값에 여행을 할 수 있을 뿐 아니라, 사람이 미어터지는 곳에서 기념사진 한 장을 남기려고 서로를 떠밀지 않아도 되었다. 그 재미에 가랑비에 옷 젖듯 주말과 공휴일, 출장을 샌드위치처럼 끼운 작은 여행들이 반복되는 동안 작지도 않은 휴가가 야금야금 다 사라졌다. 그리고 나는 여태까지 한 번도 감히 상상하지 못했던 일을 했다. 바로 월급을 깎으면서 휴가를 내는 일이었다. 1년에 5주의 휴가가 있는 프랑스 친구들의 영향도 무시할 수 없었다. 그렇지만 그보다도 더 컸던 것은 이제 내 여행의 취향이 뚜렷해졌다는 사실이었다.

뉴욕에서 자유의 여신상 근처에도, 센트럴 파크도 가지 않았지만, 아침에 뉴요커들이 즐겨 먹는다는 베이글을 먹으며 눈 내리는 창 밖

너머 인파 속에서 뉴요커와 뉴요커가 아닌 사람들을 골라내는 친구를 경탄의 눈빛으로 바라보았다. 일본의 게스트하우스에서는 방랑자 이미지의 미국 남자를 만나서 지진이 나서 가로등 하나 켜져 있지 않은 스미다 강변을 걸으며 별을 보았고, 스페인에서는 독일 남자와 데킬라를 마셨다. 중국에서는 스페인 남자와 살사를 추었고, 미얀마에서는 12세기에 건축된 파고다 안에서 염소똥과 뒹굴며 살고 있는 가족들과 하이파이브를 했다. 태국에서는 세 마리의 원숭이에게 물려 광견병 주사에만 3천 달러를 쓰며 박쥐에 손가락을 물린 남자의 이야기를 들었다. 홍콩 맥주 축제에서 치킨댄스를 했고, 싱가포르의 매연이 절정에 달한 날 스리랑카로 탈출해서 산 속에서 닭 4천 마리와 함께 지내며 있는 힘껏 깨끗한 공기를 들이마셨다. 발리의 요가 학원에 가서 호주 사람들과 요가를 하고 해변에 나가 몇 시간씩 누워 있기도 했다.

이런 여행을 하면서 나는 단순히 본다는 것에서 벗어나 오히려 산다는 것을 추구하게 됐다. 관광지가 화려하게 치장하고 손님들을 맞이한다면 그저 비누로 샤워를 마쳤거나 막 일을 하고 퇴근한 그 하루의 체취가 고스란히 풍기는 보통의 그네들이 나에게는 더 매력적이었다. 그래서 나는 입버릇처럼 어딘가에 가서 정말로 살아보고 싶다고 말했다. 터키에 벨리 댄스 유학을 가고 싶다거나, 하와이에 훌라 유학, 시드니에 폴 댄스 유학을 가고 싶기도 했다. 중국에 6개월 간 가 있으면서 중국어를 배우고 싶다고 했고, 런던에 꽃을 배우러 가고 싶다고도, 바르셀로나에서 플라멩코와 스페인어를 동시에 마스터하겠다고 한 적도 있다.

타이완에서의 3개월은 그런 새로운 시도의 시작이었다. 하루 세 시간 일주일에 다섯 번 하는 중국어학당의 한 달 학비가 25만 원, 막상 알아보기 시작하니 강남의 회화 학원비보다 쌌다. 싱가포르보다 월세가 반 이상 저렴한 장기여행자 아파트에서 오전에는 프로젝트 일을 하거나 글을 쓰고, 학교가 끝나면 공중 곡예 학원에 가서 타이완 사람들과 같이 곡예 수업을 들었다. 첫째 주에는 "손을 놓지 말고!"라는 말을 "지금이 손을 놓을 때야"라는 말로 알아들어 공중에서 바닥으로 내팽겨쳐졌지만 다행히 매트 덕에 살았다. 이런저런 이유로 중국어를 배우러 온 사람들과의 교류도 흥미로웠다. 3주간 휴가를 내서 중국어를 배우러 온 프랑스 여성, 타이완계 아버지에게 등 떠밀려온 태국 혼혈 여학생, 일본이 살기 힘들어 타이완에 살러 왔다는 일본 음악가, 유럽 언어를 모두 섭렵하고 아시아 언어를 배우러 왔다는 언어천재 벨기에 사람과 함께 순수하게 내 의지로 다시 책상머리로 돌아온 나날들은 하루하루 중국어의 지식이 쌓여 갈 때마다 더 풍성해졌다. 짐을 싸서 여기저기 다니는 대신 버스를 잘못 타서 학교와 집 부근의 낯선 골목길을 헤매는 일상이 나의 여행이었다. 좁은 골목길에 숨은 근사한 곳을 발견할 때마다, 지도를 잘못 읽는 나의 모자람에 오히려 감사했다.

누구에게나 저마다의 여행이 있다. 누구에게나 저마다의 삶이 있듯이. 누구나가 다 에펠탑을 향해 갈 필요가 없듯이 모두 다 태연하게 주민 행세를 할 필요도 없다. 박물관 일주를 하는 사람도, 강변가에서 키스를 하는 사람도, 여행 중에 직업을 그만두는 사람도, 블랙

베리로 이메일을 체크하는 사람도, 우리는 모두가 저마다의 여행을 하는 중이다. 그리고 나는 여행을 삶으로 삶을 여행으로 탈바꿈시키는 실험을 하는 중이다. 그것이 나에게는 여행의 묘미이고 삶의 낭만이기 때문이다. 절대적으로 좋고 나쁜 여행은 없겠지만 가끔씩 단체여행 깃발을 마주칠 때마다 지독히도 추웠던 3박 5일의 홍콩 패키지투어가 생각나 가슴이 시려오는 것은 어쩔 수 없다.

인생,
따라와 안 다쳐!

회사를 그만두는 법. 모두가 싱가포르 회사 취업으로 검색해서 질문하는 판국에 무슨 정신없는 소리냐고 하겠지만, 회사는 우리의 샴쌍둥이가 아니다. 찢으면 찢어지는 곳, 들어가면 반드시 나오는 곳이다.

새로운 것을 하고 싶다고, 회사를 그만두고 잠시 이런저런 다른 일들을 경험해보면서 나를 돌아보고 싶다고 생각했지만 들어오는지도 모르게 들어온 월급을 보면서, 그리고 비현실적인 월세를 보면서 서른이 넘은 나이와 미래를 생각하며 계산기를 두드리던 나는 감히 책상을 뺄 생각을 못했다.

5년 전에 나에게 썼던 편지에는, 몇 년 후에는 명품 회사에서 일할 것이라고 적혀 있었다. 호주에 있는 친구는 함께 회사를 시작하지 않겠느냐며 비행기 표를 보내왔다. 그리고 보니 2년 전부터는 입버릇처럼 중국어를 배워서 중국어권에서 더 활발하게 움직여보고 싶다고 말하고 다니곤 했었다. 그러나 정말로 다음 회사도 없이 직장을 그만두기까지는 용기라는 것만으로는 설명되지 않는, 똘끼가 있어야만 될 것 같았다.

고민을 거듭하던 어느 날, 구글에서 실리콘 밸리의 스타트업으로 자리를 옮긴 선배를 우연히 연말 모임에서 만났다. 남들은 못 들어가 안달인 구글에서 나와, 그게 도대체 무슨 이유였는지 작은 것도 하나하나 챙겨야 하는 신생기업으로 옮기셨냐고 이유를 묻는 내 얼굴에 선배는 열정적인 얼굴로 대답했다.

"이 사업이 한국에서 활성화되면, 그 지역 소상권들이 살아납니다. 내가 하는 일이 여러 사람들의 삶에 영향을 미치는 거죠. 지금이 제일 좋을 겁니다. 몇 년 더 지나면 이런저런 일에 엮여 차마 회사를 그만두지 못할 거예요."

모두가 부러워하는 페이스북에 다니는 친구 녀석의 말은 더 직설적이었다.

"내가 페이스북 직원이라서 부럽다고? 실리콘 밸리에서는 지금 내 친구 녀석들이 회사를 창업해서 스스로들 마크 저커버그가 되고 있는데, 나만 지금 마크 저커버그를 위해서 일하는 월급쟁이야. 나는 녀석들이 부러워서 돌아버리겠다고!"

드디어 결정했다. 회사는 그만두기로 결심한 날, 나는 베스트프렌드에게 전화를 걸었다.

"월요일날 사표를 낼 거야."

그는 나의 결정을 열렬히 환영했다.

월요일-결심

베스트 프렌드가 나에게 전화를 건 그 밤, 나는 주저하며 전화기를 받고선 그만두지 못했노라고 말했다.

"왜?"

그의 목소리는 물음표가 아니라 탄식에 가까웠다.

"한 4개월만 더 다니고 그만두려고, 우리 팀원들이 많이 늘어나서 연수도 시켜야 하고, 그리고 4개월 더 다니면 월급도 조금 더 모아서 그만둘 수 있잖아."

나는 휴대폰을 귀에 댄 채로 그의 다음 말을 기다렸다.

"그래, 잘했어."

그리고 그는 이어 말했다.

"4개월은 1년, 그리고 4년이 될 거야, 그럼 너는 가족이 생기고, 나이는 마흔이 되겠지. 하고 싶다고 하는 일들은 그냥 그렇게 가끔 썰만 주구장창 풀고, 몸은 계속 쭉 그렇게 하던 일 하면서 살게 될 거야."

스물네 살, 사회초년생이라기엔 이미 산전수전을 다 겪은 이 캐나다 녀석은 서른둘의 나를 벼랑 끝에서 툭 밀어버렸다.

화요일-실행

드릴 말씀이 있다고 아침 일찍 메일을 보내자, 사장님은 아침식사를 하러 자주 가는 회사 앞 빵집에서 보자고 답장을 보냈다. 매일 아침 식사를 하는 곳에서 그만두겠다고 이야기를 해야 하다니, 그런 사실만으로도 나는 더욱 긴장이 되었다.

회사를 그만두고 창업이든 다른 업계든 다른 지역 광고든 내가 하고 싶은 일을 시험해보고 싶다고 하자, 사장님은 전혀 예상하지 못했다는 듯 벌린 입을 다물지 못했다.

"깜짝 크리스마스 선물이야, 뭐야?"

나는 최대한 차분한 목소리를 내려고 애썼다. 1년 정도 나에게 시간을 주어야겠고 지금 하고 싶다고, 편하고 가족 같은 이 직장을 떠나 시베리아 벌판으로 속옷만 입고 외출하는 것 같은 기분 때문에 가끔 발 시려워 눈물이 나기도 하겠지만, 실은 와이어를 단 스턴트맨처럼 하늘을 살짝쿵 날고도 있다고. 목소리는 작아졌다 커졌다가 사장님의 눈을 바라보면서 떨려나왔다.

도대체 지금 이유도 없이 휴식기를 가져서 어떡할 거냐는 질문에 나는 눈물이 그렁그렁한 얼굴로 말했다.

"절대로, 경쟁사를 만든다거나 이 회사에 손해가 가는 일은 안 할 겁니다. 회사가 너무 편해서, 지금이 아니면 영영 그만두지 못할 것 같아요."

사장님은 여전히 얼떨떨한 표정이었지만 나를 응원해주기로 한 것 같았다.

"무엇을 하든지, 2년 이내에 결론을 내기를 추천하네. 다시 생각해보지 않겠다면 사직서를 주게나."

수요일-사직서

상사로서 여태까지 4명의 사표를 받아보았으나 주의 깊게 본 적은 없었다. 지금까지 가르쳐줘서 고맙다, 앞으로도 사업이 번창하시길 빈다. 그런 류였던 걸로 기억한다. 그러고 보니 사직서의 내용이 다들 비슷하던데 어찌된 일이었을까. 영어가 유창하지 않았던 일본인 직원조차도 사직서의 문체만은 유려했다. 생각이 거기까지 미치자 나는 사직서 형식을 검색했다. 구글이 써준 사직서를 몇 개 보고 나서 사직서에 대한 감을 잡고, 사직서를 손으로 써내려가기 시작했다. 그동안 좋아했던 나의 일에 대한 예의를 갖추고 싶었다. 언제까지 다니겠다고 해야 하지, 그러고 보니 사전공지일이 얼마나 되는지 모르고 있었다. 4년 전 이 회사와 계약 할 때는, 그저 싱가포르 회사에 내 힘으로 들어갔다는 사실이 감격스러워 계약서를 꼼꼼히 읽어보지 않았던 것이다. 나의 인수인계 기간은 3개월이었다. 하지만 이미 열정의 엔진이 다른 곳에 있는 사람이 3개월을 더 있는 것이 의미가 있겠는가? 나는 회사와 합의하여 한 달 뒤를 마지막 날로 정했다.

마지막 날-다시 시작

마지막 날은 쉬웠다. 아름다운 이탈리안 레스토랑에서 사장님과 마지막 점심 식사를 했다. 인생의 여러 조언도 들었고, 회사를 떠난 옛날 동료 이야기도 했다. 이름만 대면 아는 회사들과 인터뷰를 하면 반드시 사장님에게 평판 조회가 들어온다. 싱가포르의 미디어 업계는 아주 좁아서, 사장님을 모르는 사람은 없었다. 회사를 깔끔하지 않게 그만둔 동료들에 대한 문의가 들어온다며 사장님은 나에게 상기시켜주었다.

"절대로 다리를 태우지 말라."

다리를 건너고 나서 건너온 다리를 태워버리면 다시는 되돌아 갈 수 없게 된다. 막다른 골목에 몰려 뒤를 돌아보면, 내가 불붙여 잿더미가 된 다리조차 없는, 긴긴 절망의 강물이 나를 더 암담하게 할 것이다. 그것이 '바이'보다 '굿바이'가 중요한 이유다.

축하해!

나도 너처럼 회사를 그만뒀으면 좋겠어 정말 대단해! 하고 싶은 일을 할 수 있는 용기가 있다는 것이 정말 부러워, 라고 꽃가루 세례처럼 축하를 해대는 친구들을 보는 것은 확실히 낯이 설었지만 기분이 썩 나쁘진 않았다. 그만두면 상백수가 되고 그 나이가 놀 나이냐라는 말을 들으며 두드려맞을 각오를 했는데, 어쩐 일인지 이 시대에 '사표를 내보는 것'은 어느 곳에서나 각기 다른 의미로 회사원의 새로운 로망으로 자리 잡은 듯했다.

회사 건물을 나서며 스스로에게 물었다. 인생은 계획한 대로 되지 않는다고들 하지만, 고집스럽게 계획을 한다면 인생은 반쯤은 끌려올 거라고. 심호흡을 하고 인생에게 말했다. "따라와, 안 다쳐!" 양손에 짐을 들고 앞장서서 걸었다. 인생은 분명히 나를 따라오고 있었다.

6부

해외에서 일하는 그대

– 솔직한 언니들의 조언

해그대 프로젝트에
관해서

'나의 솔직한 언니' 라는 블로그를 시작했을 때 저의 바람은 단 한 가지였습니다. 수없이 인터넷을 검색해보고 커피숍에서 토론을 해봐도 아무도 정확히 말해주지 않았던 인생의 경험들, 내일 당장 겪을지도 모르는 인생의 맨얼굴들을 내 동생에게만은 미리 알려주겠다고, 내가 먼저 가본 그곳에 어떤 근사한 것들이 있는지, 어떤 것들을 조심해야 시간을 낭비하지 않고 지름길로 주파할 수 있는지 들려주겠다는 결심 때문이었습니다. 홀로 개척했던 삶의 갈림길에서 장녀인 저는 내게도 피와 살이 될 조언을 들려줄 언니가 있었으면 좋겠다는 마음이 절실했으니까요. 칠흑같이 깜깜한 밤을 혼자서 걸어가던 순간, 갑자기 쏘아올려진 화려한 폭죽에 눈물 흘렸던 순간, 다시 생각해도 너무나 부끄러워 자꾸 혼잣말을 하며 이를 앙다물어보는 순간들을 기록하는 동안, 정작 제 여동생은 제 블로그의 존재를 잊어버렸습니다. 대신 저와 일면식도 없는 사람들이 저의 블로그에 와서 저에게 '언니'라고 불러주었고, 어느새 저는 그들의 언니가 되어 있었습니다. 나라 밖에서 보고 들은 것, 그 시간 동안 느낀 것들을 서로 나눠가면서 온라인과 오프라인에 새로운 인연들이 생기는 동안 저에게는 은근한 욕심이 생겼습니다. 더 많은 사람들에게 언니가 되어주고 싶다는 욕심입니다.

때로는 무턱대고 저에게 "이렇게 할까요, 저렇게 할까요?" 라며 인생의 진로를 정해달라는 맥 빠지는 질문도 받습니다. 그렇지만 인생에 정답이 어디 있나요? 앞으로 무궁무진한 현재진행형의 삶에서 성공이냐 실패냐를 따지고 잘잘못을 지적해내는 것도 어불성설이지요.

한국에서 인기절정의 드라마였던 '별에서 온 그대'를 보면서 제가 알고 있는 '해외에서 일하는 그대'들을 떠올린 것은 그런 까닭이었습니다. 천송이는 별에서 온 특별한 외계인과 사랑에 빠졌지만, 저 먼 별에 있는 초능력을 장착한 잘생긴 도민준보다는 하루라도 내 곁에서 손잡아줄 수 있는 인간 도민준, 같이 늙어가고 눈물 흘릴 평범한 도민준을 만나기 위해 그렇게 속 태우게 된 것은 아닐까요? '해외에서 일하는 그대'는 알파걸이나 엄친딸의 성공을 축하하기 위해서도, 비범하고 빼어난 누군가의 합격수기나 모범답안을 전시하기 위해서 만들어진 것은 아닙니다. 잘 다져진 등산로처럼 닳고닳은 길이 아닌 잡초가 무성한 야생의 산길을 엉거주춤, 저벅저벅, 엎어지고 무릎 까져가며 걸어갔던 모든 여정을 혼자서 헤쳐나가야 했던 해그대들의 삶을 보여줄 뿐입니다. 저는 해그대들의 이야기를 통해서 결국에는 그 산길을 넘어가는 데에 정해진 길은 없었다며, 그저 넘어본 사람이 잠시 앉아 쉬며 뒤돌아보면서 할 수 있는 이야기들을 모아서 펼쳐놓았을 뿐입니다.

네팔, 홍콩, 일본, 중국, 영국, 독일, 싱가포르, 호주, 두바이, 미국에서 보내온 그대들의 이야기를 담았습니다. 읽는 사람들 마음속에 그대들의 고민이 나의 고민이 되고, 그대들의 성취가 나의 기쁨이 되었으면 좋겠습니다. 아니, 이 세상에 나만 혼자 못난 것 같아 울고 있는 어느 날, 나 대신 바르르 떨면서 나를 울린 그 무엇을 향해 득달같이 달려드는 언니의 모습을 떠올렸으면 좋겠습니다. 그렇게 서로를 응원하는 동안 서로가 서로의 '장녀'가 되어주면, 저는 지금까지처럼 앞으로도 그토록 갖고 싶었던 언니들의 조언에 힘을 얻고 에너지 가득한 인생을 살아갈 수 있을 것 같습니다.

01

싱가포르: IT오퍼레이터, 김민영

어디서 무슨 일을 하고 있나요?

싱가포르에 거주하고 있습니다. 하는 일은 외국계 IT회사에서 오퍼레이션 업무를 보고 있습니다. APAC HQ에서 일본 업무를 담당하고 있으며 필요에 따라 한국 업무를 겸하고 있습니다. 기본적으로는 구매를 담당하고 있고 그 외에 고객 관리 및 트레이닝과 일부 시스템 관련 프로젝트에 참여하고 있습니다.

현재 살고 있는 곳의 장단점을 말씀해주세요.

4년 동안 싱가포르에 거주하면서 타인의 시선에서 자유로워졌습니다. 화장을 하지 않아도 옷을 예쁘게 차려입지 않아도 유행과 먼 자신의 스타일을 고수하더라도 그 누구에게 해가 가지 않는 한 신경 쓰지 않습니다. 한국에서처럼 유행에 민감하게 반응하지 않아도 되고 비교하지 않아도 되니 스스로에게 맞는 삶을 살 수 있어서 좋습니다.

그리고 생각하는 것에 있어서 좀 더 폭이 넓어졌다고 해야 할까요. 서로 다른 문화권에서 교육을 받은 사람들이 한 곳에서 일하며 지낸다는 것이 결코 쉬운 일은 아닙니다. 가끔은 이해하기 힘든 부분도 있는데 이것이 내 잣대에 벗어난다고 해서 틀린 것이 아니라는 것을 배운 것 또한 제가 이곳에서 얻은 것 중 하나입니다. 많은 사람들을 만나며 직간접적으로 얻은 경험이나 그들을 이해하는 과정 속에서 세상을 바라보는 시각이 달라졌습니다.

해외 취업을 하게 된 계기를 들려주세요.

지방사립대를 졸업하고 토익 점수도 없는, 그야말로 '스펙'이 없는 저에게는 기회가 많지 않았습니다. 애초에 대기업이나 복지가 좋은 회사를 찾은 것도 아닌데 취업문은 너무나 좁았습니다. 하루에 이력서를 몇 통씩 보내도 돌아오는 연락은 없고 겨우 면접을 보게 된다고 해도 번번이 떨어지기 일쑤였습니다. 혹시나 내가 좋은 대학을 나오지 않아서 그런 걸까, 영어를 못해서 그런 걸까, 그래도 나는 일본어도 잘하고 장학금도 받았는데와 같은 생각을 수없이 반복하며 어디든 들어가 능력을 보여주고 싶었습니다. 하지만 아쉽게도 그런 기회는 오지 않았습니다. 그러다 보니 작은 회사에서 업무를 보며 입·퇴사를 반복하는 사이, 나이의 벽에 막혀 이직도 쉽지 않았고 한국에서 안 된다면 다른 곳이라도 좋다, 마음껏 능력을 보여주고 싶다는 생각에 미련 없이 해외로 눈을 돌렸습니다.

한국에서 일하는 동안 자존감이 상당히 낮아졌고 우울감이나 패배감에도 많이 젖어든 상태여서 스스로에게 자신이 없었습니다. 이미 해외 취업한 분들을 보며 그들은 얼마나 특별하길래 저런 삶을 살까 하며 막연히 부러워하며 지냈습니다.

처음에는 일본어 실력을 생각해서 일본 시장을 노렸습니다. 하지만 일본에서는 자국민 취업도 쉽지 않아서 외국인 취업의 길이 좁아진 상태였고 자신감도 떨어져 있었기 때문에 금세 포기를 했습니다. 그래도 나가고는 싶었던지라 계속 마음에 남아 있더라고요.

어디서부터 시작을 해야 할지 몰라 정말 서울에서 김서방 찾는 기분으로 취업을 준비했습니다. 각 나라의 워킹 홀리데이, 월드잡, 구글링, 일본어 취업사이트, 해외 취업 블로그, 해외 취업 알선, 해외 취업 국비 지원 등등을 매일 검색하며 하나씩 단서를 모으기 시작했습니다. 내가 할 수 있는 일들이 있는 나라와 가능성 있는 곳으로 좁혀보고 그중 가고 싶은 나라를 더 좁혀본 끝에 싱가포르에 오게 되었습니다.

제가 올 당시만 해도 싱가포르는 아시아에서 마지막으로 취업 시장이 활황인 곳이었고, 여행 겸 사전 답사를 왔을 때는 죽어라 부딪히면 여기서 입에 풀칠은 하고 살겠다는 생각이 들었습니다. 성공한다는 보장은 없었지만 어느 정도 준비를 했고 운도 작용했던 것 같습니다. 호기롭게 이곳까지 와서 계약서에 싸인할 때까지 두 달이 좀 넘게 걸렸던 걸로 기억하는데 한국에서 무직자로 보냈던 기간보다 길고 힘들게 느껴졌습니다. 지금은 운 좋게 좋아하는 일을 하고 그 결과에 대해 인정받으면서 살고 있습니다.

지금 있는 이곳이 행복한가요?

네, 행복합니다. 한국을 떠난 뒤, 매년 점점 더 행복해지는 것 같습니다. 금전적으로 풍요로워지거나 제 삶이 드라마틱하게 변한 것도 아닌데 왜 행복할까를 생각해보았습니다. 항상 저를 믿어주고 인정해주는 고맙고 소중한 사람들이 있어서이기도 하지만 스스로를 조금 더 진지하게 바라볼 수 있는 환경이어서 그런 것 같습니다.

시간이 지나면서 나도 괜찮은 사람이구나, 나도 할 수 있구나, 그렇게 누군가 나를 인정해주고 할 수 있다고 말해줘서 조금씩 자존감을 회복해갔던 것이 가장 큰 이유가 아닐까 싶습니다.

제 주변에는 좋은 사람들이 많이 있습니다. 이렇게 자신감 없는 내게 얼마나 잘 해내고 있는지를 입에 침이 마르게 설명해주고 용기를 북돋아주고 있습니다. 앞으로도 변함없이 그들이 내게 무한한 신뢰와 믿음을 줄 것을 알기에 든든합니다.

그리고 한국에서처럼 남들과 비교하는 것을 그만뒀더니 마음이 편해지고 나답게 살 수 있게 되었습니다. 얼마 전에 상사가 해준 말이 있습니다. 사람은 각기 다른 장점이 있어서 다르게 빛이 난다고요. 한국에 있을 때는 획일화된 잣대에 나를 억지로 끼워

맞추느라 내가 무엇을 잘하는지도 모르고 남들처럼 남들만큼 남의 시선에 괜찮아 보일 때까지 나를 맞춰가며 고문 아닌 고문을 해 왔습니다.

제가 고3 때 버스를 타고 가다가 본 문구가 기억이 납니다.

"남과 같이 해서는 남 이상 될 수 없다."

그때 저는 이 말이 제 인생에서 모토로 삼아야 할 말이라고 생각했습니다. 그런데 지금 생각해보니 왜 남과 비교를 해야 하는지 모르겠습니다. 남들보다 더 하면 뭐가 달라지려나 하는 생각을 해보니 남을 앞지르는 것이 인생의 목표가 되어야 하나? 그게 내가 원하는 것인가? 라는 다른 의문들이 뒤따라옵니다. 우리는 욜로(YOLO: You Only Live Once)인데 비교하다 지쳐버리느니 그걸 아예 안 하니까 오히려 행복합니다. 내 자신을 바라보면 되는 문제였는데 그 원인을 밖에서 찾았고 그걸 여기 와서야 깨닫게 되었네요.

친동생이 이렇게 하면 뜯어말리겠다는 돈 낭비, 시간 낭비, 에너지 낭비 같은 일을 한 적이 있으면 공유해주세요.

돈을 모으는 데 너무 집착했던 것이요. 월급이 들어오면 아주 조금의 용돈만을 남겨두고 전부 모았습니다. 저는 가정형편이 좋은 편이 아니어서 무엇이 되었건 하고 싶은 게 있으면 스스로 해결해야 했기 때문에 돈에 더 집착했고, 생각해보면 젊은 날을 그렇게 보내버리게 되어 너무나도 후회가 됩니다.

젊을 때 여행 가서 견문을 미리 넓힐 걸, 그렇게 악착같이 살 꺼면 차라리 공부나 원없이 해볼 걸, 나가서 친구들이랑 클럽이라도 한 번 다녀와볼 걸, 많은 후회가 됩니다. 20대 초반부터 돈을 모아놓아야 한다는 생각에 하고 싶었던 것들을 눈앞에서 포기했습니다. 그래서 올지 안 올지도 모르는 미래의 일을 걱정하면서 오늘 내가 사는 현실을 바보같이 보내버린 것이 후회됩니다. 미래를 대비하지 말라는 것이 아니라 지금 이 순간도 앞으로 올 미래만큼 소중하다는 걸 알았다면 좋았을 거라는 말을 전하고 싶습니다.

25세가 되었을 때, 처음으로 스스로를 옭아매던 자신이 만들었던 그 답답한 틀을 벗었습니다. 가지고 있는 돈을 모두 들고 일본으로 무작정 떠나 이것저것 도전했습니다. 못할 것 같던 일들도 척척 해냈고 난생처음 같이 일하던 사람들에게 칭찬과 인정을 한꺼번에 받아봤습니다. 기분이 묘하더라구요. 돈이 아니라 반짝반짝 생기가 넘치던 모습이 그때까지 내가 알던 나와는 사뭇 달랐습니다. 무엇 하나 풍족한 것은 없었지만 최선을 다해 사는 스스로가 멋있었습니다. 처음 싱가포르에 올 때 풍족하지도 않았고 어느 것도 보장된 것이 없었지만 제가 선택했던 것이니만큼 피 말리는 하루하루에 의미를 부여하며 살았습니다.

지금도 제 지인들은 30대 미혼여성이고 일한 지 몇 년차이니 돈은 얼마 정도 있어야 맞는 거 아니냐고 말합니다. 사실 신경이 안 쓰이는 것은 아니지만 그래도 괜찮습니다. 없으면 없는 대로 필요한 곳에만 잘 쓰다 보면 부족하지 않게 살 수 있더라구요. 남들이 말하는 "보통"까지 못 미칠지는 모르겠으나 적어도 부족함 없이 살고 있으니 늦게나마 마음을 고쳐먹어 반은 성공한 거라 생각합니다.

언어의 장벽을 극복한 본인만의 유용한 툴이 있었다면 책이든 웹사이트든 애인이었든 공유해주세요.

저는 페이스북을 활용합니다. 긴 글을 잘 못 읽는 난독증이 있어서 책은 좀 버거웠거든요. 짧게 짧게 문장을 읽을 수 있는 것이 필요했는데 페이스북이 그나마 보기가 수월해서 페이지를 추가해서 재밌는 내용을 영어로 피드백 받아 단어를 체크하거나 문장을 숙지했습니다. 짧게 문장을 쓰는 연습도 할 수 있어서 좋았습니다. 남들이 하는 이야기를 주로 귀담아 듣고 외웠던 게 효과적이었던 것 같습니다. 현재는 유튜브로 한국을 소개하는 외국인들의 동영상을 찾아보고 있습니다.

일본어의 경우는 매일 회사에서 일본어로 대화하고 서류작성을 하니 까먹지는 않지만 모르는 단어를 발견할 때마다 메모하고 있습니다. 문법은 헷갈리는 경우가 종종 있어서 가끔씩 유튜브로 일본어 뉴스나 JLPT 강의 등을 들어주고 그것마저 귀찮을 때에는 일본 드라마를 보며 속도에 맞춰 대사를 따라합니다.

해외 생활 혹은 업무에서 스트레스 받을 때 어떻게 극복하시는지 알려주세요.

보통 하루 종일 두 개 이상의 외국어를 하고 돌아오면, 알게 모르게 많이 지칩니다. 주로 집에서 휴식을 취하게 되지만 가능하면 '좋아하는' 사람들을 만나려고 합니다. 아무 대가 없이 이야기를 주고받다 보면 스트레스가 풀리기도 하고 몰랐던 것들에 대해 알게 되기도 하거든요. 그러다가 스트레스가 극에 달하면 블로그에 감정을 쏟아내곤 합니다. 1년에 두어 번 홀로 여행을 가기도 합니다.

결혼에 대한 생각은 어떤가요?

큰 돈은 아니어도 혼자 즐기면서 살 정도의 돈을 벌고 있고 지금으로서는 경제적으로 어렵지 않아서 조급함이나 절실함은 없지만 혼자 살게 된다고 해도 그것 또한 제 선택이니 후회하고 싶지 않아서 여러 가지를 구상 중에 있습니다.

인생에서 자신을 이해해주는 동반자를 만나는 것은 분명 멋진 일이지만 반드시 해야 되는 인생의 필수코스는 아니라고 생각합니다. 나이의 압박감에 부모님의 기대에 어깨가 무거워서 결혼해야 한다면 그 끝이 꼭 해피엔딩은 아닐 거예요. 인생은 알 수 없는 거니까요.

여행 중에 좋았고 살아보고 싶다고 느꼈던 곳이 있으면 소개해주세요.

은퇴를 하게 되면 오키나와에 가서 살고 싶다는 생각을 합니다. 세계에 있는 좋은 곳은 많이 가보았지만 제일 지치고 힘들었을 때, 없는 돈을 다 털어서 갔던 곳이 왜 그렇게 힘들 때마다 기억이 나는 걸까요. 아마도 황홀했던 차탄의 저녁 노을 때문일 수도 있고 아름다웠던 바다 덕분일지도 모르겠습니다.

본인이 가장 멋있다고 생각하는 사람 한 명을 소개해주세요.
(멘토, 예술가, 공인, 친구, 선생님 등등)

일본에서 워킹 홀리데이를 했을 때, 제가 일했던 곳의 점장님이 생각납니다. 일본 사회는 한국처럼 서열이 엄격하고 상명하복이 기본인데 점장님은 본사에서도 높은 사람이었고 점장임에도 불구하고 아침 일찍 백팩을 메고 출근해서 쓰레기를 치웠습니다. 60대의 점장님이 쓰레기를 치우는 모습이 너무 어색하고 이래도 되나 몸 둘 바를 모를 정도였는데 항상 허드렛일을 도맡아서 도와주며 너는 네 일을 하라고 오케이 사인을 주곤 했습니다.

그 지점에 처음 고용된 외국인 스태프였기 때문에 제가 이력서를 냈을 때 내부에서도 고민이 많았다고 들었습니다. 그래서 유독 관심을 많이 받았는데 그럴 때마다 제가 뒤처지지 않게 끌어주고 격려해주셔서 모든 것이 도전이었던 그 시간을 잘 넘길 수 있었습니다.

다른 사람들이 취업이나 인생에서 하고 있는 가장 안타까운 착각은 무엇이라고 생각하세요?

다수가 선택한 것이 항상 옳은 것은 아니라고 말하고 싶습니다. 그들처럼 살지 않는다고 해서 틀린 것은 아닙니다.

지금까지 느꼈던 것은 모든 기준은 "내가" 되어야지 남의 시선에서 살다 보면 내가 원하는 것이 아니라 남이 원하는 대로 보여지는 대로 살고 있는 자신을 발견하게 될 것이라는 겁니다.

제가 워킹 홀리데이를 떠날 때 친한 선배가, 너가 돌아오면 26살, 늦어지면 27살이 될 텐데 새로 졸업하는 파릇한 여자애들과 경쟁이나 되겠냐고 말했습니다. 물론 틀린 말은 아니었습니다. 그 선배의 현실적인 말에 고민도 많이 했지만 내 인생은 내 것이라는 생각에 과감하게 떠나지 않았다면 정말 후회했을 것입니다.

남들이 생각하는 것처럼 대학을 나와 회사에 취직하고 20대 후반에는 결혼을 하고 그렇게 평범하게 사는 것도 나쁘지 않겠지만 전 지금의 삶이 행복합니다.

어떤 사람이 본인이 살고 있는 나라에서 잘 적응할까요?

책임감과 하려는 의지가 있고 좌절하지 않는 사람이라면 세계 어느 곳에 가도 잘 살 수 있을 것이라고 생각합니다. 경험자로서 팁을 준다면 외국에서 산다는 것은 믿을 수 있는 것은 오로지 본인뿐이고 모든 일은 100퍼센트 본인 책임이라는 것만 기억하면 좋겠습니다. 혹여라도 그런 무거운 책임감을 견딜 수 없거나 스스로 무언가를 해본 적이 없는 사람이라면 그런 경험부터 먼저 해보기를 권합니다.

02

호주: 회계감사관, 박주연

어디서 무슨 일을 하고 있나요?

호주 골드코스트의 회계 법인에서 일하고 있습니다. 제 명함에 찍힌 직함은 회계감사관입니다. 제가 맡은 주요 업무는 SMSF(Self Mananged Superannuation Fund)의 연간 회계감사관입니다. 호주의 연금 산업은 세계적으로도 성공 사례로 꼽힐 만큼 잘 정착되었고 시장도 점점 커지고 있는데요, 호주가 다른 나라들에 비해 불황에 빠지지 않은 주된 이유 중 하나라고 평가되고 있습니다. 제가 하는 일은 이 연금 제도와 관련해서 이를 법에 맞게 잘못된 이용은 없는지 매년 감사를 하고 호주 국세청에 보고하는 업무입니다.

살고 있는 곳은 어떤가요?

호주 골드코스트는 모두들 한 번쯤은 들어보았을 정도로 세계적으로 유명한 관광지입니다. 사계절 따듯한 날씨, 작은 도시와 잘 어우러진 아름다운 자연 환경이 매력적인 곳입니다. 보는 것만으로도 힐링이 되는 자연 환경이 있다는 것이 가장 좋은 점이겠죠. 전 이곳에 100퍼센트 만족합니다.

해외 취업을 하기까지 결정적인 사건도 있었을 거고 우연한 계기도 있었을 텐데 이야기해주세요.

전 해외와 서양 문화에 관한 막연한 동경은 가지고 있었지만 어렸을 때부터 해외에서 일해야겠다고 마음 먹고 준비한 경우는 아닙니다. 해외에 나가본 경험도 없었고 영어는 그냥 누구나 하는 수능 영어, 문법 정도를 아는 수준이었고 접해본 서양 문화라고는 섹스앤더시티와 코스모폴리탄 잡지에서 본 내용이 다였죠. 본격적으로 영어 공부를 시작한 것은 2007년, 25살 되던 해입니다. 대학졸업반 무렵 우연히 작은 외국계 회사에서 인턴으로 일할 수 있는 기회를 갖게 되었습니다. 사무보조 수준의 일이었지만 외국계 회사였고 무역 쪽의 일을 하다 보니 영어를 접할 일이 많았어요. 그래서 그때부터 본격적으로 영어 공부를 시작했습니다. 영어회화 학원에서 레벨1부터 시작했는데 한 1년 정도 거의 영어에 미쳐 있었습니다. 돈과 시간을 아낌없이 투자했죠.

그러다 생애 첫 해외여행으로 인도를 두 달 동안 가게 되었고 시야를 넓히는 계기가 되었습니다. 그곳에서 경험한 새로운 문화, 새로운 사람들로 인해 매일매일이 충격이었습니다. 그 이후 해외로 나가서 더 많은 경험을 하고 싶다는 강한 열망을 갖게 되었습니다. 결국 2009년 다니던 회사를 그만두고, 서울에서 살던 집과 살림살이를 모두 정리하고 남은 전 재산 200만 원을 들고 워킹 홀리데이 비자를 받아서 온 것이 호주에서의 첫 시작이었습니다.

지금 있는 이곳이 행복한가요?

네, 많이 행복합니다. 아름다운 골드코스트에 살고 오후 4시 반 칼 퇴근과 연간 4주 유급휴가를 보장하는 직장이 있으니 한국에서 야근, 회식에 스트레스 받을 때를 생각하면 정말 행복하지요.

호주에서 직장 생활을 하면서 이곳의 가족 위주의 문화 그리고 삶의 균형을 중요시 여기는 문화에 만족하고 있습니다. 현재 다니는 회사의 면접에서 아직도 기억에 남는 것이 바쁜 회계 마감철에는 야근하는 것도 괜찮다고 이야기했더니 우리 회사는 일과 삶의 균형을 중요시하기 때문에 무리한 야근을 하는 일은 없을 거라고 했던 면접관의 말입니다. 경력을 개발해가면서도 가족과 여가를 충분히 즐길 수 있는 환경이 이곳에서의 제 삶을 행복하게 만들어주고 있는 것 같습니다.

하지만 가끔 한국에 있는 가족들이 너무 보고 싶기도 하고 이런저런 이유로 우울감이 생길 때도 있어요. 그럴 때 가장 좋은 방법은 날씨 좋은 날, 바닷가로 나가서 조깅을 하는 겁니다. 그러고 나면 한결 기분이 좋아지더라구요.

지금의 자리에 오는 데에 혹시 이것을 했던 것은 정녕 신의 한 수였다는 일이 있었으면 공유해주세요.

이건 한 가지로 딱 집어 잘한 행동이라기보다는 제가 나아갔던 삶의 방향이라고도 할 수 있는데요, 가슴에서 오는 소리를 듣는 것입니다. 사람은 누구나 내가 맞다고 생각하면서도 주위에서 그건 좋은 길이 아니라고 아주 힘들 거라고 하면 흔들리고 그 말에 휘둘릴 때가 있지요. 하지만 내 인생에서 내가 하고자 하는 일에 나보다 더 많이 생각하는 사람은 없습니다. 정말 조언이 필요하다면 내가 가고자 하는 길을 이미 가보고 겪어본 사람에게 조언을 구하세요. 그냥 주변의 사람들이 어디서 들었는데 그건 힘들다더라, 하는 말에는 무게를 두지 않는 것이 좋습니다.

제 경험에서 보자면 제가 호주에서 회계사로 정착하기 위해 대학원을 가겠다고 했을 때, 제 남편과 시부모님을 제외한 대부분의 사람들이 호주인들도 졸업하고 취직이 안 된다는데 취업이 되겠느냐, 공부가 아주 힘들다던데 할 수 있겠냐는 반응들이었죠. 심지어 이미 호주에서 대학을 졸업하고 회계사로 일하고 있던 지인분도 일자리 구하기 힘들 거라며 말렸던 기억이 있습니다. 하지만 막상 IELTS(호주 대학 입학을 위한 영어 시험)를 보고 대학 공부를 하고 취업을 하게 되기까지의 과정이 주변에서 들었던 것처럼 힘들지 않더군요. 결코 쉽다고 할 수는 없었지만 충분히 해낼 수 있는 수준이었고 취직도 모두들 거의 불가능이라고 얘기했지만 졸업 전 영주권도 아닌 학생비자를 가지고 있는 상태에서 풀타임 취업이 되었습니다. 대학원 동기인 베트남에서 온 여학생은 학기 중에 학생비자로 호주회계회사에 파트타임 잡을 구한 후 졸업 후에는 풀타임으로 전환하여 일하고 있는 예도 있습니다.

자신의 선택에 대해 확신을 가지고 도전하세요! 그 도전에 대한 성공, 실패 그 모두를 책임지는 건 나 자신이지 내 주변 사람들이 아닙니다.

이것만은 아니었는데, 하는 정말 후회되는 일을 공유해주세요.

과거에 한 일들 중에는 자랑스럽지 못한 일도, 하지 말걸 한 일도 물론 있습니다. 하지만 그 모든 것이 어우러져서 현재의 나를 만들었다고 생각하기 때문에 인생의 어떤 순간도 낭비라고 생각하지는 않습니다, 그 수많은 실패에서 배움도 많이 얻었구요. 제 20대는 끊임없이 공부든 연애든 일이든 계속 도전하고 경험하고 실패하고 성공하는 것을 반복했던 시간이었습니다. 그래도 그중에서 가장 후회되는 일을 고르자면 대학시절 대학 공부보다는 아르바이트에 너무 치중했던 것입니다. 결국 학사경고까지 받았죠. 그 과정에서 깨달은 건 TV에 나오는 성공한 누구, 자기계발서의 누구처럼 어려운 환경에서 공부도 잘하면서 돈도 잘 버는 그런

슈퍼우먼이 될 필요는 없다는 거였어요. 누구나 다 노력하면 두 마리 토끼를 잡을 수 있다고 말하는 매체에 현혹될 필요는 없습니다.

한때 제가 멋지다고 생각했던 말이 있습니다. She can do, he can do, why not me? 라는 말인데요, 미국에서 아주 성공한 한국 여성분의 말이었어요. 동기부여를 해주는 멋진 말이긴 하지만 지금은 이렇게 생각하지 않아요, 모두가 서로 다른데 누군가 뛰어난 사람이 있다고 다 그렇게 되어야 할 필요는 없지요. 지금은 이렇게 생각합니다. She can do, he can do, but I don't care.

언어의 장벽을 극복한 본인만의 유용한 툴이 있었다면 책이든 웹사이트든 애인이었든 공유해주세요.

저만의 방법은 없구요. 모두가 알고 계시듯 매일매일 공부하는 것이 방법입니다. 언어는 지금까지 해왔던 어떤 공부와도 참 달랐습니다. 성인이 되고나서 익히기 시작한 언어는 평생 공부로 꾸준히 연습해야 하는 것 같아요. 그리고 특히 영어 스피킹은 운동을 하는 것과 같아서 매일매일 입을 크게 움직여서 자신이 흥미를 느끼는 매체(잡지, 인터넷, 유튜브클립, 그래머인유즈, 미드, 영드 등등)를 읽거나 따라 말해보는 것이 저에게는 가장 좋은 방법이었습니다. 하루 10분씩 일주일만 해도 스스로 영어실력이 향상되는 것을 느낄 수 있거든요.

일단 초급인 경우는 그래머인유즈 한 권을 매일매일 소리 내서 최소 한 번 정도는 따라 읽는 것을 추천합니다. 호주에 있다면 ABC방송사의 웹사이트에 들어가보시면 다양한 프로그램이 있는데요. '더 타임즈 오브 아워 라이브The Times Of Our Lives'라는 호주 드라마를 추천합니다. 그리고 공부 외에 한국 여성들이 꼭 읽었으면 하는 책 두 권을 소개할게요.

『린인 Lean In: Women, Work, and the Will to Lead』

『여자에게 일이란 무엇인가 The Feminine Mistake』

지금 생활이 매우 바쁠 텐데 그래도 또 도전하고 싶은 일이 무엇인가요?

커피와 베이킹을 전문적으로 배워보고 싶어요. 대학시절 카페에서 아르바이트 경험으로 커피에 관심이 생겼고 한때 베이킹에 빠져 살기도 했지요. 나중에 홈메이드 디저트들과 커피, 차 등을 파는 작은 카페를 해보고 싶은 소망이 있습니다.

결혼에 대한 생각을 말해주세요.

저는 지금 골드코스트 토박이 남자와 5년째 함께 해오고 있어요. 한국에서 3년 전쯤에 결혼식을 올렸습니다. 남편을 사랑하고 함께 할 수 있어 행복하지만 서로 너무 다른 환경에서 자란 두 사람이 한 공간에서 모든 것을 공유하며 산다는 것이 처음에는 쉽지 않았어요. 지난 3년간 피터지게 싸웠고 엄청나게 많은 이야기를 나눴으며 전문가에게 상담도 받았죠. 그 과정에서 제 자신도 몰랐던 나의 내면에 대해 알게 되고 스스로 성장하고 성숙하게 된 것을 느꼈어요. 이제는 이 사람이 아닌 다른 남자와는 함께 할 수 없을 것 같아요. 나를 부모님보다 더 잘 아는 사람이 남편이니까요. 나의 모든 것을 알고 있고 그 모든 것을 존중해주고 아름답다고 해주는 사람이 또 있을까 싶으니 이 사람을 만난 것은 정말 제 인생 최대의 행운이 아닌가 싶습니다.

한 사람의 인생에서 정말 사랑하는 사람을 만나 점점 깊이 알아가고 그 누구와도 공유할 수 없는 우리만의 무언가를 갖게 되는 것은 정말 아름다운 일이라고 생각합니다. 맞춰가는 과정이 쉽지는 않았지만 그럴 만한 충분한 가치가 있는 일이에요. 그런 힘든 과정을 거쳐서 그런지 저희 둘은 정말 행복합니다.

다른 사람들이 취업이나 인생에서 하고 있는 가장 안타까운 착각은 무엇이라고 생각하세요?

"나는 이런 이유 때문에 이것을 하고 싶지만 할 수 없을 거야."

하고 싶은 일이 있음에도 이런저런 이유로 망설이고 포기하시는 분들. 특히 해외 취업, 유학 같은 경우는 돈과 언어의 장벽으로 도전을 망설이고 포기하는 분들이 많을 텐데요, 저는 돈과 언어능력이 모두 없었던 사람입니다.

저는 전남 여수 출신으로 고등학생 때 집안이 경제적으로 급격히 힘들어졌어요. 그래서 서울에서 보낸 대학 생활 내내 생계를 위해 아르바이트를 쉰 적이 없었고 그로 인해서 졸업도 늦었고 학점도 그리 좋지 않았죠. 호주에 와서도 가진 돈이 얼마 되지 않았기 때문에 어학원은 다닐 수 없었어요. 하지만 그 시절 내내 가난하다고 생각했던 적은 없었습니다. 오히려 덕분에 많은 곳에서의 다양한 경험으로 자신감이 생겼고 선택에 대한 책임은 항상 내게 있다는 것을 알았기 때문에 그 선택에 있어서 더 큰 확신을 가질 수 있었죠.

주변에서 들은 말들로 인한 두려움, 망설임은 훌훌 떨쳐버리시고 일단 부딪혀보세요. 부딪히는 순간 그 모든 경험이 내 안에 쌓이고 단단해지며 나도 모르게 두려워서 망설였던 그곳에서 행복하게 웃으며 살고 있는 자신을 보게 되실 겁니다, 제 경험으로 자신있게 말씀드려요.

03

일본: IT 해외 영업, 박미선

어디서 무슨 일을 하고 있는지, 지금 일하시는 곳을 소개해주세요.

일본의 IT기업 후지츠 본사에서 해외 영업을 담당하고 있습니다. 일본의 제조업 기업이 해외 지점을 설립할 때 현지에서 신속하게 업무를 시작할 수 있도록 업무 솔루션, 하드웨어, 서비스 등을 제안해 영업하고 있으며 한국, 베트남, 필리핀이 담당 지역입니다. 대학에서는 이공계를 전공한 것이 아닌데 우연한 계기로 이 일을 하게 되어 어렵기도 하고 신선하기도 합니다.

살고 있는 곳의 장단점을 말씀해주세요. 사람들은 어떤지, 환경은 어떤지, 어떤 부분에서 놀라고, 기쁘고, 때로는 기분이 상하는지요?

일본에서 대학원을 졸업한 뒤, 취직하고 결혼 생활을 하며 20년이나 살았기 때문에 도쿄는 제게 제일 편한 곳입니다. 그래서 더 단점이 안 보이는 곳이기도 하고요. 20년 전 도쿄에 처음 왔을 때는 한국보다 뭐든 피드백이 늦어서 불만 투성이었는데 지금은 완전히 적응이 되어 불편한 게 없어요. 게다가 일본 사람들이 과거 일본 통치 시대처럼 저를 한국인이라고 차별을 했다면 이곳에서 20년이나 살지 못했을 거예요. 제가 인복이 있는지 아님 운이 좋았던건지 사는 동안 좋은 일본 사람들을 만나 많은 도움을 받았어요. 그분들에게 늘 감사하며 살고 있어요.

해외 취업을 하기까지 결정적인 사건도 있었을 거고 우연한 계기도 있었을 텐데 이야기해주세요.

고등학교 때 저희 집에 놀러온 일본 여고생들이 주고 간 일본 패션잡지 논노가 일본으로 오게 된 직접적인 계기가 되었어요. 그 당시 한국에서 접하지 못했던 일본 스타일의 패션 잡지의 구성과 내용들이 아주 획기적이었고 어린 나이에 아주 멋져 보였어요. 한참 일본의 패션이 유행할 때였으니까요. 이를 계기로 그 잡지책을 읽어보겠다는 집념 하나만으로 일본어를 공부하기 시작했습니다. 학원도 다니고 펜팔도 하면서 일본에 푹 빠져서 결국 일본에 유학을 와서 대학원까지 졸업을 하게 되었죠. 아빠가 너무 엄하셔서 일본 유학은 입 밖에 꺼내지도 못하다가 당시 대전 엑스포 도우미에 뽑혀서 돈을 모은 뒤 유학비를 저금해서 첫해 유학은 언어만 1년간 배우고 돌아오겠다고 거짓말을 하면서 갔습니다. 하지만 부모님 몰래 일본의 학교에 시험을 봐서 합격했고, 기간을 연장하고 연장한 것이 대학원까지 다니게 되었습니다. 대학원생 때는 장학금을 많이 받아서 방학만 되면 미국, 유럽을 3개월씩 여행 다녔어요. 그리고 대학원생 때 벤처기업에서 2년간 인턴을 한 후, 그 회사의 정식 직원이 되었답니다. 당시 일본에서 대학원을 졸업해도 취직하기란 하늘의 별따기였어요. 제 꿈은 일본의 광고대기업인 덴츠電通나 하쿠호도博報堂 같은 광고 회사에 들어가서 광고 기획자가 되고 싶었지만 시험도 어려웠고 취직 시험에 관한 정보도 없어서 계속 맨땅에 헤딩하는 나날만 보냈죠. 그럴 바에야 나를 받아준 작은 벤처회사에서 사회 생활을 시작해도 상관없을 거 같아 그곳에 취직했고 2년에 한 번씩 회사를 옮기면서 연봉을 천만 원씩 올렸어요. 결국 그런 과정의 결과로 10년 전 지금의 직장에 취직하게 되었죠.

지금 있는 이곳이 행복한가요?

도쿄는 다른 나라에 비해 안전하고 경제적인 면도 안정적이라 지금 생활에 만족합니다. 단, 결혼 8년차 제 파트너인 남편이 중국 주재원으로 가 있어서 외롭네요. 하지만 너무 바빠서 외로움조차 못 느낄 때가 많아요.

지금의 자리에 오는 데에 혹시 이것을 했던 것은 정녕 신의 한 수였다, 라는 잘한 일이 있으면 공유해주세요.

매번 무언가를 결정할 때 많이 고민하지 않고 옳다고 생각하면 추진하는 편입니다. 일본에 유학 오겠다는 것과 취직을 하고 말겠다는 집념이 강해서 무척 열심히 살았어요. 그 당시엔 지금처럼 인터넷이나 메일이 있었던 것도 아니고 유학생이 취직했다는 소문도 들어본 적 없었지만 꿈을 잃지 않고 무조건 앞만 보고 달려왔습니다.

제가 30살 때 성공한 벤처기업으로 전직을 했어요. 너무 제 계획대로 일이 잘되서 이대로 도쿄에서 성공하느니 난 더 큰 물에 가서 놀아야 된다고 생각하고 다 정리하고 뉴욕에 가서 6개월 동안 생활한 적이 있어요. 준비 하나 없이 일본에 왔을 때처럼 술술 일이 잘 풀릴 거라고 착각을 하고 다 정리하고 갔죠. 그런데 20살의 도쿄 생활과 30살의 뉴욕 생활은 시작부터 달랐어요. 물가 비싼 곳에서 다시 학생으로 생활한다는 게 암담하고 앞길이 안 보여서 다시 일본에 돌아와서 규모가 큰 기업에 취업을 하면서 제가 하고자 하는 일을 찾게 되었습니다. 뭔가 선택하려고 고민할 때는 해보지도 않고 책상머리 앞에서 머리만 굴리지 말고 직접 부딪혀보세요. 후회하더라도 해보고 후회하는 것과 안 했을 때 후회하는 것과는 다릅니다. 이제껏 그 경험을 안 했더라면 아직도 미국 유학에 대한 동경으로 제 마음속엔 늘 아쉬움이 남아 있겠죠. 이제는 그런 아쉬움이 깨끗히 사라졌어요.

며칠 전 회사의 한국인 후배가 제가 30살 때 했던 고민을 똑같이 하고 있더라고요. 그래서 저는 마구 밀어줬죠. 미국 유학을 원한다면 한 살이라도 젊을 때 가보라고요. 하지만 그 후배는 갔다와서 지금의 회사에 못 돌아올 두려움에 포기하더라고요. 저라면 갔을 거예요. 다녀와서 취직 못 할 일은 없거든요. 할 수 있다고 계속 생각하면 꼭 실현이 되니까 자신을 믿고 행동에 옮기는 자신감이 필요하죠.

해외 취업을 준비하는 사람들에게 해주고 싶은 조언이 있다면요?

요즘 젊은 사람들 중에는 스펙이 완벽한 사람들이 많죠. 회사에 들어오면 큰일이라도 할 것처럼 의욕에 차 있는데 보고 있으면 1~2년 안에 쉽게 그만두는 사람들이 많아요. 자기는 큰일을 하고 싶은데 회사에서 기회를 안 준다면서 불평불만만 늘어놓아요. 저도 회사를 몇 번 옮겨봤지만, 회사를 15년 정도 다녀보니까 이제야 조금 알 것 같네요. 젊음과 패기는 있을지언정 부서를 관리할 수 있는 능력을 갖추고 업무 프로젝트를 잘 수행하기 위해서는 경험이 필요합니다. 그리고 끊임없이 미래를 보는 눈을 키워나가려면 눈앞에 있는 작은 일도 잘해야 하거든요. 저도 아직 많이 부족해서 늘 고민하는 부분입니다만 끝없이 자기발전을 하려고 노력하는 사람을 가까이 하는 게 좋은 것 같아요.

언어의 장벽을 극복한 본인만의 유용한 툴이 있었다면 공유해 주세요.

예전에 유학 왔을 때 했던 건데요. 일본 신문 한 구석에 늘 연재되는 짧은 시사를 읽고 100자로 요약하기를 매일 했어요. 그런 연습을 계속하다 보면 대학시험 에세이 쓰는 데 많은 도움이 됩니다. 그리고 드라마보다는 시사프로를 많이 보고 사회 전반적인 곳에 흥미를 갖고 언제 어디서든 성별, 연령에 관계없이 1시간 이상 대화를 할 수 있는 화젯거리를 가지려고 노력합니다.

해외 생활 혹은 업무에서 스트레스 받을 때 어떻게 극복하는지 알려주세요.

요즘 들어 회사 업무로 스트레스를 많이 받는데 예전에는 한국 친구에게 전화해서 한참 수다를 떨어서 스트레스를 날려버렸어요. 그런데 그때뿐이고 해결은 안 됐거든요. 이젠 저와 비슷한 입장에 있는 남편과 일 얘기를 많이 합니다. 남편도 제 얘기를 들어주면서 일 상담도 많이 해주고 저를 이해해주는 편이라 얘기하고 나면 마음이 한결 가벼워집니다. 제 남편을 많이 신뢰하고 존경하니까요. 그런 파트너를 찾으면 서로 자극을 주는 동시에 함께 발전하는 것 같아요.

지금 생활이 매우 바쁠 텐데 내 몸이 두 개 이상이라면, 도전하고 싶은 일이 무엇인가요?

취미가 골프인데 그 외의 취미에 몰두하고 싶어요. 춤도 배우고 악기도 배우고 그림도 그리고요. 하지만 무엇보다 현재 공부하는 비즈니스 영어를 완벽하게 마스터하고 싶어요.

결혼에 대한 생각이 궁금합니다.

30살이 넘도록 결혼에 대한 로망이 없었어요. 저는 제 자신을 너무 사랑해서 저 이외의 다른 사람을 생각해야 하는 결혼에 대해 깊게 생각해본 적이 없었죠. 가장 하고 싶었던 것은 오로지 일본에서 좋은 직장에 취업을 하는 것이었어요. 그래서 친구들이 시집가고 애기 낳는 이야기엔 전혀 관심이 없었어요. 친구들과 관심대상이 다르니 자연스레 멀어지고 오로지 일에만 매달렸어요. 그러다 우연히 전 직장 동료였던 지금의 남편과 일 얘기가 잘 통해서 친해졌고 사귀다 보니 결혼도 하게 되더군요. 결혼이 목적이 아닌 만남은 제 자신을 더 자유롭고 당당하게 만들어줘요. 어쨌든 자연스럽게 서로를 알아가다 보면 '이 사람이다' 하는 느낌이 옵니다. 그때 결혼해도 늦지 않아요. 결혼은 끝이 아닙니다. 결혼은 또 다른 인생의 시작이에요. 그런 인생의 반려자를 찾는데 조급해하지 않길 바랍니다.

여행 중에 좋았고 살아보고 싶다고 느꼈던 곳이 있으면 소개해주세요.

작년에 남편과 처음으로 여행 간 하와이요. 하와이는 날씨도 좋고 맛집도 많고 도쿄에서 6시간밖에 걸리지 않아서 딱 좋아요. 그 지상낙원 같은 곳에 남편과 매년 한 번 정도는 가서 쉬고 에너지를 받고 오려고 합니다.

어떤 사람이 본인이 살고 있는 나라에 잘 적응할까요?

어떤 사람이 외국에 잘 적응할 수 있다고 하는 건 그 사람이 그 곳에 나가서 얼마나 노력하느냐에 따라 달라지는 거 같아요. 대체적으로 보면 남자들이 외국 나가서 잘 적응하지 못하고 한국에 돌아가는 것 같아요. 물론 그 나라 사람과 결혼을 하면 달라지는데 혼자서 오래 사는 남자는 거의 못 봤어요. 편견일 수도 있겠지만 여자가 남자보다 외국에 빨리 적응하고 잘 지내는 것 같아요.

04

중국, 홍콩: 맥주와 화장품 회사 매니저, 강수민

어디서 무슨 일을 하고 있는지, 지금 일하시는 곳을 소개해주세요.

지금은 홍콩에서 프랑스계 화장품 회사에서 근무하고 있어요. 작년에 MBA를 졸업하고 바로 입사하여 세일즈 매니저가 되기 전에 트레이닝을 받으면서 트레이닝의 일환으로 새 메이크업 브랜드를 면세점에 런칭하는 프로젝트를 진행했어요. 원래 시장 진입 전략을 진행해보고 싶었고 화장품 업계와 상품, 브랜드, 채널 전반에 걸쳐 배울 수 있는 좋은 기회였어요. 6개월 정도 계획된 트레이닝이 끝나고 얼마 전에 동북아시아 시장(한국, 일본, 괌, 사이판 시장)의 면세점의 세일즈와 수익 전반을 관리하는 매니저로 발령을 받았습니다.

해외 취업을 결심한 결정적인 사건을 알려주세요.

1. 중국 지사로의 발령

저는 MBA 전에 6년 동안 맥주회사에서 일했어요. 잠재력 있는 대학졸업자를 채용하여 회사에서 빠르게 성장할 수 있도록 관리 및 트레이닝 시켜주는 프로그램으로 입사를 했어요. 회사에서 해외로도 트레이닝을 여러 번 갔었는데 한번은 아시아 태평양 지역에 위치한 상하이 오피스에 갔다가 다이내믹하고 통 큰 중국 시장에 반해버렸어요. 그리고 그때부터 난 꼭 중국에 와서 일하리라 다짐했죠. 그래서 중국의 인사 디렉터를 찾아가서 물어봤어요. 나 중국에서 정말 일하고 싶은데 어떻게 해야 되냐고요. 예상했던 대로 "회사에 들어온 지 1~2년밖에 되지 않은 초짜이니 조금 더 배워 와라. 지금 당장은 널 고용할 수 없고 중국 인재도 많은데 널 굳이 중국에 고용할 이유가 없다"고 하더라고요. 그래도 그냥 포기하기는 안타깝고 다음 기회를 모색하기로 했죠.

그러던 어느 날 APAC 인사팀의 VP를 만나게 되어 인사를 드렸어요. 이후 지속적으로 중국에서 일하고 싶은 소망과 계획을 담아 메일을 드렸어요. 오랜 기간 그런 노력이 이어졌고 결국 VP의 승인으로 중국에 가게 되었습니다. 혹시 같은 회사 내에서 이직을 생각하고 계신 분이 있으면 가끔은 인사 권한이 있는 분에게 대담하게 다가가는 것도 좋은 방법인 것 같아요. 그들도 열정이 있는 후배들이 조언을 구하고, 하고 싶은 일을 강하게 어필하는 것에는 마음이 끌리게 되어 있으니 효과적이라고 생각해요.

2. MBA 후에 홍콩에서 새 직장 잡기

MBA 이후에 타깃 지역이 중화권인 홍콩과 싱가포르여서 중국어를 한다는 점과 중국에서의 비즈니스 경험이 플러스 요인으로 작용했습니다. 제가 가고 싶어 했던 업계가 다른 업계 사람들이 옮겨가기 힘들다던 화장품, 리테일링 쪽이라 어떻게 하면 그 업계로 옮겨갈 수 있을까 생각을 많이 했어요. 네트워킹이 특히 중요하다는 얘기를 많이 들어서 모든 인맥을 동원해서 이 분야에 있는 사람들과 얘기를 나누려고 했어요.

같은 동기들 그리고 선배들, 심지어 후배들, 친구의 친구, 동생, 아내 혹은 몇 다리 걸쳐서라도 화장품, 리테일링, 럭셔리 쪽에서 일하는 분이 있다는 소문이 들리면 연락처를 받아서 연락했어요. 심지어는 제가 찾고자 하는 프로파일의 사람들을 접촉한 후에 쪽지를 보내서 연락한 적도 있어요. 30명도 넘게 연락했고, 20명 이상과 30분~1시간 동안 스카이프에서 통화하면서 회사, 업계에 대해 많은 질문을 했어요. 이게 쌓이고 나면 지식도 생기고 면접에 가면 왜 이 업계에 들어와야 하는지 할 수 있는 말이 많아져요. 요즘 저도 가끔 후배들에게 저희 회사와 업계에 대해 물어보는 전화를 많이 받는데 질문에 맥이 없고 본인이 뭘 물어보고 싶은지 잘 모르는 사람은 확실히 티가 나요. 질문지는 45분 동안 말이 끊기지 않을 정도로 빽빽하고 흐름이 뒤섞이지 않도록 성의 있게 만드는 것도 중요한 것 같아요. 특히 제가 인터뷰하는 분들에게 좋은 인상을 주는 게 중요한 이유는 이런 분들 중에 간간히 이력서를 인사팀으로 전달해주겠다는 분도 생기고 혹은 결정권자를 소개시켜주는 분도 있거든요.

지금의 자리에 오는 데에 혹시 이것을 했던 것은 정녕 신의 한 수였다는 잘한 일이 있었으면 공유해주세요.

저는 이루고 싶은 일이 있으면 미래 일기를 썼습니다.

조그만 수첩에다가 이루고 싶은 소망을 적어요. 중요한 것은 "이렇게 되었으면 좋겠다"라고 소망형으로 적는 것이 아니라 "이렇게 되어서 감사합니다"라고 이미 이루어진 것처럼 감사하는 마음으로 적고, 그 감사한 기분을 느끼려고 노력해야 된다는 거예요. 이렇게 미래 일기를 적으면 바라던 일이 비슷하게 이뤄지곤 했어요.

매일매일 "꿈"에 대해 생각하면 그 꿈을 이루기 위해서 노력도 하게 돼요. 생각지 못한 기회가 오기도 하고요. 그 이후엔 MBA에 들어갈 때나 취업을 할 때도 비슷한 방법으로 꿈을 이뤘던 것 같아요.

자다가도 생각나면 침대에서 벌떡 일어나지고 돈 낭비, 시간 낭비, 에너지 낭비였던 일을 한 적이 있으면 공유해주세요.

실패에 낙담하고 감정 소모하는 거요. 가끔은 인생이라는 게 자기가 정말 열심히 노력하고, 꼭 될 거라고 확신해 왔던 일들이 말도 안 되는 여러 가지 이유로 이뤄지지 못할 때가 있어요. 근데 항상 뒤돌아보면 모든 일에는 이유가 있어요. 그 실패가 전화위

복이 되어서 내가 더 노력하는 계기가 되거나 혹은 실패에서 머무를 수밖에 없었던 그 자리가 더 좋은 자리로 이어지더라고요. 그때는 너무 상심하고 왜 나한테 이런 일이 생기나 이해도 안 되고 낙담도 하는데 뒤돌아보면 내가 지금 그때 실패하지 않았다면 이렇게 좋은 일이 나한테 생겼을까 싶은 일이 되어버려요. 그래서 너무 근시안적으로 낙담하고 실패에 머물러버리는 일은 저도 앞으로 안 하려고 합니다.

언어의 장벽을 극복한 본인만의 유용한 툴이 있으면 공유해주세요.

초등학교 때부터 중학교 때까지 펜팔을 오래 했어요. 인터넷이 없던 그 시절에 세계 곳곳에 있는 친구들과 내 생활에 대해 얘기하고 그들의 문화와 삶에 대해 얘기를 듣는 게 좋았고 자연스럽게 영어도 같이 배우게 된 것 같아요. 조금이라도 더 얘기해보고 싶었고 잘 알아듣고 싶었거든요. 지금 생각해보니 저는 책으로 배우는 것보다 직접 부딪혀서 말해보고 글로 써보고 들어보고 했던 게 영어가 더 빨리 늘게 된 비법이었던 것 같아요.

중국어를 배울 때에도 중국 친구들을 사귀면서 한 시간은 중국어를 배우고 한 시간은 한국어를 가르쳐주는 랭귀지 익스체인지를 했어요. 저는 그나마 중국어를 몇 마디 했지만 그 아이들의 한국어는 아예 초급이어서 중국어로 한국어를 가르칠 수밖에 없었거든요. 그래서 2시간 내내 중국어로만 얘기하고 다른 악센트에 익숙해지려고 매일 친구들을 바꿔가면서 배웠더니 정말 빠른 시간 안에 중국어 실력이 향상되었어요.

중국에서 일할 때는 일부러 중국어로 프레젠테이션 할 기회를 많이 노렸어요. 처음 프레젠테이션을 했을 때는 심지어 중국어를 너무 못해서 30분 할 내용을 15분 만에 끝내고 자리에 들어와서도 덜덜 떨고 있으니까 중국인 동료가 저를 위로한답시고 "너 정말 중국어 잘하는 구나"라고 일부러 제자리까지 와서 얘기해줬어요. 그 얘기를 듣고 너무 부끄러워서 얼굴이 빨개졌어요. 그 이후에는 위로의 말을 듣지 않으려고 주말에 개인교습까지 하면서 정말 열심히 연습했죠. 결국 이렇게 부딪혀서 계속 해보면 언어는 정말 빨리 느는 것 같아요.

지금 있는 업계에 도는 소문 중 사실이 아닌 것, 실제로 경험해보니 새롭게 알았던 의외의 사실이 있으면 공유해주세요.

1. 〈악마는 프라다를 입는다〉 같이 일한다?

저는 화장품 업계에서 일하고 싶었지만 여러 좋지 않은 소문이 많아서 사실 걱정을 많이 했어요. 여자가 많아 질투가 심하고 소문도 많아서 일하기 힘들다면서 말리는 사람들이 대다수였어요. 근데 와보니까 쓸데없이 걱정할 필요는 없는 것 같아요. 다만 소비자에게 아무래도 "미"를 파는 업계이다 보니 사람들의 외모에 관심이 많은 것은 사실이에요.

2. 다른 업계 사람들은 들어가기 힘들다?

업계 내에 큰 화장품 회사가 몇 개 되지 않다 보니 같은 업계 내에서 돌고 도는 사람들이 많아요. 저희 회사에도 경쟁사에서 온, 혹은 경쟁사로 옮겨가는 사람들이 많고요. 우선 업계의 동향이나 일하는 방식을 잘 아니까 회사 입장에서도 동종업계 사람을 뽑는 게 쉽겠죠. 그럼에도 불구하고 생각 외로 다른 업계에서 온 사람도 많아요. 저 같이 주류 회사나 다른 FMCG(담배, 소비재 등), 패션 등에서 온 사람도 있고 간간히 분야가 전혀 다른 금융 쪽에서 온 분도 계세요. 하지만 평균적으로 다른 FMCG 업계와 비교하면 같은 화장품 업계에서 온 분들이 비율적으로 많은 것 같아요.

3. 급여가 적다?

전반적으로 패션이나 화장품 업계의 급여가 다른 비교 가능한 소비재 회사보다 적다는 소문이 있어요. 수입이 적어도 줄서서 들어가겠다는 사람(특히 여자)이 많아서 그렇대요. 위의 최상위 매니저들의 수입은 저도 잘 모르지만 제 레벨(senior manager)의 수입을 비교해보면 어느 정도 사실이라고 생각해요. 제가 원래 일하던 맥주회사보다는 대우가 좀 적다는 생각이 드는데, 저는 너무 해보고 싶어서 수긍했거든요. 좋은 점은 테스터나 샘플 제품들이 생각보다 많아서 화장품은 원없이 사용해볼 수 있다는 거네요.

05

독일: 인터넷 여행사 마케터, 신보경

어디서 무슨 일을 하고 있는지, 지금 일하시는 곳을 소개해주세요.

저는 여행 관련 인터넷 회사에서 한국 시장 개발을 담당했습니다. 본사가 있는 독일 뒤셀도르프에서 근무했고요. 구체적으로 온라인 마케팅과 커뮤니케이션의 전략을 세우고, 이후 실행과 분석하는 것이 제 업무입니다. 회사의 글로벌 전략을 현지 시장에 맞게 수정하고, 국내 에이전시나 관련자와 협상이나 협업을 하기도 합니다. 신문기자 출신이라서 광고나 홈페이지의 중요한 문구 선택도 책임졌습니다. 현재는 두바이에서 새로운 시작을 했습니다.

해외 취업을 하기까지 결정적인 사건도 있었을 거고 우연한 계기도 있었을 텐데, 이야기하고 싶은 게 있다면 말해주세요.

저는 사실 20대 초반까지만 해도 해외 취업을 전혀 생각하지 않았어요. 12살 때부터 신문기자가 꿈이었고, 그에 맞춰서 대학도 언론정보학과를 선택해서 진학했어요. 어릴 때부터 평생 모국어로 글을 쓰면서 살겠다고 마음을 먹은 것이지요. 좋은 기자가 되기 위해서 많이 읽고 쓰고 경험하는 것이 20대 초반의 목표였고, 그래서 22살이 되던 해에 아주 오래 전부터 관심이 있던 중남미 여행을 떠났습니다.

6개월 동안 멕시코, 과테말라, 에콰도르, 페루를 혼자 여행하면서 고생도 많이 했고 사고도 많았지만 결국에는 인생의 전환점이 된 사건이었어요. 한국으로 돌아온 후 여행이 아니라 외국에서 공부와 생활을 해보고 싶다는 생각을 했지만 학점이 좋은 편도 아니고 영어도 못해서 교환 학생 시험을 칠 만한 수준이 안 됐거든요. 그런데 독일어권은 학생들이 선호하는 곳이 아니라서 경쟁률이 없다는 이야기를 들었어요. 2개월 동안 열심히 공부를 해서 독일 교환학생 시험을 쳤고 가까스로 합격을 했어요.

1년2개월의 독일 생활은 20년 넘게 한국에서만 자란 제 사고방식을 넓혀주었고 세상에는 훨씬 다양한 삶이 있다는 걸 깨닫게 해주었습니다. 하지만 그때부터 제 삶은 미궁 속에 빠지기 시작했습니다. 내가 진짜로 되고 싶은 것은 무엇인지, 어떻게 살아야 행복한지, 아무것도 확신을 할 수가 없었어요.

졸업을 하고 중앙일간지 섹션 면의 기자가 돼서도 그 고민은 계속됐습니다. 게다가 글을 사랑하는 것과 기자가 되는 것은 다르다는 것도 알게 됐어요. 나의 글로 세상에 좋은 영향을 미치고 싶었는데 기자는 글만 쓰는 것이 아니라 제가 하고 싶지 않은 많은 것들도 해야 한다는 것을 깨달았고 결국 1년도 안 돼서 그만

됐습니다. 하지만 그 이후가 문제였어요. 저는 여전히 무엇을 하고 싶은지, 무엇을 할 수 있는지 모르는 상태였거든요. 일단은 여러 기회를 탐색해보자는 생각에 유럽에서 석사 공부를 시작했습니다. 공부를 시작하고 1년 반 만에 학기를 모두 마치고 인턴으로 입사해서 경력을 쌓았습니다.

지금 있는 곳이 행복한가요?

외국 생활이 만으로 5년이 넘었네요. 20살 이후의 삶에서 한국보다 외국에서 보낸 시간이 더 길어지는 시점이지요. 저는 한국에서 태어나서 22살까지 그곳에서 살았기 때문에 '한국인'이라는 정체성 자체가 흔들리지는 않아요. 다만 한국의 친구나 가족들과 공유할 수 있는 것들이 점점 사라지는 것을 느낍니다. 저의 과거가 조금씩 없어지는 것이기 때문에 씁쓸한 기분도 들어요. 그리고 다 자라서 시작한 외국 생활이기 때문에 완벽하게 다른 나라와 문화에 녹아들 수도 없어요. 아직도 한국어로 말하는 것이 제일 편하고, 한국 음식을 가장 좋아합니다.

하지만 지난 10년간 무척 고생을 하면서 저만의 정체성과 제가 행복할 수 있는 방법을 찾았기 때문에 단 1분도 과거로 돌아가고 싶지 않아요. 제가 무엇을 좋아하는지 알고, 어떻게 살아야 행복한지를 아는 지금이 정말 소중하고 감사합니다.

지금의 자리에 오는 데에 혹시 이것을 했던 것은 정녕 신의 한 수였다는 일이 있으면 공유해주세요.

우선 22살에 혼자서 중남미 여행을 떠난 것이에요. 6개월 동안 한국인은 물론이고 동양인도 거의 없는 곳을 여행하느라 고생을 정말 많이 했어요. 말이 안 통해서 생존을 위해 스페인어를 배워야 했습니다. 모든 돌발 상황을 혼자서 해결해야 했고, 괴롭다고 말할 정도의 외로움을 극복하는 방법을 터득해야 했어요. 그 때의 경험을 바탕으로 교환 학생 생활과 이후 석사와 지금의 직장 생활까지 다 잘해나갈 수 있는 것 같아요. 기회가 된다면 인생에 한 번쯤은 꼭 장기 여행을 하는 것을 추천합니다.

하지만 정말로, 딱 하나의 '신의 한 수'를 꼽으라면 저는 블로그를 시작한 것이라고 말하고 싶어요. 글 쓰는 걸 좋아해서 2007년에 취미로 시작했는데, 지나고 보니깐 제 20대 전체가 녹아 있는 공간이 되어버렸어요. 저의 추억이 담겨 있는 것은 물론이고, 블로그에 글을 쓰기 위해서라도 더 열심히 관찰하고 더 열심히 생각하고 더 열심히 살았던 것 같아요. 그걸 많은 사람들과 나눌 수 있다는 것은 엄청난 행운이었어요.

이것만은 후회된다는 일이 있다면 알려주세요.

모르는데 혹은 못 알아들었는데 아는 척 하는 거요. 외국 사람들과 같이 있다 보면 내가 더 똑똑한 것 같고, 노력도 더 많이 하고 있는데 그들의 대화를 못 알아들을 때가 있습니다. 그건 내가 영어를 못해서 그런 것일 수도 있지만, 그들과 문화를 공유하지 않아서일 수도 있어요. 저는 회사의 아시아팀 동료들과 아시아 지역의 정세를 이야기하면 별로 문제가 없지만, 유럽 친구들이 유럽연합에 대해서 깊이 있게 토론하면 참여할 수가 없어요. 그럴 때 완벽하지 않은 지식으로 아는 척 하는 것보다는 그냥 가만히 듣거나 질문을 하는 게 좋은 것 같아요.

영어나 외국어도 마찬가지입니다. 다 알아들을 수 있으면 좋지만, 모국어가 아니기 때문에 조금이라도 집중하지 않으면 못 알아듣는 경우가 많아요. 예를 들어서 얼마 전에 미국 캘리포니아 출신의 동료가 아침 일찍 말을 걸었어요. 그 전날 잠을 못 자서 정신도 없었고 대꾸도 하기 싫어서 그냥 고개를 끄덕였어요. 그랬더니 그 이후에 하는 말이 "시끄러우면 말해. 그럼 입 다물고 있을게"라는 거예요. 알고 보니 그 동료가 한 말이 "우리 미국 팀 가끔 너무 시끄럽지?"였어요. 그 질문에 눈을 마주치곤 고개를 끄덕였으니, 사람들 앞에서 요란스러울 정도로 칭찬만 하는 미국인 입장에서는 엄청난 사건이었죠. 그 이후로 그 동료와는 어색해졌어요. 그 때 그냥 못 알아들었다고 했으면 됐을 텐데, 후회되는 일이에요.

언어의 장벽을 극복한 본인만의 유용한 툴이 있었다면, 책이든 웹사이트든 애인이었든 공유해주세요.

저는 영어로 업무와 생활을 하는 데 문제가 없고, 독일어와 스페인어로는 의사소통이 가능합니다. 하지만 저는 22살이 될 때까지 이 모든 언어를 입도 뻥긋 못했어요. 스페인어는 중남미 여행을 하면서 배웠고, 독일어는 교환 학생 때부터 시작했습니다. 영어도 교환 학생 때 영어 수업을 들으면서 본격적으로 했고요. (영어를 얼마나 못했냐 하면, 중남미 여행할 때 어떤 네덜란드 여자애가 제 앞에서 "쟤는 도대체 우리가 하는 말을 알아듣고 같이 웃는 거야?"라고 험담을 한 적이 있었어요. 그런데 그때 알아듣긴 했지만 영어로 대꾸를 할 수 없어서 나중에 서럽고 분해서 울었을 정도예요.)

어렸을 때부터 외국에서 살았던 것도 아니고, 외국어에 관심이 있었던 것도 아닌 제가 여기까지 올 수 있었던 건, 그냥 좋아해서 그런 것 같아요. 뒤늦게 시작했지만 스페인어 같은 경우는 언어 자체를 정말 사랑하게 되었거든요. 이해를 못 해도 스페인어로 된 동화책을 필사하고, 되든 안 되든 말을 하고, 스페인 영화를 찾아보고 그랬어요. 한 가지 언어를 어느 정도 수준으로 끌어올려보니깐 독일어와 영어도 똑같이 하면 되더라고요. 어차피 해야 되는 것이라면 기쁘고 즐거운 마음으로 정말 사랑하면서 하면 되는 것 같아요. 그게 언어든 일이든 사람을 대하는 것이든요.

해외 생활 혹은 업무에서 스트레스 받을 때 어떻게 극복하는

지 알려주세요.

스트레스를 많이 받을 때는 크게 세 가지 방법을 시도해서 풀어요. 춤, 운동, 술이요.

저는 육체가 표현할 수 있는 감정과 그 정직한 땀방울이 멋지다고 생각하는 사람입니다. 그래서 춤을 굉장히 사랑해요. 탱고와 살사는 요즘에 시간이 없어서 못하고 있지만 대신에 헬스장의 줌바 수업을 들으면서 스트레스를 풀어요. 운동도 같은 이유로 좋아합니다. 헬스장에 가서 운동을 하거나 날씨 좋을 때 조깅을 하면 스트레스가 확 풀려요.

좋아하는 사람들과 수다를 떨면서 술 마시는 것도 스트레스 해소법의 하나예요. 술자리 분위기는 물론이고 술 자체도 좋아하는 애주가예요. 그런데 회사 생활을 시작하고는 매일 아침 일찍 일어나다 보니깐 예전만큼 자주 이용하지 못하고 있네요.

결혼에 대한 생각은 어떤가요?

결혼은 해도 되고 안 해도 된다고 생각하지만, 인생을 함께 할 동반자를 찾는 건 굉장히 중요한 일인 것 같습니다. 특히나 외국 생활은 김형경 작가의 말처럼 '내면에 있는 원초적 불안감과 더욱 첨예하게 맞닥뜨리는 환경'이거든요. 힘들고 불안할 때 옆에서 지지하고 응원해주는 사람이 있으면 훨씬 이겨나가기 쉽고,

즐거운 일이 있을 때 질투심 없이 100퍼센트 기뻐해줄 수 있는 사람이 옆에 있으면 더 큰 행복감을 느낄 수 있는 것 같아요.

다른 사람들이 취업이나 인생에서 하고 있는 가장 안타까운 착각은 무엇이라고 생각하세요?

행복은 어떤 과업을 달성하거나 원하는 사람을 얻었을 때 온다는 생각이요.

행복은 수동적으로 주어지는 것이 아니라, 아주 오랜 시간 여러 가지를 탐색하고 시도하는 능동적인 시간을 거쳐야 나오는 산물이라고 생각해요. 단순히 내가 원하는 직업을 갖게 되고 원하는 사람과 결혼을 한다고 해서 행복해지는 게 아닙니다. 어떤 조건이나 다른 사람을 통해서 얻게 된 행복은 그 조건이나 사람이 변했을 때 없어지고 말아요. 그리고 더 좋은 조건이나 사람을 만났을 때 쉽게 변질이 되고요. 행복해지기 위해서는 '내가 어떤 음식을 좋아하는지'와 같은 작은 물음에서부터 '내가 옳다고 생각하는 사회의 가치는 무엇인가' 같은 질문까지 한 번쯤은 고민해보고 그 답을 찾기 위해서 노력해야 한다고 생각합니다. 그렇게 알게 된 나의 취향에 맞춰서 살아가면 그게 바로 행복한 삶이고요.

그리고 한 가지 더 중요한 점은 그걸 지지해주는 사람으로 자신의 주변을 채워야 한다는 것입니다. 제 인생의 동반자는 제 자신과 제가 만들어가는 삶의 열렬한 팬인 사람이면 좋겠어요. 저의 취향을 존중해주는 정도를 넘어서 지지하고 자랑스러워해주는 사람이요.

저는 지금도 어떻게 하면 제 자신이 행복할지를 매일 고민하고, 제 자신의 행복을 인생의 최우선 과제로 삼고 있어요. 그리고 앞으로도 제가 행복해지기 위해서 고민하고 시도하는 여정을 멈추지 않을 생각이에요.

06

영국: 음악 스타트업, 썸머킴

어디서 무슨 일을 하고 있는지, 일하시는 곳에 대해 소개해주세요.

저는 현재 영국에서 4년째 살고 있고, 2년째 음악 관련 스타트업에서 근무하고 있습니다. 조금 더 구체적으로 설명을 하면, 현재 제가 있는 회사는 음악을 다운로드하게 되면 따라오는 앨범 및 트랙 제목 등을 메타 데이터로 변환하여 이동하는 기술을 보유하고 있어요. 음악을 데이터화시켜서 아이튠즈나 멜론 같은 음악 서비스 등으로 옮기는 작업을 하는 이 회사에서 아시아 지역 세일즈 담당을 맡고 있어요. 제 업무 외에도 다른 업무를 지원해야 하는 일도 많지만 이 사업의 안팎을 두루 경험하고 알 수 있어서 귀중한 기회라고 생각합니다.

살고 있는 곳의 장단점을 말씀해주세요. 사람들과 환경은 어떤지 어떤 부분에서 놀라고, 기쁘고, 때로는 기분이 상하는지요.

영국을 '내 안에서 자라나는 도시' 라고들 합니다. 영국은 학생일 때나 싱글일 때도 좋고, 영국에 처음 온 외국인이 문화의 여러 가지 면을 체험할 때도 좋습니다. 오늘도 집까지 오는 짧은 거리 동안에 다섯 개의 각기 다른 언어를 들을 수 있었어요.

평생을 산다는 생각은 아직 해보지 않았는데, 주변에 있는 영국 사람들이 외국인들과는 잘 섞이지 않는 경향이 있는 것 같아요. 물가도 굉장히 부담이 되는 편이고요. 비유럽권에서 온 친구들은 아무래도 유럽 친구들에 비해서 구직 활동이나 여러 생활면에서 어려움이 많은 것도 사실입니다. 그 대신 영국에 온 다른 유럽인들은 열려 있어요. 프랑스, 벨기에, 이탈리아 등등 주변 유럽에서 온 친구들과 떠들고 웃다 보면 영국의 저녁은 황홀하게 다가옵니다.

해외 취업을 하기까지 결정적인 사건이나 우연한 계기가 있었나요?

저는 한국에서 거문고를 전공했습니다. 한국에서 사업도 하고 공연 기획, 밴드 매니지 등을 했고요, 이후에 영국으로 건너와 대학원에서 전공을 바꿔서 공부를 했어요. 그러고 나서도 영국에서 구직 활동을 반 년 간 했는데 직장을 구하지 못하고 한국에 돌아갔어요. 이후에도 어려움을 겪다가 인터넷에서 마침 아시아 담당자면서 한국어가 가능한 사람을 찾는 회사의 공고가 나서 스카이

프로 인터뷰를 보고 채용되었습니다. 지금도 런던에서 한국어를 하는 사람을 찾는 공고를 받아볼 수 있도록 설정해놓고, 평소에도 관심 있게 보고 있어요.

지금 있는 이곳이 행복한가요?

지금 생활이 행복해서 현재에 너무 만족하고 있습니다. 런던에서 나이를 지긋이 먹은 제 모습이 그려질 정도로 다양함이 살아 있는 이 도시에 제가 잘 맞고요. 문화 콘텐츠가 풍부하고 뮤지션으로서 어딜 가도 걸어서 공연이 있는 곳에 닿을 수 있다는 것이 너무 좋습니다. 어떨 때는 이렇게 좋은데 이 행복이 뺏길까봐 두려워하는 저를 발견할 정도랍니다.

지금의 자리에 오는 데 이것은 정말 잘한 일이었다고 생각한 일이 있으세요?

용기를 낸 것이요. 저는 소위 무대포 기질이 있는 행동파예요. 런던에 온 것도 확 저질러버린 것이고 서울도 과감하게 떠났고 그리스에도 용감하게 달려갔죠. 이전에는 지금 돌아보면 미쳤다 싶을 정도로 계란으로 바위치기를 즐겼습니다. 실패하고 나서도 좌절보다는 다시 도전하면서 재미를 느꼈어요.

저는 굉장히 긍정적인 사람이라서 슬픈 노래나 영화도 싫어하고요, 친구들이 저를 방방이라고 할 정도예요. 워낙 긍정적이라 실패하는 것을 힘들어 하지 않았는데 나이가 드니까 힘든 마음이 생기긴 하더라고요.

언어의 장벽을 극복한 본인만의 방법이나 비법이 있었다면, 알려주세요.

저는 완전 한국 토종이고요, 심지어는 석사 전에 어학 코스도 듣지 않았어요. 처음에 대학원 수업에 들어가면서 'BBC 뉴스도 다 알아듣고 좋아했는데 문제없겠지'라고 생각했는데, 제가 듣는 수업의 교수님들이 앵커가 아니라는 것을 미처 생각하지 못했죠. 폴란드 출신의 영국 교수님의 억센 폴란드와 런던 억양 때문에 첫 수업 내용의 20퍼센트밖에 못 알아들었던 것도 충격적이었죠. 그러고 나서 친구들하고 많이 어울리고 다문화의 악센트에 적응하려고 노력했어요. 프랑스 애들과 남미 애들과도 자주 교류하고 영어를 많이 썼더니 그들의 악센트가 편해지더군요. 미국 사람들 같은 경우는 모국어가 영어니까 제가 조금만 버벅거리면 말을 끊고 본인이 말을 하지만 유럽 친구들은 잘 기다려주고 대화하기가 수월한 편이에요.

그렇게 한 고비를 학창 시절에 넘겼는데, 취업하고 나니 또 한 번 문제가 불거졌어요. 너무 외국인 억양에만 길들여진 거죠. 전화를 받아야 하는데 직원들이 다 영국 사람들이니까 영국 언어를 듣는 연습을 많이 안했는데 리버풀, 에든버러에서 온 영국 사람들의 억양을 잘 알아듣지 못 했어요. 하지만 잘 모르는 억양을 듣고 따라하다 보니, 인도 악센트도 금방 들리고 습관들도 보이게 되면서 적응이 되었습니다. 미끄럼틀 아래에서 힘겹게 올라가는 것처럼 천천히 영어를 배운 것 같아요.

지금은 난 외국인인데 영어가 모국어인 상대방이 배려심 있게 이야기하면 되지, 하면서 당당한 태도를 가지게 되었어요. 집착하지 않고 수다를 한참 떨다보면 어느새 대화가 편해진 제 자신을 보고 놀라요.

내가 지금 살고 있는 도시 (혹은 업계)에 도는 소문 중 사실이 아닌 것, 실제로 경험해보니 아 이렇구나, 했던 의외의 사실이 있으면 공유해주세요.

대부분 파리를 로맨틱하고 런던은 고풍스럽다고 보는데 런던은 과거와 미래가 공존하는 곳이에요. 디자이너나 예술가도 많고 뱅커들도 많아요. 모든 게 섞여 있고 굉장히 다양하죠. 파리에 가면 과거의 좋은 것을 잘 간직하고 누리는 느낌이라면 런던은 진보적이고 역동적인 느낌이에요.

그리고 음식이 맛없다는 편견이 있는데요. 이렇다 할 시그니처 음식이 맛깔스럽지 않아서 그렇지, 여러 나라 음식들이 많아서 음식 때문에 힘들진 않아요.

해외 생활 혹은 업무에서 스트레스 받을 때 어떻게 극복하는지 알려주세요.

스트레스를 크게 받지 않아요. 영국 사람들은 다가가기 어렵지만 개인적인 관계를 만들지 않고 서열을 지키거나 일부러 챙겨야 하는 게 없어요. 여기 문화는 공과 사를 확실히 구분하는 편이고 서로에 대해 무관심한 면이 있어요. 처음에는 인간미가 없다고 생각했는데 회사에 개인적인 관계가 없으니까 점차 저도 편해지고 회사에서 5시에 바로 퇴근해서 각자의 삶을 사는 생활을 즐기고 있어요. 잠자리에 들 때까지 여유로운 내 시간이 주어지지요. 운동을 갔다 와서 친구들하고 밥도 먹고, 이것 저것 해도 시간이 남아요.

내 몸이 두 개 이상이라면, 도전하고 싶은 일이 무엇인가요?

지금도 매우 만족하지만, 몸이 두 개가 있다면 예술가가 되고 싶네요. 천재성이 없다는 것 때문에 일찌감치 마음은 접었거든요. 예술은 천재성이 없으면 돈, 시간, 노력 낭비라는 생각을 해요. 그렇지만 여유가 더 생기면 예술가로서의 삶도 꿈꿔보고 싶어요.

한국 사람들과는 어떻게 만나나요?

여기서는 한국 친구가 없어요. 한국 사람들이 남아 있기가 힘들기 때문에 그렇고요. 학생 친구들은 다 한국으로 돌아갔고, 한 명 있는 친구도 한국 기업에서 일해서 한 달에 한 번 보기도 힘들어요.

해외 취업을 원하는 분들에게 도움말을 주세요.

사실 한국에서 취업이 어려워서 도피성으로 해외 취업을 생각한다면 안타깝게도 여기서의 취업이 훨씬 더 어렵다고 생각해요. 내 나라를 떠나서 다른 곳에서 생활을 영위하려면 그 해외 환경과 내가 궁합이 잘 맞아야 합니다. 하지만 긍정적이고 진취적으로 즐겁게 도전하는 분들은 좋은 결과를 얻으실 거예요.

07

두바이: 항공사 승무원, 신은옥

해외 어디서 무슨 일을 하는지, 업무와 환경에 대해서 소개해 주세요.

저는 두바이에서 4년간 에미레이츠 승무원으로 일했습니다. 보통 잘 아시는 승객 서비스 업무이고요, 비행 시간은 한 달에 80 시간에서 많게는 120시간까지이고 일한 시간에 따라 월급을 받아요. 에미레이츠는 굉장히 다양한 국가에서 온 동료들과 함께 일하는 환경이에요. 에미레이츠 노선은 세계 각국에 많이 있는데, 저는 어쩌다 보니 미국과 독일 노선을 자주 갔어요.

회사에서 제공되는 아파트는 두바이에 있어요. 좋은 아파트에 방 두 개, 화장실 두 개, 게스트 화장실이 있는 공간을 두 명이서 나눠 쓰고요. 수영장과 헬스장도 아파트에 있고 생활은 아주 편해요. 불편한 거라면 아파트에서 쇼핑몰을 가기 위해서는 작은 사막을 건너야 해서 긴팔을 입고 나가야 한다는 점이에요. 이슬람 국가라서 현지인들이 있는 곳에서는 긴팔을 입어야 했죠.

해외 취업을 결심한 계기가 궁금해요.

저는 스무살 때부터 저만의 꿈이 있었어요. 빨리 독립해야지, 세계로 나가야지. 그리고 미래의 모습도 구체적으로 그렸어요. 일어와 영어를 해서 스위스에 가서 호텔리어가 되고, 최종적으로는 10년 이내에 호텔을 소유한다는 계획을 세웠어요. 물론 스무살 때의 계획은 인생을 살면서 수정이 되었죠. 일본과 호주에서 어학 연수와 아르바이트를 병행하며 영어, 일어를 공부한 다음, 세계여행 계획을 세웠어요. 4년 계획으로, 2년은 해외에서 돈을 벌고 2년은 여행을 하자. 첫 1년에 1,200만 원을 벌어서 남미와 아프리카를 배낭여행 했어요. 그런데 금방 돈이 다 떨어져서 유럽하고 아시아를 돌지 못했기 때문에 다시 돈을 벌어서 여행을 가려고 일자리를 찾았어요. 영국에서 일을 했는데 생각만큼 돈이 모이질 않던 차에 아르헨티나의 호스텔에서 승무원을 준비하는 한국 친구를 알게 되었어요. 그 친구와 같이 시험을 봤고 둘 다 입사를 하게 되었습니다. 처음에는 1년만 할 생각이었는데, 결국엔 4년 동안 에미레이츠와 함께 하게 되었네요.

외국 항공사 승무원으로서 하시는 일에 만족하나요?

승무원은 장단점이 뚜렷한 직업이라고 생각해요. 일단 좋은 점은 시간 여유가 있다는 것, 그리고 아무리 스트레스가 많은 비행이어도 비행만 끝나면 그대로 마무리가 되고 끝이에요. 그리고 돈도 많이 모이는 편이예요. 여러 곳으로 가는 것 자체가 직업이다 보니, "빵 사러 벨기에 다녀올게"라는 말이 자연스럽게 나오죠. 남아공에서는 바이오 오일과 와인, 최고급 고기, 독일에서는 감자, 맥주 소시지, 이탈리아나 프랑스에서는 치즈와 와인, 미국에서는 아울렛에서 패션용품 쇼핑을 하는 거예요. 가장 저렴한 가격에 가장 고급의 물건들을 살 수 있는 거죠.

에미레이츠의 문화는 자유로운 편이에요, 다른 중동 항공사에 비해서도 규율이 아주 엄하지는 않고요. 다양한 국가에서 모인 사람들이지만 그중에서도 동양 사람들이 일하는 스타일이 비슷하고 성실한 면이 있기 때문에 마음이 많이 맞아서 더 잘 어울렸어요.

단점도 있죠. 승무원은 화려해 보이지만 외롭고, 우울증 걸리기 좋은 직업이기도 해요. 국내 항공사도 마찬가지지만 업무 시간이 특수하기 때문에 어울리는 친구들이 정해질 수밖에 없어요. 평일날 아침에 공항에 내렸는데 정말 친한 친구들은 뉴욕에 가 있거나 다른 비행 중이고, 승무원 아닌 친구들은 평일날 12시에 불러서 나올 수가 없죠. 혼자서 지내는 법을 터득해야 해요.

지금의 자리에 오는 데에 이것은 정말 잘한 일이라고 생각하는 일이 있다면요?

나이를 생각 안 했던 것이 가장 잘한 일이었다고 생각해요. 저는 배낭여행을 서른 살에 했는데 안정된 직장과 집을 다 정리하고 나오기가 무서웠고, 주변에서도 나중에 어떻게 하려고 하냐고 걱정을 많이 했어요. 물론 두려웠죠. 하지만 나이를 생각하지 않고 나왔던 것이 신의 한 수였습니다.

정말 후회되는 것이 있다면 공유해주세요.

좀 더 빨리 나오지 못한 것은 후회가 됩니다. 처음에 6년 정도 일본과 호주에 있다가 26살 때 한국에 들어왔어요. 한국이 그립기도 했고, 한국에서 돈도 더 모으고 뭔가를 할 수 있을 줄 알았는데 결론적으로 29살 때까지 한국에서 무엇을 했는지 뚜렷하게 기억이 나지 않아요. 전세금에 묶여서 그냥저냥 생활했던 것 같은데 딱히 경력을 쌓은 것도 아니고 마냥 시간을 흘려보낸 것 같아 아쉬워요.

언어의 장벽을 깨기 위해 어떻게 공부했는지 궁금합니다.

저는 영어나 일어를 자유롭게 하고 스페인어는 의사 소통이 가능한 정도예요. 저는 '자기 단어장'이라는 것을 만들었어요. 빵 굽는 것을 좋아하는 사람에게 정치 용어보다 제빵 용어가 더 쉽게 공부가 되듯이, 술을 좋아하는 저에게는 취하다, 밤새다, 필름 끊기다 등의 말이 참 중요했답니다. 그래서 저는 방문하는 나라마다 그 나라말로 저에게 제일 필요한 말을 적어 연습했어요. 이것들로 책을 만들 정도였으니 '자기 단어장' 이라는 노트가 생긴 거죠.

또 하나는 저는 면접을 취미로 보고 다니면서 언어를 배웠어요. 저희 집은 재정적인 지원을 해줄 형편이 안 되었어요. 그래서 늘 아르바이트를 했어요. 한국 가게는 시급이 싸니까 늘 외국 가게에 취직을 했었는데요. 심지어는 고용되어서 일을 하고 있는 중에도 시간이 남으면 취미로 면접을 보고 다녔어요. 영어 이력서를 50장씩 프린트해서 그냥 여기저기 돌아다니다가, 카페에 멋진 알바생이 있으면 들어가서 알바 자리 없냐고 물어보고, 인테리어 예쁜 레스토랑 들어가서 물어보고 하다 보니까 인터뷰 때 하는 질문에는 도가 텄어요.

해외 생활 혹은 업무에서 스트레스 받을 때 어떻게 극복하는지 알려주세요.

사실 저도 언어 때문에 스트레스 많이 받아요. 안 되는 발음도 있고 회화하다가 놀림받고, 무시하는 듯한 대접을 받을 때는 얼굴이 화끈거렸어요. 어림짐작으로 한 대답을 상대방이 알아듣지 못하면 괜히 주눅 들고요. 호주에서는 해변가의 부촌에서 일을 했는데 동양 사람들이 별로 없는 곳에서 제 영어실력을 내리깔고 보는 시선 때문에 힘들어하기도 했어요.

스트레칭이나 빨리 걷기 등을 하면서 스트레스를 풀 때도 있었고 친구들과 어울려서 술 마시면서 풀기도 했어요. 초기에 언어를 배울 때는 한국 사람들하고는 많이 어울리지 않았는데, 해외생활이 장기화 되면서 한국의 좋은 친구들을 찾아다니면서 만났어요.

여행 중에 좋았고 살아보고 싶다고 느꼈던 곳이 있으면 소개해주세요.

저는 섬이 좋아요. 멕시코 칸쿤에 이스라무헤레스(여자의 섬)라는 곳이 있어요. 스몰칸쿤이라고 불리는데 비치도 너무 아름답고 1년 내내 따뜻하고 물가도 저렴한 편이고 사람들도 친절해요.

또 한 곳은 아이가 생기면 함께 살아보고 싶은 곳으로 이집트 다합이에요. 걸어서 1시간 30분이면 다 돌 정도로 아주 조그만 섬이에요. 스노클링 하기 좋고, 〈니모를 찾아서〉처럼 아름다운 물 때문에 반할 정도이죠. 물가도 저렴하고, 심지어는 고급 레스토랑도 흥정이 가능한 재미있는 곳이에요. 낮에는 더우면 영어 중고책 교환하는 곳에서 산 책을 근처 카페에서 제일 싼 음료를 시켜서 앉아서 읽곤 했어요. 저녁에는 호스텔에서 만난 사람들이랑 즐겁게 대화를 나누곤 하면서 시간을 보냈지요. 생활하면서 마음이 답답해질 때면 그곳의 여유가 생각나 다시 가보고 싶어요.

08

홍콩: 어학원 대표, 최경윤

어디서 무슨 일을 하고 있는지, 지금 있는 곳을 소개해주세요.

홍콩에서 ULearn Language Centre라는 어학원을 운영하고 있어요. 어학원을 시작한 지는 만 2년이 다 되어가고요. 저를 포함해서 한국어, 영어, 만다린, 광동어 선생님 여섯 분이 계시고 현재 130여 명의 학생들이 언어를 공부하고 있어요.

제가 어학원에서 하는 일은 몇몇 강의를 직접 하기도 하지만, 주로 선생님들과 수업 커리큘럼을 짜고 어떻게 하면 학생들이 더 쉽고 효율적으로 언어를 배울 수 있을까 고민하고 그에 맞춰서 선생님들 교육도 하고 함께 공부도 해요. 그리고 저희 어학원은 한 반에 정원이 4~6명으로 소수로 수업이 진행되는 곳이라 학생들 하나하나를 파악하는 것도 물론 빼놓지 않고 하고 있어요.

해외 취업을 하기까지 결정적인 사건도 있었을 거고 우연한 계기도 있었을 텐데 이야기해주세요.

저는 사실 홍콩에는 박사 공부를 하러 왔어요. 석사 졸업하자마자, 서울에 전세금 2천만 원을 빼서 왔는데 집에서 반대할지 몰라 서둘러 왔어요. 그런데 전공이 중국 정치인데, 와서 보니 박사까지는 도저히 할 엄두가 안 나는 학문이더라구요. 그래서 대책도 없이 남의 나라에 오고 나서 박사 진로를 접었어요. 그렇게 다 접고 나서는 마음의 소리를 들어보려고 했어요.

내가 정말 원하는 것은 무엇인가? 이전에 한국에 있을 때는 사기업에서도 일해보았고 유럽에서 공기업에서도 일해봤거든요. 둘 다 경험하고 나니, "내 일을 하고 싶다"는 마음이 들더라고요. 그래서 그냥 무작정 시작하기로 했어요. 아직 젊잖아요. 아무것도 잃을 게 없다고 생각하니 더 하기가 쉬웠던 것 같아요. 그러고는 한 걸음씩 나아가다보니 여기까지 왔네요.

지금 있는 이곳이 행복한가요?

행복과 장소의 관계는 크게 상관이 없는 것 같아요. 내가 행복하다면, 내가 있는 곳이 어디든지 나는 행복하죠. 홍콩이 만만한 도시는 아니에요. 렌트도 만만치 않고 타국에서 사업을 하는 것도 힘든 일이에요. 사람들은 홍콩을 머물렀다 가는 곳으로 생각하기 때문에 확실히 다른 곳보다 안정감이 덜한 건 사실이에요.

그래도 저는 행복해요. 내가 사랑하는 일을 여기서 할 수 있고, 내 비전을 공유하는 직원들과 함께 일할 수 있고, 조금씩 성장하는 어학원을 보면 뿌듯하고요. 방랑끼가 있어서 앞으로도 얼마간은 아마 한 군데에 정착해서 살지는 않을 것 같지만 그래도 어디를 가든지 간에 저는 행복할 거라고 믿어요.

지금의 자리에 오는 데에 이것은 정녕 '신의 한수'였다는 일이 있으면 공유해주세요.

실패요. 저는 실패를 많이 했어요. 고등학교 때, 책상 의자에 본드로 붙인 것 같이 공부만 한다고 별명이 "본드 걸"이었는데 수능을 잘 못 봤어요. 근데 실패를 한 번 하고 더 열심히 했더니, 제가 고등학교 때는 꿈꿔보지도 못한 대학에 들어갈 수 있게 되었어요. 그리고 대학 졸업하고 나서는 취업을 쉽게 할 줄 알았는데, 원서를 백 개 써도 합격한 곳이 별로 없었고, 이름 없는 패션회사에 취업을 했어요. 그런데 그때 대기업에 들어갔으면 지금쯤은 이렇게 제가 원하는 일을 하고 있지는 못했을 것 같아요.

대학원 진학도 마찬가지예요. 한 번에 붙을 줄 알았는데 저는 대학원 진학도 재수를 해서 들어갔어요. 그리고 재수를 하는 동안 용돈을 버느라 학생들을 많이 가르쳤고 그러다 보니, 제가 가르치는 일에 굉장히 재미를 느낀다는 걸 알게 되었어요. 그리고 무엇보다도 실패를 여러 번 경험하고 나니 실패하는 것에 대해서 두려움이 없어졌고, 실패에서 오는 시련을 기쁘게 볼 수 있는 눈이 생겼어요. 왜냐하면 내가 더 나아질 수 있는 기회가 되니까요.

앞으로도 살면서 실수 혹은 실패를 많이 할 거예요. 그래도 하나도 두렵지 않고 오히려 기대돼요. 그 한 번의 실패가 내가 발전할 수 있는 힘이 되거든요.

지난 경험을 통해 이것만은 절대 안 했을 텐데 하는 일은 무엇일까요?

머리로 고민만 하면서 몸은 움직이지 않은 것이요. 대학교를 졸업하고, 제가 원하는 일이 무엇인지를 도무지 몰라서 2년 동안 정말 머리가 어떻게 되어버릴 정도로 고민을 많이 했던 적이 있어요. 그런데 그 2년 동안 바보같이 내가 무엇을 좋아하는지 안 좋아하는지 해보지도 않고 계속해서 머리로만 생각을 했던 게 잘못이었어요. 자신을 제대로 안다는 건 정말 중요한 일이에요. 그런데 그걸 알려면 무조건 부딪혀봐야 하는 것 같아요.

언어는 어떻게 공부했나요?

지리산 산골 출신이라 조기 교육은 당연히 못 받았고, 그냥 정규 교육 과정대로 중1때부터 영어를 공부했지만 그래도 제대로 외국어를 공부하기 시작한 건 22살 때부터였어요. 꽤 늦게 시작한 것임에도 불구하고 석사 때 영어로 논문을 쓰고, 지금 이렇게 홍콩에서 중국어, 영어를 쓰면서 불편함 없이 생활할 수 있는 건 아무래도 그때부터 지금까지 꾸준히 공부하고 있기 때문인 것 같아요. 언어는 정말 꾸준하게 하는 것이 중요한데 저는 사실 귀찮은 건 딱 싫어하는 성격이라 시청각 자료를 많이 이용했어요.

22살 때부터 드라마(미드, 중드)를 보기 시작해서 적어도 하루에 한 편씩 꼬박 10년째 보고 있어요.

프렌즈 같은 시트콤을 자막 없이 보게 될 때 웃긴 장면에서 사람들이 뒷배경에서 막 웃는 게 나오잖아요. 도대체 왜 웃는 건지 파악이 안 되면 제 자신이 바보같이 느껴졌어요. 하지만 드라마를 보는 20분은 그냥 "나는 바보다"라고 생각하고 3~4년을 보다 보니, 어느 순간 나도 모르게 함께 웃고 있더라고요. 꾸준히 즐겁게, 이것이 공부라고 생각하지 않고 생활 속에서 열심히 하는 게 언어 공부에서 가장 중요하다고 생각해요.

해외 생활 혹은 업무에서 스트레스 받을 때 어떻게 극복하는지 알려주세요.

원래 어렸을 때부터 떠돌이 생활을 많이 해서 해외 생활에 대한 스트레스를 받지는 않아요. 당연히 한국에서 무언가를 하는 것보다는 힘든 점은 많지만, 그래도 "너무 쉬우면 재미없잖아"라는 생각으로 털어버려요. 업무 자체도 제 사업을 하기 때문에 스트레스 받지 않게 업무 시간을 조절해 가면서 해요. 예를 들면,

월화는 열심히 일하고 수요일은 잠깐 쉬어주는 거예요. 그리고 쉴 때는 주로 운동이나 요리를 많이 해요. 운동은 정말 종류를 가리지 않고 다 좋아하는 편이라 수영, 요가, 복싱, 조깅 등 매일 하루에 한 시간 이상은 운동을 하고 있어요.

다시 태어난다면 어떤 걸 배우겠어요?

저는 하고 싶은 게 너무 많은 사람이라, 현재는 어학원을 운영하고 있지만 교육학이나 언어학, 혹은 한국학으로 박사를 해서 교수도 하고 싶고요. 어느 정도 자리가 잡히면 40대 후반 혹은 50대 초반에는 수의대에 가서 수의사도 되고 싶어요. 그래서 50대 후반에는 수의사로 자원봉사를 하면서 살고 싶어요. 하고 싶은 게 진짜 많은데 가능하면 이번 생에 다 해보고 싶어요!

결혼에 대한 생각을 말해주세요.

어릴 때부터 타지에서 오래 생활해서 외로움을 많이 타는 편이에요. 그래서 그런지 '내 가족'을 갖는 것을 아주 오랫동안 간절히 원했던 것 같아요. 결혼이 행복한 생활을 보장해준다고는 생각하지 않지만 내 삶을 꾸리는 데 근본이 되는 것이라고 생각해요. 건강한 삶을 위한 든든한 토대라고 항상 생각했어요. 함께 하겠다는 약속을 해줄 수 있는 사람, 내가 존경할 수 있는 사람, 당당하고 멋진 사람과 한평생 살고 싶어요!

09

미국: 채팅캣 대표, 에이프릴

어디서 무슨 일을 하고 있는지, 소개해주세요.

미국 시애틀에서 창업한 원어민 실시간 영작교정 서비스 "채팅캣(www.chattingcat.com)"의 대표를 맡고 있습니다. 시카고대학교 MBA에서 공부도 하고 있어요.

해외 취업을 하기까지 결정적인 사건도 있었을 거고 우연한 계기도 있었을 텐데 이야기해주세요.

2008년에 저는 한국에서 IBM을 다니고 있었어요. 그 당시 직장 3년차였던 저에게는 오지에서 포터가 되는 한이 있어도 서른이 되기 전에 해외로 나가겠다는 목표가 있었죠. 제가 천 일이 되기 전 IBM을 떠나겠다는 다짐을 새겨 넣은 '천 일 반지'를 끼고 있을 정도였는데 이런 저의 열병을 알고 있던 프랑스인 멘토가 뉴욕 본사 소속의 글로벌 프로젝트에 넣어주겠다고 제안했어요. 그런데 2008년 미국발 경제 위기로 그 계획이 무산되고 말았습니다. 저의 실망감은 이루 말 할 수 없었어요. 그러던 찰나에 마침 미국 LA에서 두세 달 함께 숙식하면서 일을 도와줄 인턴을 구한다는 공지를 봤어요. 대학 선배가 올린 공지였죠. 그 선배에게 막무가내로 절 데려가 달라고 했고, 한국 나이로 29살 되던 2009년 1월에 LA로 왔습니다. 미국 온 지 만 2년 되던 해 회사가 시애틀로 옮기면서 저도 시애틀에 왔고 2012년 이후에는 스타트업을 시작하게 되었습니다.

지금 있는 이곳이 행복한가요?

현재 저는 풀타임 MBA 학생이자 스타트업 대표입니다. MBA도 쉽지 않고, 스타트업도 쉽지 않아요. 둘 다 엄청난 에너지를 필요로 하고 하루하루가 도전이에요. 또한 컨설팅, 뱅킹 커리어를 선택한 주위의 MBA 친구들과 달리 학자금 대출이 잔뜩 있는 상황에 미래가 불투명한 스타트업을 하겠다는 것이 과연 맞는지 늘 고민해요.

그럼에도 불구하고, 저는 꿈의 학교에 입학해 전 세계에서 모인 탑 클래스 학생들과 경쟁하면서 배우고 든든한 글로벌 네트워크를 쌓을 수 있는 점, 내 가슴을 뛰게 하는 일을 찾은 것, 제가 만든 서비스를 사랑해주는 고객들과 소통할 수 있는 것은 흔치 않은 행운이라고 생각해요. 그래서 힘이 들 땐 이게 내가 얼마나 간절히 원했던 것이었는지를 생각해요. 그리고 이 일을 가능하게 도와준 부모님과 제 파트너에게 늘 감사해요.

지금의 자리에 오는 데에 이것은 정말 잘한 일이라고 생각하는 일이 있다면요?

바로 매일매일 '감사 일기' 쓰기입니다. 인생의 바닥을 찍고 있구나 생각할 만큼 힘들었던 시기가 있었어요. 그때 간절하게 돌파구를 찾으며 '감사 일기'라는 것을 알게 되었고, 그 후로 거의 하루도 빠지지 않고 제 블로그에 감사 일기를 쓰고 있어요.

감사 일기는 그날 일어난 일 중 다섯 가지 감사한 일을 뽑아 적는 것입니다. 오프라 윈프리는 1996년 이후로 쭉 감사 일기를 적었고 "감사 일기를 쓴 것은 지금까지 했던 일 중 가장 잘한 일"이라고 말하기도 했습니다.

사실 MBA, 스타트업, 관계 맺기, 뭐 하나 쉬운 것이 없어요. 스타트업 하나만 해도 늘 업앤다운을 겪거든요. 이런 상황에서 감사 일기가 정말 나에게도 효과가 있을까 반신반의했지만, 일단 21일만 해보자는 마음으로 시작했고 이후로 감사 일기가 나를 얼마나 변화시켰는지 몰라요. 그래서 감사 일기를 쓰기 시작했던 것이 삶의 터닝 포인트가 되었습니다.

친동생이 있다면 꼭 해주고 싶은, 삶에서 얻어진 충고가 있으면 해주세요.

많은 사람을 만나 사랑에 빠져보라고 말해주고 싶습니다. 다만, 내가 떳떳할 수 없는 사람을 만나서 시간과 에너지, 열정을 낭비하는 것은 하지 말았으면 좋겠어요.

또한 자신을 속이면서까지 타인에게 나를 맞추려고 할 필요는 없다는 것을 알려주고 싶어요. 세상은 넓고 세상에 좋은 사람은 많아요. 내 가치를 인정해주는 사람, 나를 행복하게 해주는 사람만 만나도 인생은 매우 짧거든요.

해외 생활의 큰 어려움이라고 생각하는 언어는 어떻게 극복했나요?

1) 채팅캣

저는 글쓰기를 매우 좋아하는 반면 영어로 글을 쓰려면 늘 두려운 마음이 있었어요. 특히 미국에서 마케터로 일하면서 고객에게 영어로 메일을 쓰는 일이 굉장한 스트레스였습니다. 그 부분을 해결하기 위해서 저는 영어 작문을 실시간으로 봐줄 개인 원어민 선생님을 고용했고, 결과적으로 이것이 업무 효율을 굉장히 높여주었을 뿐 아니라 두려움 없이 자유롭게 영어로 생각을 표현하는 데 많은 도움을 주었어요. 그리고 이것이 바로 현재 제가 하고 있는 스타트업 채팅캣의 탄생 배경이 되었습니다.

영어든 한국어든 글을 잘 쓰려면 많이 써봐야 하거든요. 채팅캣을 통하면 내가 쓴 문장을 실시간으로 온라인에 있는 원어민 선생님이 고쳐주기 때문에 내가 어떤 부분에서 원어민과 다른 표현을 쓰는지 알 수 있고, 내가 표현하고 싶은 의미에 대한 정확한 영어 표현법을 익힐 수 있습니다. 당연하게도 해외에서 일을 할 때는 영어로 메일이나 문서를 작성해야 하는 일이 굉장히 많아요. 영어 작문은 회화와 달리 늘 문서화되어 남아 있기 때문에 해외 취업을 꿈꾸는 사람들에게 일정 수준 이상의 영작문 실력은 필수입니다. 메일, 이력서, 발표 자료 등에서 어려움을 겪고 있다면 도움이 될 거예요.

2) 토스트마스터즈

미국 생활 3년차일 때 영어가 정체되어 있다는 생각이 들어 로컬 토스트마스터즈 모임에 나가기 시작했어요. 일주일에 한 번 만나 스피킹 능력을 향상시킬 수 있는 모임으로 전 세계 122개국에서 14,000개가 넘는 클럽이 운영되고 있고요, 물론 한국에도 있습니다. 저는 시애틀에 위치한 멤버로 활동했는데 미국인들 앞에서 영어로 스피킹을 하는 것은 정말 큰 도전이었습니다. 그럼에도 불구하고 그만두지 않고 꾸준히 활동하고 참여한 것이 굉장한 도움이 되었어요. 이후 MBA에 와서 수업 발표할 때, 대중 앞에서 의견을 말해야 할 때도 이때의 경험이 긍정적으로 작용하고 있어요.

해외 생활 혹은 업무에서 스트레스 받을 때 어떻게 극복하세요?

처음 미국에 왔을 때는 매일 춤을 추러 다녔어요. 춤을 추는 동안 눈으로, 몸으로, 움직임으로 대화하니까 영어가 필요 없었고 영어로 받는 스트레스를 날려버릴 수 있었어요. 요즘은 시간적 여유가 없어 춤 추는 대신, 에너지가 고갈되면 무조건 나가서 달려요. 그러다 보니 5킬로미터로 시작해서 하프 마라톤을 거쳐 작년에는 LA 풀마라톤 코스를 완주했습니다.

다시 태어난다면 어떤 걸 배우겠어요?

다시 태어나지 않더라도, 시간적 여유가 생기면 배우고 싶은 것이 정말 많아요.

첫째, 탱고 – 자신 있게 무대에 설 만큼!

둘째, 코딩 – 현재 조금씩 배우고 있는데 시간이 없어서 그렇지 정말 재밌어요. 코딩 언어 하나 정도는 마스터하고 싶은 생각이 드네요.

셋째, 사진 – 늘 하고 싶다고 말만 하고 뒷전이었는데, 꼭 시작하고 싶어요.

10

네팔: 놀이프로그램 기획자, 박시은

어디서 무슨 일을 하고 있는지, 지금 일하시는 곳을 소개해주세요.

네팔의 수도 카트만두에서 살고 있습니다. 얼마 전까지는 카트만두의 사회적 기업 활성화 센터(Social Enterprise Activation Center)라는 곳에서 경제적 자립이 필요한 사회의 소외계층 여성분들에게 디자인 교육과 다양한 기술력 강화(봉재, 자수, 패턴 만들기 등)를 위한 워크숍을 기획하고, 네팔 내에 공정무역 생산자를 찾아 그분들이 일반 소비자(플러스 해외 바이어)들과 연결될 수 있도록 전시회를 기획하는 등 공정무역 수공예품의 제품 개발, 마케팅과 세일즈 네트워크를 확장시키는 일을 했습니다.

2015년 4월 25일에 네팔에 7.8도의 대지진이 일어난 후에는 네팔 어린이들의 창의력과 심리 치료에 도움이 되는 놀이 프로그램을 기획하는 일을 시작하게 되었어요. 대지진 이후에 수많은 학교들이 붕괴되고 도서관 같은 교육 자료들이 사라졌는데, 이 시설들이 복구되는 데 적어도 1년 반~ 2년의 시간이 걸릴 예정이에요. 하루아침에 많은 것을 잃은 아이들이 교육의 기회까지 잃지는 않았으면 하는 취지에서 현지의 NGO와 함께 어린이들을 위한 임시 텐트 학교를 짓는 프로젝트로 시작되었어요. 프로젝트를 진행하다 보니 이번 기회를 통해 창의력 향상과 마음치료를 도와줄 수 있는 다양한 미술, 놀이 프로그램을 도입의 중요성을 느껴 전 세계 놀이교육의 전문가들에게 조언을 얻어 이 프로그램을 기획 중입니다. 일차적으로 이 프로그램은 지진의 영향을 가장 크게 받은 지역 중 하나인 '신두팔촉 주'의 탕팔곳이라는 마을에 1,100여 명의 어린이들을 대상으로 진행되고 있습니다. 프로그램을 매뉴얼화시켜서 점차적으로 수혜 지역을 넓혀가고, 지진 복구가 끝난 후에도 이 프로그램들이 방과 후 활동으로 자리 잡을 수 있었으면 하는 것이 저의 꿈입니다.

살고 있는 곳의 장단점을 말해주세요. 사람들은 어떤지, 환경은 어떤지요?

네팔에서 사는 장점과 단점이라면 하고 싶은 일을 무엇이든 찾아서 실천에 옮기기가 쉽지만, 다른 곳에서는 생각지도 못했던 일이 걸림돌로 온다는 것입니다. 예를 들어 아이디어가 생겨서 그걸 행동으로 옮길 때 정책 결정권자와의 네트워킹이 비교적 쉽고 신문, 잡지사 등 미디어의 도움을 쉽게 받을 수 있으며 기획의 파급력이 큽니다. 프로젝트를 기획하는 것을 좋아하는 제 성격에 너무나도 잘 맞는 곳인 것 같아요.

그렇지만 나라 전체에 전기와 같은 기본 자원을 공급할 수 있는 인프라가 부족해서, 하루에 5~10시간 정도만 전력을 공급하기 때문에 중요한 프레젠테이션을 해야 하는데 프린터에 전기가 안 들어온다거나, 얼려놓은 밥을 데워 먹어야 하는데 전기가 없어서 전자레인지를 돌릴 수 없다든지, 수질이 좋지 않아 수돗물로 양치질을 하고 나면 배탈이 나는 등의 현실적인 문제들로 지치기도 합니다. 그래도 생활하다 보면 전기가 있는 시간에 감사함을 느끼고 1~2분이라도 몸을 녹일 수 있는 따뜻한 샤워를 할 수 있음에도 감사하고 기본 의식주가 풍족했던 나라에서 살 때와는 다른, 그 전에는 당연하게 생각한 것들에 감사하는 태도가 생기는 것 같아요.

해외 취업을 하기까지 결정적 사건이 있다면요?

올해로 외국에 나와서 산 지 10년째가 되는 것 같네요. 한국에서 예고를 졸업한 후에 삼성 디자인스쿨에 들어갔어요. 그곳에서 그래픽디자인 선생님의 인생 스토리에 감동을 받아 여름방학 때 유럽여행을 갔다가 자극을 받고 그 다음해 이탈리아에 있는 패션학교에 입학했습니다. 이탈리아에서 1년 반 정도 살아보니 아무래도 영국이 내 성격에 더 잘 맞는 것 같아 영국 캠퍼스로 편입을 했습니다. 대학교를 졸업하던 해에, 전 세계적으로 금융대란이 와서 취업하기가 참 힘들었는데, 한국으로 돌아가면 다시 여기서 일하지 못할 거라는 생각이 들었어요. 졸업 후 3개월 동안 정말 필사적으로 인턴십 프로그램에 달려들어서 영국 아큐아스큐텀Aquascutum이라는 브랜드의 본사에서 일하게 되었습니다.

2년 후에 영국에서 전 남자친구를 따라 홍콩으로 이주를 했어요. 홍콩에서는 약 4년간 휴고보스Hugo Boss, 루이비통 모에 헤네시LVMH Fashion Division 등 럭셔리 패션 회사에서 아시아 전 지역을 날아다니며 화려한 생활을 하다가 우연한 기회에 올해부터 네팔에 자리 잡게 되었네요.

네팔에 처음 온 것은 4년 전입니다. 혼자서 2주 휴가를 왔다가 현지에서 알게 된 친구가 네팔의 초등학교를 데려가주었는데 상황이 너무나도 열악하더라고요. 창문도 문도 없어 찬 바람이 마구 들어오는 교실 상태도 그랬지만, 교과서 외엔 아무런 책도 접하지 못한다는 이야기에 마음이 아파서 홍콩으로 돌아가 기부 파티를 열고 그 다음해 다시 돌아와서 어린이 도서관을 짓기 시작했어요.

그후 지난 4년간 1년에 한두 번씩 네팔에 휴가를 와서 산 속 깊이 시골에 어린이 도서관을 지어주는 일을 했어요. 영국과 홍콩에서 그렇게 부족함 없이 살면서도 항상 남과 비교해서 내가 덜 가진 것 같고 남들은 더 빨리 잘나가는 것 같은 채워지지 않는 불안한 마음이 항상 있었습니다. 그런데 네팔에 와서는 내가 가진 모든 것에 그저 감사하게 되었습니다. 생각지도 않던 것들, 나를 믿어주는 가족들, 건강한 신체, 고등교육을 받았다는 것 등 모든 것들에요. 그래서 무작정 직장을 그만두고 네팔로 한 달 간 여행을 왔다가 저의 여행사진을 본 한국 공정무역협회 쪽에서 일하는 분과 연락이 닿아, 인터뷰를 보고 네팔에서 개발협력과 공정무역 분야에서 파견자로 일하게 되었습니다.

생각해보면 저의 20대, 10년간은 취업이라기보다는 이곳 저곳을 방황하며 내가 누구인지, 그리고 제 능력과 관심사가 무엇인지를 배워가는 시기였던 것 같아요. 아직도 많이 모자라지만 서른에 들어서는 지금은 내가 무엇을 잘하고 부족한지, 어떤 일을 할 때 내가 가장 행복한지에 대한 확신을 갖게 되었어요.

해외 취업을 경험하면서 이것은 정녕 신의 한 수였다는 것이 있다면 알려주세요.

취업할 때 집념의 한 수라고 불러야 할 정도로 집요했습니다. 영국에서는 많은 외국 학생들(영국이나 EU국가가 모국이 아닌)이 졸업 후에 직업을 찾지 못하겠다고 쉽게 포기하고 모국으로 돌아갔어요. 또 홍콩으로 이직을 하려고 했을 때도 홍콩에 아는 사람이 단 한 명도 없어서 어떻게 취업을 해야 할지 막막했어요.

그래서 정말 단순하게, 럭셔리 & 프리미엄 패션 브랜드들의 알파벳 A부터 Z까지 브랜드명 리스트를 만들어서, 하나하나 웹사이트를 방문하고 웹서칭과 조사를 해서 제 이력서를 보냈어요. 이력서를 보내고 이틀 후에 전화를 해서 담당자를 찾아 제 이력서를 잘 받았는지, 현재 사람을 뽑고 있는지, 뽑지 않아도 혹시 나중에 뽑을 수도 있으니 사무실에 인터뷰를 갈 수 있는지 적극적으로 다가갔답니다.

그리고 인터뷰를 갈 때는 제 포트폴리오를 그 회사가 찾는 인재에 맞게 조금씩 다른 구성을 하고, 덧붙여 내가 이 회사를 위해 어떤 기획을 할 수 있는지에 대한 간단한 프레젠테이션도 준비했어요.

일반 사원을 뽑는 회사의 입장에서는 수십, 수백 개의 영혼 없는 이력서를 매일 받을 텐데, 일단 전화로 적극적으로 어필하는 사람이 드물었을 거예요. 나중에 절 뽑은 상사들에게서 들은 바로는, 인터뷰 준비를 철저히 하면서도 브랜드에 대한 개인적인 애정이 묻어나오는 저의 적극적인 태도가 신선했다고 하더라고요. 저의 경험에서 본다면 해외 취업을 생각한다면 적극적이고 열정적으로 다가가는 것이 가장 중요한 것 같습니다.

정말 이것만은 하지 말라고 뜯어말리고 싶은 일이 있다면요?

저도 돈 낭비, 시간 낭비, 에너지 낭비를 참 많이 했는데 사실 지나고 나면 그것 또한 중요한 인생 수업이라고 생각을 해요. 어렸을 때 소중한 것들에 대한 감사함도 알게 되는 것 같아요.

하지만 한 가지 정말 뜯어말리고 싶은 것은 하루종일 집 안에 틀어박혀서 인생을 낭비하지 말라는 것이에요. 낭비를 하더라도 밖에 나가서 길을 잃든 별 볼일 아닌 놈이랑 연애를 하든, 집 밖으로 나와야 된다고 생각해요. 그래야 기회가 열립니다.

언어는 어떻게 공부했어요?

저는 시사에 관심이 많아서 현지 언어를 배울 때는 신문을 사서 보는 편이에요. 특히 영국에는 신문의 종류도 읽기 쉽게 쓰인 타블로이드지, 출근길에 읽기 쉽게 간추려서 쓰인 메트로지, 고급문장을 구사하고 전문가의 견해가 덧붙여진 가디언지 등이 있는데 다른 성격의 신문을 처음엔 다 이해하지 못하고 읽어도 나중에는 어느 순간 다양한 톤의 어휘 구사는 물론이고 내가 살고 있는 나라에 대한 통찰이 생기게 되면서 사람들과 다양한 주제로 이야기를 나눌 수 있게 됩니다. 게다가 신문으로 한 번 시사를 알고 나면 TV에서 나오는 이야기들은 훨씬 쉽게 들리는 건 일석이조입니다.

언어를 공부가 아니라 본인의 관심 분야를 더 넓게 볼 수 있는 과정이라고 생각하면 새로운 세계가 열리게 됩니다.

해외에서 한국 사람들과의 관계는 어떤가요?

솔직히 말하면 20대 초반에는 현지에서 자리를 잡아야 한다는 강박관념과 압박이 심해서 한국 사람, 한국 TV, 드라마, 심지어는 한국 음식도 거의 먹지 않았어요. 지금 생각하면 참 무지했습니다.

그때는 하루빨리 영어, 이탈리아어를 완벽하게 하고 한국인 유학생들과 몰려다니며 노는 시간에 취업 준비를 위해 현지인들과 교류를 해야 한다는 생각이 앞섰던 것 같아요. 물론 그 노력으로 현지에서 취직도 하고 언어도 유창하게 구사하지만 항상 마음속이 허전하고 아무리 영어를 잘하고 적극적인 태도로 생활해도 완전히 현지인처럼은 받아들여지지 않는 기분이 들어 내가 설 곳은 어디인가'에 대한 정체성 고민도 많이 했지요.

그런데 홍콩에 와서 우연한 기회에 같은 업계에서 일하고 있는 한국 언니들을 소개받았는데, 오랜 시간 방황하다 친정집에 들어간 것 같은 편안함과 따뜻함이 너무 좋았어요. 같이 추억을 나누고 공감하고 진심으로 웃고 울어줄 소울메이트가 생겼다는 것, 정말 감사할 일이예요. 20대 초반에는 '외국에 나와 있는 한국인은 이럴 거야' '외국에서 성공하려면 나는 강하고 외향적인 사람이 되어야 해'라는 강박이 심했는데 다 스스로 머릿속에 만들어 놓은 편견에 불과했어요.

사실 한국이든 어디든, 스스로 '나'에 대한 이해와 사랑이 없으면 남들이 원하는 나의 모습으로 맞춰가려고 휩쓸리기 마련이에요. 전 세계 어디나 좋은 사람, 멋진 사람, 쪼잔한 사람, 허세부리는 사람, 사기 치는 사람들이 다 있기 마련이고요. 남에 대한 편견을 갖기 전에 나 스스로를 먼저 알고 열린 마음으로 살아야 된다는 게 제가 배운 교훈입니다.

다른 사람들이 취업이나 인생에서 하고 있는 가장 안타까운 착각은 무엇이라고 생각하세요?

사람 사는 데 정답은 없는 것 같아 제가 선불리 '착각'이라 부르긴 그렇지만, 다른 사람들의 시선이나 실제로 일어나지 않은 일에 대한 두려움 때문에 도전해보지 않고 안주하는 것은 정말 안타까워요. 한 직장에서 적어도 3년은 다녀야지, 다음 직장이 라인업이 된 상태에서 그만 둬야지, 내가 하고 싶은 일은 A인데 이제까지의 전공도 이력도 A랑은 상관이 없어서 이직하기 무리일 거야 등의 이유로요.

저 같은 경우에는 첫 직장은 그다지 저의 관심 분야가 아니었던 비주얼 상품 기획이라는 분야로 시작을 했어요. 다음 직장에선 제가 원하던 마케팅으로 전환하고 싶었지만 홍콩에서 처음 들어가는 직장이라 그러지 못하고 같은 분야에서 또 일하게 됐어요. 그 대신 스스로 다짐하기를, 할 수 있는 범위 내에서 최대한 다양한 분야로 접목시켜 일해야겠다고 생각해서 적극적으로 다른 팀과 협력해서 일하는 쪽으로 지원을 했어요. 그다음 직장에서도 직함은 같았지만, 상품 기획, 구매, 총무 쪽의 일을 배우고 싶어서 상사에게도 계속 물어보고 경험하고 협업 프로젝트를 하며 어깨 너머로 브랜드 매니지먼트의 전반을 배웠습니다.

이전의 세 직장 모두 2년이 조금 안 되게 다녔고 한 군데 뼈를 묻겠다는 생각보다는, 각 직장에서 나에게 줄 수 있는 것을 최대한 배워가겠다는 생각으로 임했어요. 어느 회사가 나에게 더 좋은 기회와 가르침을 줄 수 있는지에 대해 생각했습니다. 전혀 다른 브랜드에서 정말 다양한 업무를 배워서 지금 이곳에서 전반적인 매니지먼트를 당당히 수행할 수 있게 되었어요. 소극적인 태도로 한 군데에서만 안주했다면 절대 이루지 못했을 거라고 생각해요.

어떤 사람이 본인이 살고 있는 나라에서 잘 적응할까요?

서로 힘들고 피 튀기는 경쟁사회보다는 다같이 함께 행복하게 사는 공동체 사회를 만드는 데 일조하고 싶으신 분, 본인의 능력을 물질적인 액수보다는 사회의 긍정적 파급력으로 느끼고 싶으신 분이요. 무분별한 원조보다는 사회에 행복한 변화를 줄 수 있는 끼 있는 인재들이 참 많이 필요한 곳입니다.

솔직한
글로벌 언니의
열정 토크

1판 1쇄 2015년 8월 2일
1판 2쇄 2015년 8월 10일

지은이 릴리(Lily)
펴낸이 김정순
책임편집 배경란
디자인 김수진
마케팅 김보미 임정진 전선경

펴낸곳 (주)북하우스 퍼블리셔스
출판 등록 1997년 9월 23일 제406-2003-055호
주소 121-840 서울시 마포구 양화로 12길 16-9 (서교동 북앤드빌딩)
전자우편 editor@bookhouse.co.kr
홈페이지 www.bookhouse.co.kr
전화번호 02-3144-3123
팩스 02-3144-3121

ISBN 978-89-5605-326-4 03810

이 도서의 국립중앙도서관 출판시도서목록(CIP)은 e-CIP 홈페이지(http://www.nl.go.kr/ecip)와
국가자료공동목록시스템(http://www.nl.go.kr/kolisnet)에서 이용하실 수 있습니다.
(CIP제어번호 : 2015019222)